Julia Schöning

Lass es Liebe sein

Julia Schöning

Lass es Liebe sein

Erotischer Liebesroman

édition el!es

Internet: www.elles.de

E-Mail: info@elles.de

Umschlaggestaltung und Satz: graphik.text Antje Küchler

ISBN 978-3-941598-03-4

Es war an der Zeit, endlich etwas Grundlegendes in ihrem Leben zu verändern. Sie musste einen Neuanfang wagen. So wie in den letzten beiden Monaten konnte es nicht mehr weitergehen. Davon war Sarah überzeugt.

Mit einem etwas mulmigen Gefühl in der Magengegend öffnete Sarah die Tür, über der in bunten Buchstaben »Crazy Cut« prangte. Sie konnte sich nicht daran erinnern, wann sie das letzte Mal bei einem richtigen Friseur gewesen war. An ihren langen Haaren, die sie normalerweise zu einem einfachen Pferdeschwanz gebunden trug, waren höchstens die Spitzen nachzuschneiden. Das erledigte meistens ihre beste Freundin. Aber heute sollte alles anders werden.

Das Klingeln der Türglocke kündigte ihren Besuch an.

Ein junger Mann, der hinter der Theke im Empfangsbereich gerade etwas notierte, blickte zu ihr auf und sah sie erwartungsvoll an.

Sarahs Herz klopfte schneller. Sie war sich plötzlich nicht mehr sicher, ob es wirklich eine gute Idee gewesen war, hierherzukommen. Vielleicht sollte sie einfach auf dem Absatz kehrtmachen.

»Was kann ich für dich tun?«, fragte der junge Mann Sarah lächelnd, als sie keinerlei Anstalten machte, ihr Anliegen zu erklären. Die Musik im Friseurladen war so laut aufgedreht, dass er beinahe schreien musste, damit sie ihn verstehen konnte.

Sarah räusperte sich. Sie sollte sich nicht so anstellen. Es war schließlich nur ein Friseurtermin. »Guten Tag. Mein Name ist Sarah Wohlfahrt. Ich hatte einen Termin ausgemacht«, brachte sie endlich hervor. Dabei versuchte sie, die Mundwinkel zu einem Lächeln zu bewegen, doch dieser Versuch endete in einem gequält wirkenden Gesichtsausdruck.

Der junge Mann warf einen Blick in den Terminkalender. »Ach ja. Hier habe ich dich. Katja wird gleich bei dir sein. Nimm doch bitte dort drüben noch einen Moment Platz.« Er deutete auf eine kleine Sitzecke.

Sarah kam der Aufforderung nach und ließ sich in einen großen Ledersessel sinken. Die warme Märzsonne schien durch die große Fensterscheibe, die mit undefinierbaren bunten Mustern verziert war. Nervös wippte ihr Fuß auf und ab. Sie versuchte sich auf die Musik zu konzentrieren, aber es wollte ihr nicht gelingen.

Der Salon machte seinem Namen alle Ehre. Bereits nach wenigen Minuten des Wartens fühlte sich Sarah tatsächlich so, als würde sie verrückt werden. Vor ihr auf dem Tisch lagen einige Zeitschriften, die spannende Neuigkeiten über einen Haufen Prominenter oder die, die sich dafür hielten, versprachen. Sie nahm eine der Illustrierten in die Hand und blätterte sie durch. Der Inhalt verschwamm vor ihren Augen.

Noch wäre es denkbar, einfach aufzustehen und zu gehen. Sie hatte noch alle Möglichkeiten. Was wollte sie nur hier? Sie musste den Verstand verloren haben. Ihre langen Haare opfern zu wollen, nur um Ramona endlich aus ihrem Kopf zu verbannen. Als ob das eine vernünftige Lösung wäre! Wie war sie nur darauf gekommen? Sarah merkte, wie ihre Finger feucht wurden.

»Du musst Sarah sein«, riss eine freundliche Stimme sie aus ihren Gedanken. »Ich bin Katja. Du hast einen Termin bei mir. Komm doch bitte mit.«

Als Sarah aufsah, starrte sie geradewegs in die strahlend blauen Augen, die zu der zierlichen Frau gehörten, die vor ihr stand. Sie musste einige Zentimeter kleiner sein als sie.

Dieser Eindruck bestätigte sich schnell, als sich Sarah erhob. Sie überragte die Frau sicherlich um einen Kopf. Das war nichts Neues für Sarah. Sie war so hochgewachsen, dass sie selten genug eine Frau traf, die mit ihr auf Augenhöhe lag.

Katja führte Sarah zu einem Stuhl und stellte sich hinter sie. Sie begann sogleich, Sarahs Haargummi zu entfernen, um mit professioneller Miene ihre Frisur zu begutachten. »Was soll ich denn bei dir machen?« Sie zupfte einige Haarsträhnen zurecht.

Nun war es so weit. Sarah atmete einmal tief durch. »Ich möchte gern eine ganz neue Frisur. Am liebsten hätte ich einen Kurzhaarschnitt.«

Verdutzt hielt Katja in ihrer Bewegung inne. »Meinst du so eine Länge, wie meine Haare haben, oder noch kürzer?« Sie legte ihren Zeigefinger an ihr Kinn. »Das ist aber ein gewaltiger Schritt. Ich hoffe, darüber bist du dir im Klaren.«

Erst jetzt betrachtete Sarah Katja etwas genauer. Sie trug ihre schwarzen Haare, in denen rote Strähnen leuchteten, in etwa kinnlang, und sie wirkten etwas zottelig. Eigentlich entsprach die Frisur nicht wirklich dem, was Sarah sich vorgestellt hatte.

Katja schien Sarahs musternde Blicke zu bemerken. Sie zwinkerte Sarah zu. »Keine Angst, ich will dir weder so rote Strähnen noch so eine fransige Frisur verpassen, wie ich sie habe. Wir können das auch etwas konservativer halten.«

Ertappt senkte Sarah ihren Blick. Eine leichte Röte stieg ihr ins Gesicht. Zu Katja passte dieser ausgefallene Haarschnitt sicherlich, aber zu ihr ganz bestimmt nicht. So würde sie sich im Leben nicht trauen herumzulaufen.

»Hast du dir denn schon einmal unsere Frisurbücher angesehen? Sonst können wir das vielleicht jetzt gemeinsam machen. Was hältst du davon?«, schlug Katja vor.

»Ja, das wäre vielleicht das Beste«, bemerkte Sarah.

Sofort war Katja verschwunden und kam wenige Sekunden später mit einem dicken Stapel Bücher wieder. Aber Katja schien schon eine genaue Vorstellung davon zu haben, welcher

Schnitt Sarah am besten stehen würde. Geschickt zog sie ein Buch von weiter unten aus dem Stapel hervor und schlug eine Seite auf.

Eine blonde Frau mit einem modernen Kurzhaarschnitt lächelte ihnen entgegen.

»Das könnte gut zu dir passen«, stellte Katja fest. »Das sieht sportlich und aktiv aus, aber dennoch weiblich. Genau so würde ich dich auf den ersten Blick einschätzen. Stimmt doch, oder?«

Sarah starrte Katja verblüfft an. Sie hatte exakt ins Schwarze getroffen. Das war wirklich beeindruckend. »Na ja, ich spiele Handball und treibe auch so Sport, wenn ich die Zeit dazu finde«, erklärte Sarah. Mit ihrer Hand rieb sie kurz über ihren Nasenrücken.

Katja lächelte ihr zu und schob dabei ihren schwarzen BH-Träger, der unter ihrem engen knallroten Top hervorblitze, zurecht. »Ich werde deine Haare etwas ausdünnen. Der Nacken bleibt jedoch ein kleines bisschen länger. Außerdem ist diese Frisur ganz pflegeleicht und lässt sich problemlos umstylen. Du kannst somit jeden Tag etwas anders aussehen, wenn du möchtest«, erläuterte sie fachmännisch.

Sarah hatte keine Ahnung, was das alles genau bedeutete, aber Katja strahlte so viel Kompetenz aus, dass es ihr nicht schwerfiel, ihr zu vertrauen. Katja würde schon wissen, was sie tat. Wenn sie selbst das nur auch wüsste! Ob ihr diese Frisur wirklich stehen würde?

»Wäre das etwas für dich?«, fragte Katja, als Sarah noch immer keine eindeutige Antwort gegeben hatte.

Sarah nickte schwach. Richtig überzeugt war sie von ihrer Entscheidung noch immer nicht, und wenn Katja sie nun weiter verunsicherte, würde sie ganz schnell einen Rückzieher machen.

»Etwas mehr Zustimmung von dir brauche ich schon.«

Sarah schluckte kräftig. »Okay. Leg los.«

»Also gut. Dann werde ich mich mal an die Arbeit machen. Zuerst müssen wir allerdings deine Haare waschen. Komm doch bitte mit.« Fröhlich pfeifend ging Katja auf das Waschbecken zu, und Sarah folgte ihr deutlich weniger enthusiastisch.

Seit ihrer Kindheit hatte Sarah ihre blonden Haare stets lang getragen. Sie hatte niemals Experimente mit der Farbe gemacht, geschweige denn mit der Länge. Es hatte ihr immer so gefallen, wie es war, darum hatte sie nie einen Grund gesehen, etwas zu verändern. Nun jedoch war das anders. Ihre beste Freundin hatte sie genötigt, endlich etwas in ihrem Leben zu ändern. Und da war Sarah nichts Besseres eingefallen, als mit einer neuen Frisur in einen neuen Lebensabschnitt zu starten.

Sarah legte den Kopf in den Nacken und spürte das warme Wasser, das Katja über ihren Kopf laufen ließ. Unwillkürlich schloss sie die Augen und seufzte.

»Ist alles in Ordnung?«, fragte Katja mit besorgter Stimme.

»Ja, ja. Auf jeden Fall. Ich genieße nur«, erwiderte Sarah etwas verlegen.

Katjas Finger begannen ihre Kopfhaut zu massieren, während sie dabei das Shampoo verteilte.

Erneut entfuhr Sarah ein leiser Seufzer. Die Berührungen fühlten sich ausgesprochen gut an und entspannten sie zusehends. Noch einmal ließ Katja den Wasserstrahl über ihren Kopf wandern. Eine angenehme Gänsehaut jagte Sarahs Körper hinunter.

Viel zu schnell wickelte Katja ihre Haare in ein Handtuch ein. Dabei streiften ihre Finger Sarahs Wange und hinterließen ein Prickeln auf ihrer Haut. Sarah hätte noch stundenlang so weitermachen können.

Peinlich berührt von diesen Empfindungen, die eine einfache Haarwäsche offensichtlich bei ihr auslösen konnten, ging Sarah zu ihrem Platz zurück. Es war lange her, dass sie so empfindlich auf die einfachsten Berührungen reagiert hatte.

»Möchtest du etwas trinken? Einen Kaffee vielleicht?«, wollte Katja wissen und holte Sarah wieder zurück in die Realität.

»Ich hätte lieber einen Tee, wenn das geht«, entgegnete Sarah. Normalerweise trank sie höchstens morgens eine Tasse

Kaffee, weil sie zu viel Kaffee für ungesund hielt, auch wenn sie den Geschmack eigentlich mochte. Sie konnte nicht verstehen, dass manche Menschen Unmengen von der braunen Flüssigkeit in sich hineinschütteten und so vielleicht ihre Gesundheit ruinierten.

»Selbstverständlich. Auch wenn ich nicht verstehen kann, wie man Tee einer schönen Tasse Kaffee vorziehen kann. Ich glaube, ich bin süchtig danach. Darf ich dir einen Früchtetee bringen?«

»Gern«, nahm Sarah das Angebot an, und wenig später stellte Katja die heiße Tasse vor ihr ab.

»Dann kann es ja endlich losgehen.«

Katja versuchte Sarah aufmunternd zuzulächeln, doch das konnte Sarah gerade nicht beruhigen. Sie fühlte sich etwas schwindelig, als sie im Spiegel sah, wie Katja mit der Schere herumfuchtelte. Sarah kniff die Augen fest zusammen.

»Okay, fang einfach an«, presste sie mühsam zwischen ihren Lippen hervor.

Sie hörte, wie Katja die Schere langsam öffnete und schnitt. Eine lange Haarsträhne fiel herunter und kitzelte sie dabei am Unterarm, der etwas unter dem Umhang hervorlugte. Das Herz klopfte Sarah bis zum Hals.

Das war's! Jetzt war es unmöglich, die Entscheidung rückgängig zu machen. Es war zu spät. Sie würde ihre langen Haare nie wiedersehen.

»Oh mein Gott«, stöhnte Sarah auf. »Was mach ich bloß?«

»Keine Panik, du wirst verdammt gut aussehen nachher. Das verspreche ich dir. Und zur Not wachsen die Haare ja auch wieder nach«, sprach Katja beruhigend auf sie ein.

Die Worte brachten Sarah tatsächlich dazu, sich etwas zu entspannen. Immerhin konnte sie sich nun nicht mehr vorwerfen lassen, dass sie nie bereit wäre für etwas Außergewöhnliches, dass sie nie für eine Überraschung sorgte. Ihr Pulsschlag normalisierte sich. »Du hast ja recht«, sagte sie mehr zu sich selbst. Sarah lehnte sich zurück und versuchte ihre verkrampften Schultern zu lockern. Im Spiegel beobachtete sie Katja bei ihrer Arbeit. Katjas schlanke Finger ließen die Schere gekonnt durch ihre Haare gleiten. Zwischen ihren Augenbrauen hatte sich ein kleines Fältchen gebildet. Sie war ganz vertieft in ihr Tun.

Eigentlich war Katja wirklich niedlich, das war Sarah zuvor gar nicht aufgefallen. Sie wirkte so unkonventionell, ganz anders, als Sarah war. Ein kleines Piercing glänzte jeweils an ihrem Ohr sowie am äußeren Rand ihrer linken Augenbraue. Irgendwann hatte Sarah einmal gehört, dass man diese Art Piercing am Ohrknorpel Tragus-Piercing nannte. Seltsam, dass sie sich gerade jetzt an ein derart unwichtiges Detail erinnerte …

Die schwarzen Haare mit den roten Strähnen brachten Katjas blaue Augen hervorragend zur Geltung. Selten zuvor hatte Sarah eine Frau gesehen, die sie schon nach so kurzer Zeit in ihren Bann zog. Irgendetwas an Katja faszinierte sie.

»Wovon träumst du?«, riss Katjas liebliche Stimme sie aus ihren Gedanken. Ein unwiderstehliches Lächeln umspielte ihre Lippen.

Sofort erröteten Sarahs Wangen, als ob Katja ihre Gedanken hätte lesen können.

»Ich hatte dich gefragt, ob du aus Bremen kommst. Ich bin nämlich erst seit vier Wochen in der Stadt.«

»Oh, entschuldige. Ich war mit meinen Gedanken woanders«, erwiderte Sarah. Wie von selbst fuhren ihre Finger über ihre Nasenspitze.

»Das habe ich gemerkt.« Katja lachte ein unbeschwertes Lachen. Es war so ungewöhnlich ansteckend, dass Sarah unweigerlich mitlachen musste.

»Ich bin heute wohl ziemlich durcheinander. Um deine Frage zu beantworten: Ich bin hier geboren und wollte auch nie von hier weg.«

Überrascht ließ Katja wenige Sekunden die Schere ruhen. »Du hast nie woanders gelebt? Das kann ich mir gar nicht vorstellen. Ich bin schon einige Male umgezogen.«

»Wo kommst du denn ursprünglich her?« Eigentlich vermied

Sarah es, über Belanglosigkeiten zu plaudern, aber heute war es anders. Sie konnte nicht erklären, warum, aber sie genoss Katjas Gegenwart und wollte mehr über sie erfahren.

»Ich komme eigentlich aus Aurich, das ist ja nicht weit von hier, und ich wollte wieder etwas näher zu meinem Vater ziehen. Aber ich lebe lieber in einer größeren Stadt, und so fiel meine Wahl auf Bremen.« Katja lächelte Sarah zu.

Ihre Blicke trafen sich im Spiegel und hielten sich fest.

Sarahs Herz blieb einen winzigen Augenblick stehen, ehe es viel zu kräftig weiterpochte. Sie versank buchstäblich in Katjas Augen. Sie erinnerten Sarah an das Meer. So blau, so unergründlich, so tief und so wunderschön. Ein heftiges Kribbeln machte sich in ihrer Magengegend breit.

Katja beugte sich näher zu Sarah, um sich den seitlichen Haarpartien zu widmen. Dabei berührte ihr Oberkörper ganz leicht Sarahs Arm. Ein heftiger Blitz schoss durch Sarahs Körper. Sie spürte, wie Katjas weiche Brüste sich gegen den Umhang drängten. Das Kribbeln breitete sich nun in jeder Zelle ihres Körpers aus, um sich schließlich in ihrem Bauch zu sammeln.

Sarah holte tief Luft, um ihren Pulsschlag in gesundere Bahnen zu lenken, doch augenblicklich stieg ihr Katjas berauschender Duft in die Nase und vernebelte ihr die Sinne noch zusätzlich. Was war denn nur los mit ihr? Dergleichen war ihr noch nie passiert. Sarahs Atem beschleunigte sich. Sie schloss die Augen.

Konnte es etwa sein, dass Katja sie als Frau interessierte, auch wenn es vollkommen absurd klang? Sarah musste sich eingestehen, dass sie Katja durchaus attraktiv und anziehend fand.

Katja schien von alldem nichts zu merken und schnitt ungerührt an Sarahs Haaren weiter. »Was machst du denn so beruflich?«, versuchte sie das Gespräch wieder aufzunehmen.

»Äh ... ich ... ja, ich arbeite bei einer Versicherung«, stotterte Sarah. »Als Versicherungskauffrau. Bei der *Kabede*, in der Abteilung für die private Krankenversicherung«, ergänzte sie ihre Ausführungen, um sich selbst davon zu überzeugen, dass sie noch bei vollem Bewusstsein und Herr der Lage war. Sie merkte, dass sie leicht zu schwitzen begann.

Katja musste schmunzeln. »Klingt ja höchst spannend.« Dann schüttelte sie grinsend den Kopf.

»Das ist es auch«, protestierte Sarah. »Ich liebe meine Arbeit. Ich könnte mir nichts anderes vorstellen«, stellte sie klar.

»Da haben wir ja etwas gemeinsam!«

Um die Haare perfekt auf eine Länge zu bringen, kam Katja Sarah so nah, dass diese ihren Atem an ihrem Ohr spüren konnte. Der zarte Lufthauch hinterließ ein sanftes Prickeln auf ihrer Haut.

Als Katja sich endlich wieder zurückbeugte, nahm Sarah einen großen Schluck aus ihrer Tasse. Der Tee war mittlerweile schon ziemlich abgekühlt. Ob Katja wohl lesbisch war? Ihr Gespür dafür, ob andere Frauen ebenfalls Frauen bevorzugten, war nicht allzu ausgeprägt. Bisher war das aber auch nicht nötig gewesen. Nachdem ihr selbst bewusst geworden war, lesbisch zu sein, hatte sie kurze Zeit später Ramona kennengelernt, und diese Beziehung hatte gerade erst geendet.

»Gleich bin ich fertig«, bemerkte Katja, während sie konzentriert weiterarbeitete.

Für einen Moment hatte Sarah vergessen, was der Grund für ihre Begegnung mit Katja gewesen war, doch schlagartig erinnerte sie sich wieder zu genau daran. Die schlimmsten Befürchtungen drängten sich ihr auf. Sie hatte es die letzten Minuten vermieden, sich im Spiegel zu betrachten. Die ganze Zeit war sie so sehr in das Gespräch mit Katja vertieft oder mit ihren Gedanken beschäftigt gewesen, dass sie die Veränderung ihrer Haare etwas außer Acht gelassen hatte.

Ungläubig starrte Sarah in den Spiegel, aus dem eine fremde Frau zurückstarrte. Erst jetzt registrierte sie, dass ihre Haare tatsächlich ganz kurz waren.

»Du bist ja ganz blass.« Katja warf Sarah einen besorgten Blick zu.

Sarah bemühte sich, ein Lächeln aufzusetzen, um Katja etwas zu beruhigen, doch es geriet schief. »Es geht schon.«

»So schlimm ist es doch nicht, oder? Warte ab, bis ich deine Haare geföhnt und deine Frisur etwas gestylt habe.«

Sarah nickte unsicher. Ob es wirklich nicht so schlimm war, wusste sie noch nicht.

Katja hielt den summenden Rasierapparat in ihren Nacken. Augenblicklich zuckte Sarah zusammen. Sie war so empfindlich in ihrem Nacken, dass diese unvorbereitete Berührung eine Gänsehaut ihren Rücken hinunterjagen ließ. »Es tut mir leid, aber ich bin da etwas empfindlich«, entschuldigte sie sich, während sie sich an die Lehne ihres Stuhls presste, um den unangenehmen Reiz, den der Rasierer auslöste, zu unterdrücken.

»Du hast Glück gehabt. Jetzt hätte ich dir beinahe eine Macke in deine Haare rasiert.« Katja stellte den Apparat ab. »Es ist vollbracht.« Sie wischte ihre Finger an ihrer weiten, schwarzen Hose ab und beugte sich nach vorn, um den Föhn aus der Halterung in die Hand zu nehmen.

Sarah konnte nicht anders, als Katjas knackigen Po zu begutachten, der sich unweigerlich in ihr Blickfeld schob. Sie merkte, wie sich augenblicklich ihre Brustwarzen aufrichteten. Glücklicherweise schützte der Umhang Sarah davor, dass Katja es bemerken konnte. Sie musste den Verstand verloren haben. Sie kannte Katja doch kaum. Außerdem war sie nur beim Friseur. Da gab es keinen Platz für erotische Empfindungen.

»Möchtest du auch ein Kaugummi? Lakritzgeschmack.« Katja hielt Sarah eine kleine Packung vor die Nase, während sie sich selbst einen Kaugummi in den Mund schob.

»Nein, danke. Lakritz ist nicht so mein Ding«, lehnte Sarah um Gelassenheit bemüht ab, während in ihrem Bauch die Schmetterlinge wild umherflatterten.

Katja zuckte mit den Schultern und begann zu föhnen. Mit einer Hand verwuschelte sie Sarahs Haare, während sie mit der anderen den Föhn hielt. »Im Prinzip brauchst du beim Föhnen auf nichts zu achten«, erklärte sie Sarah.

Gebannt verfolgte Sarah das ganze Schauspiel im Spiegel. Dieser Anblick war so ungewohnt, dass es ihr beinahe surreal vorkam. Es würde sicherlich Tage dauern, bis sie sich nicht mehr vor ihrem eigenen Spiegelbild erschreckte.

Bereits nach wenigen Minuten waren ihre Haare trocken.

Katja steckte ihre Finger in einen Topf und schmierte kurz darauf etwas in Sarahs Haare. »Am besten, du erwärmst eine Portion davon zwischen deinen Handflächen, verteilst es in deinen trockenen Haaren, und dann kannst du deine Haare ganz leicht in Form bringen, so wie ich es hier mache.« Konzentriert zupfte Katja die einzelnen Strähnen zurecht. »Das war es. Ich finde, du siehst großartig aus. Diese Veränderung hat sich wirklich gelohnt. Du bist kaum wiederzuerkennen.«

Das fürchtete Sarah auch. Ihre Begeisterung hielt sich daher noch etwas in Grenzen. Sie musterte sich kritisch. Auf ihrer Stirn bildete sich dabei eine tiefe Falte.

Katja hielt einen kleinen Spiegel hinter sie, sodass Sarah ihren Hinterkopf betrachten konnte. Die Zeit der Pferdeschwänze war Geschichte.

»Gefällt es dir auch?«, wollte Katja wissen.

»Doch. Es sieht wirklich nicht schlecht aus«, musste Sarah schließlich zugeben.

Katja lächelte erleichtert. »Das freut mich.« Dann befreite sie Sarah von ihrem Umhang. »Du darfst meinen Folterstuhl verlassen.« Sie konnte sich ein breites Grinsen nicht verkneifen.

Katja sieht umwerfend aus, schoss es Sarah durch den Kopf, sie vertrieb den Gedanken aber so schnell wie möglich. Eilig lief sie zur Kasse, um zu bezahlen.

Mit der Quittung reichte Katja ihr eine Gratisprobe dieser Paste, mit der sie gerade Sarahs Haare gestylt hatte. »Damit kannst du morgen zu Hause deine Haare genauso hinbekommen, wie sie jetzt sind. Aber nicht verzweifeln, wenn es dir nicht gleich gelingt. Etwas Übung gehört schon dazu. Zur Not kommst du einfach noch mal vorbei, und ich zeige dir, wie es geht.«

Sarah nickte. Sie war sehr skeptisch, dass sie selbst diese Frisur auch nur ansatzweise zustande bringen könnte. Gerade als sie sich zur Tür umdrehen wollte, spürte sie plötzlich Katjas warme Hand auf ihrer Schulter. Sie hatte das Gefühl, ihre Haut würde unter Katjas Berührung anfangen zu brennen.

»Warte. Ich gebe dir noch unsere Karte mit. Dann kannst du anrufen, wenn du wieder einen Termin brauchst.« Katja hielt ihr ein Stückchen Papier hin, auf das sie ihren Namen geschrieben hatte. Die Hand auf Sarahs Schulter bewegte sich keinen Millimeter.

»772398. Ich kenne eure Nummer. Aber danke.«

Katja starrte Sarah ungläubig an. »Wieso kennst du unsere Nummer auswendig?«

Sarah rieb mit ihrer Hand kurz über ihre Nase und räusperte sich. »Na ja, meine Freunde sagen, ich hätte da so einen Zahlentick. Irgendwie merke ich mir alle Telefonnummern, wenn ich sie einmal benutzt habe, und ich habe ja heute schon für meinen Termin bei euch angerufen.«

Wieder lachte Katja dieses ansteckende Lachen und nahm Sarah damit ihre Befangenheit. »So etwas habe ich ja noch nie gehört. Ich vergesse sogar manchmal meine eigene Telefonnummer. Du bist wirklich erstaunlich.«

Ich hätte nichts dagegen, wenn du jetzt versuchen würdest, ob du deine Nummer noch zusammenbekommst, dachte Sarah, sprach es aber nicht aus. Warum stand sie sich mir ihrer Schüchternheit nur immer selbst im Weg? Sie wollte Katja irgendwie einen Hinweis geben, dass sie Lust hatte, etwas mit ihr zu unternehmen, ganz unverfänglich natürlich. Doch sie wusste nicht, wie sie dies anstellen sollte.

»Vielleicht sehen wir uns ja mal wieder«, war schließlich alles, was Sarah zur Verabschiedung hervorbrachte. Für diesen blöden Spruch hätte sie sich selbst in den Hintern treten können.

»Das hoffe ich doch sehr!«

Einen Augenblick dachte Sarah, dass es unter Umständen

nicht nur Katjas berufliches Interesse war, doch schon holte Katja sie wieder auf den Boden der Tatsachen zurück. »Vielleicht hast du irgendwann ja mal Lust auf Strähnchen.« Katja zwinkerte Sarah zu.

Wahrscheinlich wäre es ein hoffnungsloser Fall, sich jetzt in Katja zu verlieben. Sarah musste das unbedingt verhindern, das konnte nur Ärger mit sich bringen. Sie hatte genug von Beziehungen, die letzte hatte ihr gereicht.

Genauso unsicher, wie sie gekommen war, verließ sie den Friseursalon auch wieder. Nur dieses Mal gab es einen anderen Grund dafür.

»Oh là là. Ich muss mich wohl in der Tür geirrt haben. Diese Frau hier habe ich noch nie gesehen.« Kim grinste breit über das ganze Gesicht.

Genervt verdrehte Sarah die Augen und zog eine Grimasse. »Komm schon rein und lass die blöden Sprüche.« Aber was hatte sie auch anderes von ihrer besten Freundin erwartet?

Kims Mundwinkel schienen sich nicht wieder in die Ausgangsposition begeben zu wollen. »Nein, im Ernst, die Frisur steht dir wirklich gut. Allerdings muss ich zugeben, dass ich nicht von dir gedacht hätte, dass du das mit der Veränderung so wörtlich nimmst.«

Sarah legte den Kopf etwas schief. Sie hatte sich damit ja auch selbst mehr als überrascht. Hätte ihr jemand vor einigen Tagen gesagt, dass sie einmal ihre langen Haare abschneiden würde, hätte sie ihn sicherlich für verrückt erklärt. Trotzdem war sie mit dieser Veränderung nun durchaus zufrieden. Die neue Frisur gefiel ihr besser, als sie das jemals erwartet hätte.

Kim ließ ihr keine Zeit, weiter darüber nachzudenken. Stürmisch umarmte sie Sarah und drückte ihr einen Kuss auf die

Wange. »Ich bin froh, dass du es gewagt hast«, freute sie sich und presste Sarah so eng an sich, dass sie ihr beinahe keine Luft zum Atmen ließ.

»Ich bin gleich so weit. Mach's dir so lange auf der Couch bequem«, bat Sarah ihre beste Freundin. »Ich muss noch mal kurz im Badezimmer verschwinden.«

Kim indes schien keinerlei Anstalten zu machen, sich zu setzen. Stattdessen ließ sie ihren Blick durch die Wohnung schweifen, um sich die Wartezeit zu vertreiben. Sie holte Sarah ab, weil sie gemeinsam in eine kleine Cocktailbar gehen wollten. Die beiden hatten sich fast eine Woche nicht gesprochen, was für sie eine Ewigkeit war. Es gab jede Menge zu bereden, und bei einem Cocktail machte es doppelt so viel Spaß.

»Himmel, wann sortierst du endlich diesen ganzen Nippes aus, den Ramona dir aufgeschwatzt hat? Das ist ja fürchterlich«, schrie Kim durch die Wohnung, sodass Sarah sie hören konnte.

Sarah trat aus dem Bad und sah sich um. Tatsächlich stand in beinahe jeder Ecke irgendein kitschiges Erinnerungsstück an ihre Exfreundin. Ramona hatte ihr ab und zu etwas geschenkt, vieles hatten sie aber auch gemeinsam ausgesucht, auch wenn es überhaupt nicht Sarahs puristischem Stil entsprach. Sie bevorzugte klare Linien und Formen ohne Schnickschnack, genau das Gegenteil von dem Nippes, wie Kim es bezeichnet hatte, der nun ihre Wohnung dekorierte.

»Hm«, war alles, was Sarah entgegnete. Sie hatte es noch nicht übers Herz gebracht, sich davon zu trennen und so alle Spuren von Ramona zu verwischen.

»Das wirst du mal schön aussortieren, und dann werden wir Samstag zu IKEA fahren und deine Wohnung neu dekorieren«, bestimmte Kim, ohne eine Widerrede zuzulassen. Mit den Fingern raufte sie sich ihre braunen Haare. »Was hältst du davon?«, forderte sie schließlich doch Sarahs Einwilligung.

Ja, was hielt Sarah davon? Sie wusste nicht, ob sie es tatsächlich fertig brächte. Aber wenn Kim sich erst einmal etwas in den Kopf gesetzt hatte, war es schwer, sie wieder davon abzubringen. Also ergab sich Sarah. »In Ordnung. Das klingt gut.« Zwar gefiel ihr die Dekoration nicht sonderlich, aber im Laufe der Zeit hatte sie sich daran gewöhnt. Zudem hingen viele Erinnerungen an den einzelnen Gegenständen. Außerdem wollte sich Sarah nicht schon wieder, gezwungenermaßen, einer Veränderung unterziehen. Es würde sicherlich eine ganze Weile dauern, bis sie sich an ein neues Erscheinungsbild ihrer Wohnung gewöhnt hätte.

»Wollen wir los?« Kim hatte ihre braunen Augen fragend auf Sarah gerichtet.

»Ja, ich bin so weit. Meinetwegen können wir los«, erklärte Sarah, die gerade dabei war, ihre Turnschuhe zuzuschnüren. »Auf ins *Devil's*!«

Nur wenig später standen sie in der vertrauten Cocktailbar, in der sie sich schon viele Stunde um die Ohren geschlagen hatten und der sie die eine oder andere Erinnerungslücke zu verdanken hatten.

Sie entschieden sich für einen Fensterplatz und begannen die Karte zu studieren, die sie eigentlich schon längst auswendig kannten.

Als der Kellner ihre Bestellung aufgenommen hatte, konnte Kim ihre Neugier nicht mehr länger zurückhalten. »Jetzt erzähl mir endlich, wie es zu dieser neuen Frisur gekommen ist, sonst platze ich vor Spannung. Außerdem könnte ich endlich auch etwas Motivation gebrauchen, um aus meinen Haaren etwas Aufregendes zu machen.« Sie zwinkerte Sarah zu und fuhr sich dabei durch ihre schulterlangen braunen Haare, die jeglicher Frisur entwachsen zu sein schienen.

Sarah seufzte schwer. Allein die Erinnerung an ihren Friseurbesuch brachte ihr sofort Katja in den Sinn. Die ganze Woche hatte sie an nichts anderes denken können als an diese bezaubernde Frau. Sarah schüttelte ihren Kopf, um die Gedanken an Katja zu vertreiben. Doch diese Taktik hatte sich bereits in den letzten Tagen als wirkungslos erwiesen.

»Erde an Sarah. Ich warte auf eine Erklärung!«, holte Kim Sarah in einem ungeduldigen Tonfall aus ihren Träumereien.

Sarah fuhr mit ihren feuchten Fingern über ihre Nasenspitze. »Du hast doch gesagt, du willst mich erst wiedersehen, wenn sich endlich etwas in meinem Leben verändert hat, weil es so nicht mehr weitergehen kann.«

Kim nickte. »In der Tat. Das war auch dringend nötig. Und da hast du dich ernsthaft entschieden, deine langen Haare zu opfern?«

»Ganz genau. Ich habe beschlossen, einen Neuanfang zu wagen und mein Leben umzukrempeln«, erklärte Sarah bestimmt. Dass sie sich getraut hatte, sich eine neue Frisur zuzulegen, hatte ihr das nötige Selbstbewusstsein gegeben, tatsächlich Veränderungen in ihrem Leben herbeiführen zu können.

Kim musste laut lachen. »Wenn ich mit etwas nicht gerechnet hätte, dann damit. Sonst lehnst du doch immer alles ab, was mit Veränderungen einhergeht.«

»Siehst du, manchmal bin auch ich für eine Überraschung gut.«

»Ja, aber wirklich nur manchmal.« Kim lachte noch immer.

Sarah fand das weniger witzig und zog einen Schmollmund. »Ist ja schon gut«, entgegnete sie beleidigt.

In der Zwischenzeit servierte der Kellner ihre Bestellungen. Er stellte zwei große Schüsseln mit Nachos, diverse Dips und ihre bunt schimmernden Cocktails auf den Tisch.

»Der ist aber echt knackig«, flüsterte Kim Sarah zu, als der Kellner außer Hörweite zu sein schien. Ihr Blick schweifte dem Mann, der wahrscheinlich nicht älter als zwanzig war, hinterher. Ein anerkennendes Pfeifen kam über ihre Lippen.

Sarah wäre am liebsten unter dem Tisch verschwunden. Manchmal war Kims Verhalten wirklich peinlich. Kein Mann konnte ihrer Begutachtung entgehen, und wenn sie ihn halbwegs interessant fand, ließ sie keine Möglichkeit aus, zu flirten.

»Was hast du denn schon wieder? Objektiv betrachtet ist er wirklich süß«, versuchte Kim Sarah noch einmal zu überzeugen.

Sarah verdrehte die Augen. »Natürlich. Du hast recht. So einen schönen Mann habe ich selten gesehen. Und das ist bei meiner Erfahrung wirklich ein Wunder.« Jetzt musste sie doch schmunzeln. Sie wusste, dass Kim es wirklich bedauerte, dass sie mit Sarah so schlecht über Männer quatschen konnte. Zumindest wenn es nur darum ging, Männer auf ihre Betttauglichkeit zu prüfen, war Sarah ihr keine gute Hilfe.

»Sonst ist dir doch auch keiner gut genug«, gab Sarah zu bedenken, als Kim ihren Blick noch immer nicht von dem Kellner abwenden konnte. Sie tunkte einen Nacho in die Salsa und biss genüsslich hinein.

»Ach, aber von der Bettkante schubsen würde ich ihn nicht«, bemerkte ihre Freundin mit einem süffisanten Grinsen.

Das überraschte Sarah nicht wirklich. Für eine ernsthafte Beziehung musste Kims Traummann vollkommen überzogene Kriterien erfüllen, aber das hielt sie nicht davon ab, die sonstigen Qualitäten auszutesten.

Nach einer halben Ewigkeit richtete sich Kims Aufmerksamkeit wieder Sarah. »Wie sieht es denn bei dir in der Liebe aus? Gibt es etwas Neues?«

Sarah sah direkt in Kims braune Augen, die erwartungsvoll auf ihr ruhten. Sie musste schlucken und senkte peinlich berührt ihren Kopf. Ihre Wangen erröteten leicht. Wieder einmal hatte Kim es geschafft, direkt ins Schwarze zu treffen.

»Oh«, kam es Kim überrascht über die Lippen. »Gibt es da etwas, von dem ich noch nichts weiß?«, hakte sie neugierig nach.

Bevor Sarah antwortete, nahm sie einen großen Schluck von ihrem zu süßen Cocktail. Ihre Finger umklammerten das klebrige Glas und verwischten die Feuchtigkeit, die sich gebildet hatte.

»Tja, also ... als ich beim Friseur war, hab ich ... so eine Frau getroffen«, stotterte Sarah. Warum fiel es ihr nur so unendlich schwer, über ihre Gefühle zu sprechen?

»Eine Frau. Wer hätte das gedacht?«, konnte Kim einen bissigen Kommentar nicht unterdrücken. »Beim Friseur. Aha. Deswegen hast du bisher fast nichts dazu gesagt, und ich muss dir jedes Wort aus der Nase ziehen.«

Sarah nickte. Sie konnte Kim noch immer nicht in die Augen sehen. »Sie heißt Katja und war meine Friseurin. Sie ist unglaublich hinreißend.« Bei der Erwähnung von Katjas Namen strahlte das Grün ihrer Augen vor Begeisterung. »Eigentlich ist sie so gar nicht mein Typ. Sie hat rote Strähnen in den Haaren und Piercings.«

»Nein, das geht nun wirklich nicht«, stellte Kim mit pikierter Stimme fest.

Überrascht sah Sarah zu Kim auf und blickte in das breit grinsende Gesicht ihrer besten Freundin.

»Du schaffst wirklich Probleme, wo keine sind. Wenn sie dir gefällt, und wenn du sie magst, spielt es doch keine Rolle, ob sie deinem spießigen Weltbild entspricht.« Kim bedachte Sarah mit einem tadelnden Blick.

»Ich bin nicht spießig«, protestierte Sarah so lautstark, dass sich die Leute vom Nebentisch zu ihr umdrehten.

»Ach, Süße, ich mag dich wirklich gern, aber manchmal hast du schon recht starre Vorstellungen davon, wie jemand sein darf und wie nicht.« Kim ergriff Sarahs Hand. »Und jetzt erzähl weiter. Hast du sie angesprochen?«

»Ich wollte, so sehr, aber ich konnte nicht.« Sarah zuckte mit den Schultern. »Ich weiß ja nicht einmal, ob sie überhaupt auf Frauen steht.« Sie machte eine bedeutungsvolle Pause. »Aber ich bekomme sie nicht mehr aus meinem Kopf. Egal, ob ich morgens aufstehe, ob ich bei der Arbeit bin oder ob ich nachts träume. Ich kann nur noch an sie denken.«

Kim lächelte ihr zu. »Das klingt, als hättest du dich verguckt! Das freut mich für dich.« Aufmunternd tätschelte sie Sarahs Hand, die sie noch immer festhielt.

Katjas Bild erschien scharf vor Sarahs Augen. Unwillkürlich huschte ein Lächeln über ihr Gesicht, es kribbelte in ihrer Magengegend. Kim hatte offensichtlich recht. Vielleicht hatte sie sich verliebt, zumindest ein klitzekleines bisschen.

»Wirst du sie wiedersehen?«, riss Kims Stimme Sarah aus ihren Gedanken.

Sarah räusperte sich. »Ich habe sie schon wiedergesehen«, gestand sie schließlich.

Kim blieb der Mund offen stehen. »Und das sagst du erst jetzt, dass ihr euch getroffen habt?!«

Genau genommen hatten sie sich ja auch nicht getroffen, und Katja hatte wahrscheinlich nicht einmal bemerkt, dass Sarah sie zwischenzeitlich beobachtet hatte. Kim würde ihr albernes Verhalten sicherlich nicht verstehen können. Sie selbst war immer so offensiv, wenn es um einen Flirt ging, und nicht so verklemmt und schüchtern wie Sarah.

»Na ja, eigentlich kann man das nicht *treffen* nennen. Ich bin mehrfach am Friseursalon vorbeigeschlichen, um durch die Fensterscheibe einen Blick auf Katja zu erhaschen. Aber jedes Mal, wenn ich dachte, jetzt wäre der richtige Zeitpunkt, noch einmal hineinzugehen, hat mich der Mut wieder verlassen.« Um Kims fragendem Blick auszuweichen, nahm Sarah einen großen Schluck aus ihrem Cocktailglas. Langsam merkte sie, wie der Alkohol ihr zu Kopf stieg.

»Warum bist du nur so feige?«, fragte Kim. Ohne Sarah die Möglichkeit zu geben, zu antworten, fuhr sie fort: »Das müssen wir noch ändern. Da läuft dir vielleicht deine Traumfrau über den Weg, und du lässt deine Chance einfach ungenutzt verstreichen.« Bestimmt klopfte Kim mit ihrer Faust auf den Tisch.

Sarah ließ die Schultern hängen. Sie stand sich viel zu oft selbst im Weg, das wusste sie selbst.

»Fang jetzt bloß nicht wieder an, dich selbst zu bemitleiden«, stöhnte Kim auf. »Ich bin so froh, dass du aus deinem Selbstmitleid wegen deiner gescheiterten Beziehung mit Ramona endlich wieder aufgetaucht bist.«

Manchmal fragte sich Sarah ernsthaft, warum Kim ihre beste Freundin war, wenn sie ständig etwas an ihr auszusetzen hatte.

»Auch wenn neben einer neuen Frisur auch noch eine kleine

Friseurin nötig war, um dich zu retten.« Kim zwinkerte Sarah zu und lächelte sie liebevoll an.

»Stimmt. Wo würde ich nur ohne dich diese Erkenntnisse gewinnen?« Sarah grinste Kim an. Sie konnte ihr nicht länger böse sein. Kim war eben doch die Beste.

Etwas zu überschwänglich winkte Kim dem Kellner zu, der sofort zu ihnen herbeieilte. »Können wir bitte zahlen?« Unverhohlen starrte sie in seine Augen.

»Zusammen oder getrennt?«, wollte er wissen.

»Zusammen«, mischte sich Sarah ein und erntete einen bösen Blick von Kim, da der Kellner nun seine ganze Aufmerksamkeit Sarah schenkte.

Umständlich begann er die Preise untereinander zu notieren und schriftlich zu addieren.

»Vierundzwanzig fünfzig«, fuhr Sarah entnervt dazwischen. Wieso brauchten nur alle so eine Ewigkeit für das bisschen Kopfrechnen? So schwer war das doch nun wirklich nicht. Sie hatte das Ergebnis schon vor mindestens einer Minute errechnet gehabt.

»Sie müssen meine Freundin entschuldigen. Sie übertreibt immer etwas, wenn es um Zahlen geht. Mathe ist ihre große Leidenschaft. Auch wenn ich das nicht verstehen kann. Meine Leidenschaft gilt etwas ganz anderem.« Den letzten Satz betonte Kim übermäßig und grinste den Kellner anzüglich an, während sie ihm mit einem betörenden Augenaufschlag einen kleinen Zettel mit ihrer Telefonnummer zusteckte.

»Wir müssen gehen«, bestimmte Sarah scharf, nachdem sie endlich bezahlt hatte.

Als sie vor der Tür waren, seufzte sie. »Wenn ich nur ein bisschen mehr von deiner Offenheit hätte!« Zärtlich knuffte sie Kim in die Seite. »Aber bitte nicht ganz so viel!«, bat sie mit den Augen gen Himmel gerichtet.

ఆ

Bereits zum dritten Mal drückte Sarah auf die Hupe. Einige Anwohner hatten schon irritiert aus dem Fenster gesehen, nur Kim war noch immer nicht aufgetaucht, dabei wollte sie pünktlich unten auf sie warten.

»Entschuldige. Ich habe etwas verschlafen«, erklärte Kim, als sie schwungvoll die Autotür öffnete. Ein Grinsen breitete sich auf ihrem Gesicht aus. Ihre Wangen glühten, und ihr mit unzähligen Sommersprossen geschmücktes Gesicht strahlte.

Den Grund für Kims Verschlafen konnte Sarah sich denken. Dieses Grinsen kannte sie zu genau, und es bedeutete immer, dass sie die Nacht mit etwas anderem als Schlafen verbracht hatte. »Dann hoffe ich, dass es sich wenigstens gelohnt hat.« Zu Sarahs Unverständnis sammelte Kim Bettgeschichten wie andere Briefmarken.

»Ja, das kann man wohl so sagen.« Kim lehnte sich zurück und schloss genießerisch die Augen.

Sarah startete den Motor und fuhr los. Offensichtlich wollte Kim nicht genauer ins Detail gehen.

»Hast du ordentlich Platz geschaffen, damit wir jetzt jede Menge neue Dekoration für dich kaufen können?«, unterbrach Kim nach einiger Zeit das Schweigen.

Sarah nickte. Sie hatte alles entfernt, was sie auch nur im Entferntesten mit Ramona in Verbindung brachte, und es kam ihr vor, als sei ihre Wohnung nun leer geräumt. »Es steht alles in einem Müllsack vor meiner Haustür«, verkündete Sarah stolz.

Vor Begeisterung klatschte Kim in die Hände. »Das wurde aber auch Zeit!«

Sarah parkte ihren Wagen in einer Parklücke in der hintersten Reihe. Offensichtlich hatten an diesem Samstagvormittag viele eine ähnliche Idee wie sie.

»Wollen wir unsere Shoppingtour vielleicht doch lieber vertagen?«, fragte Sarah, der so große Menschenansammlungen zuwider waren.

»Nichts da! Jetzt sind wir schon einmal hier, jetzt stürzen wir uns auch ins Getümmel«, erklärte Kim, ohne weitere Widerworte zuzulassen. »Außerdem freue ich mich schon die ganze Woche auf unseren gemeinsamen Ausflug ins schwedische Shoppingparadies.«

Bereits als sie den Eingang passierten, strömten ihnen unzählige glücklich kichernde Pärchen entgegen, die ihre Einkäufe kaum tragen konnten.

Am liebsten hätte Sarah auf der Stelle kehrtgemacht. So viel Glück auf einem Haufen – das war kaum zu ertragen.

Aber Kim zerrte sie schon durch die gemütlich eingerichteten Wohnzimmer.

»Guck mal hier! Ist das nicht eine schöne Farbe und ein schönes Muster?« Ihre beste Freundin zeigte auf einen roten Sessel mit rosa Schnörkel.

»Oh bitte, Kim!« Sarah schüttelte ihren Kopf. »Das kann doch nicht dein Ernst sein.«

Kim zuckte mit den Schultern. »Ich weiß gar nicht, was du hast. Etwas mehr Farbe würde deiner tristen Wohnung durchaus stehen. Nicht immer nur Schwarz und Braun.«

»Sicherlich jedoch nicht Rosa.«

Die beiden Frauen folgten dem Rundgang. Alle paar Meter entdeckte Kim ein neues Möbelstück, das ihr kleine Jubelschreie entlockte, während Sarah nur die Augen verdrehte.

»Sieh mal diesen Küchenschrank. Das ist ja wohl genial konstruiert. Vielleicht würde ich es sogar schaffen, damit etwas Ordnung zu halten.« Kim lachte.

Doch Sarah reagierte nicht. Wie vom Blitz getroffen blieb sie stehen. Diese laute, schrille Stimme kannte sie nur zu gut. Das konnte nur ein Traum sein! Sie musste sich irren! Die Stimme redete weiter.

Es konnte kein Irrtum sein, so eine Stimme gab es nur ein einziges Mal, und sie gehörte zu ihr. Nervös zog Sarah Kim am Ärmel, um sie um die nächste Ecke zu drängen. Doch es war schon zu spät.

»Was ein Zufall! Was machst du denn hier?«

Sarah starrte geradewegs in Ramonas dunkle Augen. Sie war nicht fähig, sich zu rühren.

»Wow, du hast dich aber ganz schön verändert«, stellte Ramona fest und fuhr sich überrascht durch die eigenen kurzen braunen Haare, so als wollte sie Sarah darauf hinweisen, dass sie ihren neuen Haarschnitt meinte.

Noch immer konnte Sarah ihre Zunge vor Schreck nicht bewegen. Kim stand ganz dicht hinter ihr, um ihr den Rücken zu stärken.

»Hat es dir die Sprache verschlagen? Freust du dich nicht, mich zu sehen?«, wollte Ramona schließlich wissen.

Sarah spürte einen leichten Stoß von hinten. »Äh ... doch. Geht es dir gut?«, stotterte sie.

»Schatz, komm doch mal gucken!« Eine Frau schielte um die Ecke und kam plötzlich auf Ramona zu. »Alles in Ordnung?« Sie blickte Ramona fragend an.

»Sarah, darf ich dir vorstellen? Das ist meine Freundin Lena.« Das Wort »Freundin« zog Ramona bedeutungsvoll in die Länge und unterstrich es mit einem arroganten Lächeln.

Sarah glaubte, ihren Ohren nicht zu trauen. Sie hatten sich doch erst vor zwei Monaten getrennt und waren immerhin drei Jahre zusammen gewesen. Das war ja ziemlich schnell gegangen. Für Sarahs Geschmack viel zu schnell.

»Da hast du ja nichts anbrennen lassen«, ließ Kim eine spitze Bemerkung fallen, als hätte sie die Gedanken ihrer besten Freundin erraten. Sie hatte nie einen Hehl daraus gemacht, dass sie Ramona nicht mochte und sie sie in keiner Weise für die richtige Frau an Sarahs Seite gehalten hatte.

Demonstrativ ergriff Ramona Lenas Hand und küsste ihre neue Flamme vor aller Augen, und dann auch noch deutlich zu lange.

Sarah hatte das Gefühl, ihr würde schlecht werden. »Wir müssen weiter«, unterbrach sie barsch Ramonas Schauspiel.

»Schade. Ich dachte, wir hätten noch einen Kaffee trinken gehen können, alle zusammen.«

Ganz sicher nicht, dachte Sarah und hasste sich augenblicklich selbst dafür, dass sie nicht in der Lage war, es auszusprechen. Stattdessen sagte sie: »Vielleicht ein anderes Mal.« Sarah drehte sich um und zog Kim in die Richtung, aus der sie gerade gekommen waren.

Kaum waren sie abgebogen, zischte Sarah los: »Mit mir ist sie niemals zu IKEA gegangen. Da haben sie keine zehn Pferde hinbekommen. Und mit dem erstbesten dahergelaufenen Flittchen treibt sie sich hier rum.« Sie lief rot an vor Wut. »Das kann doch nicht wahr sein! Wahrscheinlich geht das mit den beiden schon viel länger«, polterte sie weiter.

»Jetzt übertreib bitte nicht. Das glaube ich einfach nicht«, versuchte Kim vergeblich, Sarah zu beruhigen.

»Ach nein? Ramona war mir bestimmt niemals treu!« Sarah war kaum mehr zu halten. Sie schnaubte zornig durch die Nase. »Hast du gesehen, wie eklig sich die beiden abgeschleckt haben?«

»Das war schließlich nicht zu übersehen. Aber jetzt beruhige dich mal ein bisschen.« Kim ergriff Sarahs Hand. »Du hast doch mit Ramona abgeschlossen, oder etwa nicht? Es kann dir also vollkommen egal sein.«

Sarah grummelte.

Kim warf ihr einen bösen Blick zu.

»Du hast wie immer recht. Ramona ist Geschichte. Soll sie doch machen, was sie will.« Mit einem Mal kam es Sarah vollkommen lächerlich vor, dass sie sich so in diese Begegnung hineingesteigert hatte. Aber sie hatte nur noch Rot gesehen, als Ramona so plötzlich und unerwartet vor ihr gestanden hatte. »Ich habe sowieso nie etwas um Samstagseinkäufe bei IKEA gegeben. Trotzdem . . .«

»Und denk an Katja. Du wärest doch sicherlich heute mit ihr hier, wenn sich diese Möglichkeit ergeben hätte«, gab Kim zu bedenken.

Bei der Erwähnung von Katjas Namen erhellte sich Sarahs Miene augenblicklich. Verträumt versank sie in Gedanken in Katjas strahlend blauen Augen und hörte ihr herzliches Lachen. Wie schön es wäre, gemeinsam mit Katja durch die Gänge zu streifen und sich inspirieren zu lassen.

»Sarah! Aufpassen!« Kim zerrte Sarah, die gerade dabei war, ein kleines Kind über den Haufen zu rennen, zur Seite. »Dich scheint es ja ganz schön erwischt zu haben.«

Sarah nickte. »Ich fürchte auch. Nun lass uns aber endlich weiter einkaufen. Ich habe noch nichts Schönes entdeckt.«

Die beiden machten damit weiter, Regale, Möbel und Musterwohnungen zu begutachten. Doch zwischen Hopen, Aspelund, Malm und Spöka, dem Nachtlicht, hatte Sarah immer wieder das Gefühl, Ramonas durchdringende Stimme in einem der Gänge zu vernehmen. Wirklich beruhigt hatte sie sich nicht. Hing sie etwa doch noch mehr an ihrer Exfreundin, als sie zugeben wollte?

Sarah seufzte. So einfach konnte man drei Jahre schließlich nicht vergessen. Darüber hinaus war es auch eine schöne Zeit gewesen. Im letzten Jahr vielleicht nicht mehr so sehr. Davor jedoch hatten sie wunderschöne gemeinsame Erlebnisse gehabt. Ramona war immerhin ihre erste große Liebe gewesen, die konnte man nicht nach Belieben aus dem Gedächtnis streichen.

»Hier. Guck mal! Das wäre doch etwas für dich.« Kim zeigte auf einen viereckigen Spiegel mit schwarzbraun lasiertem Kieferrahmen.

Sarah reagierte gar nicht auf den Spiegel, sie hatte gerade etwas anderes im Sinn. »Es kann so nicht mehr weitergehen. Ich glaube, ich muss mich ein wenig ablenken. Von Ramona«, erklärte sie mit fester Stimme. Sie machte eine kurze Pause und wartete auf Kims Reaktion.

Überrascht wandte sich Kim ihrer Freundin zu und vergaß für einen Moment den Spiegel.

»Und auch von Katja«, fügte Sarah schließlich seufzend hinzu. »Das führt doch alles zu nichts.«

Auf Kims Stirn bildeten sich kleine Fältchen. Sarah war von ihrer Idee so begeistert, dass sie Kims Verblüffung gar nicht bemerkte.

»Heute Abend ist Frauenparty im Schlachthof. Würdest du mich begleiten?« Erwartungsvoll blickte Sarah zu Kim, von der sie weiterhin skeptisch betrachtet wurde.

Plötzlich brach Kim in schallendes Gelächter aus. »Willst du etwa eine Frau aufreißen?«

Wütend stemmte Sarah ihre Hände in die Hüften. »Und wenn schon. Traust du mir das nicht zu, oder was?«

Kim ging einen Schritt auf Sarah zu. »Ach Süße. So war das doch nicht gemeint.« Sie umarmte Sarah.

»Ich begleite dich sehr gern, wenn du das möchtest. In der Tat würde dir etwas Ablenkung nicht schaden.«

Nachdem sie diesen Entschluss gefasst hatten, streiften sie weiter durch das Möbelhaus, und am Ende hatte Kim für Sarah den Wagen so vollgepackt, dass das Laufband an der Kasse beinahe nicht ausreichte.

Genau zwei Wochen war es her, dass Sarah durch diese Tür getreten war, um ihr Leben zu verändern. Wieder hatte sie Herzklopfen, wenn auch dieses Mal aus einem anderen Grund.

Sarah atmete einmal tief durch und drückte die Türklinke herunter. Kaum stand sie in dem Friseursalon, fiel ihr Blick auf Katja. Ganz vertieft in ihre Arbeit, war sie gerade dabei, einer Kundin die Haare zu föhnen. Sie sah genauso umwerfend aus wie bei ihrer ersten Begegnung. Sarah konnte ihre Augen nicht von Katja abwenden und blieb wie versteinert am Empfang stehen.

Katjas mitreißendes Lachen drang zu Sarah hinüber. Amüsiert beugte sich Katja zu ihrer Kundin vor und flüsterte ihr etwas zu.

Die beiden schienen sich schon länger zu kennen.

»Kann ich Ihnen helfen?« Eine Stimme riss Sarah aus ihren Gedanken. Sie gehörte dem jungen Mann, den Sarah noch vom letzten Mal kannte.

»Nein ... also ... ja ...«, stotterte Sarah los. Sie hatte sich vorher genau überlegt, was sie sagen wollte, aber nun viel ihr kein einziges Wort davon mehr ein. Katjas Anblick hatte sie vollkommen aus der Bahn geworfen.

»Oh hallo. Was machst du denn schon wieder hier? Bist du nicht zufrieden mit deinem neuen Haarschnitt?«

Wie aus dem Nichts stand Katja vor ihr. Aus der Nähe war sie noch schöner. Ihre blauen Augen strahlten Sarah erwartungsvoll entgegen. Nun hatte Sarah ihre Chance bekommen, mit Katja zu reden, doch ihre Zunge klebte an ihrem Gaumen fest und wollte sich einfach nicht lösen. Sarah wischte sich ihre feuchten Hände an ihrer Jeans ab. Sie schluckte. »Nein, ich bin sehr zufrieden. Es sieht toll aus, aber ich dachte, ich könnte für heute Abend eine kleine Aufbesserung gebrauchen.« Endlich kam ihr diese etwas unglaubwürdig klingende Ausrede über die Lippen. Stundenlang hatte sie sich diese Worte für ihren plötzlichen Besuch überlegt. Ihr war kein besserer Grund eingefallen, um Katja wiederzusehen. Für die Wahrheit war sie nicht mutig genug. »Allein klappt das mit dem Styling noch nicht so recht, und ich möchte nachher noch auf eine Party. Da muss ich gut aussehen«, ergänzte Sarah.

Katja schöpfte keinerlei Verdacht, dass es sich nur um einen Vorwand handelte. Zumindest ließ sie sich nichts anmerken. Stattdessen schenkte sie Sarah ein umwerfendes Lächeln. »Dann bin ich ja beruhigt. Und ich helfe dir natürlich gern, damit du heute Abend der Mittelpunkt dieser Party bist. Ich bin mit meiner letzten Kundin gerade fertig geworden, also hab ich sofort Zeit für dich.« Katja legte Sarah eine Hand auf die Schulter, um sie zu einem freien Stuhl zu führen.

Sarah hielt den Atem an. Sie spürte Katjas Wärme, die sich langsam auf ihrer Haut ausbreitete. Eine Gänsehaut überzog ihren Körper. Katja hatte wahrscheinlich keine Ahnung, was sie ihr da antat, da war sich Sarah sicher.

»Ich würde deine Haare einfach noch mal waschen, die Spitzen ein kleines bisschen nachschneiden, wenn du schon einmal hier bist, und dich dann frisieren. Ist das in Ordnung für dich?«

Sarah nickte. Katja hätte alles mit ihr machen können.

Wenig später saß Sarah mit nassen Haaren vor dem Spiegel und beobachtete, wie sich Katja mit Schere und Kamm gekonnt ihren Haaren widmete.

»Wo ist denn diese Party heute Abend?«, fragte Katja in die aufkommende Stille.

Auf diese eine bestimmte Frage hatte Sarah die ganze Zeit gewartet. Den gesamten Nachmittag war sie das kommende Gespräch in ihrem Kopf durchgegangen. Wenn Katja lesbisch wäre, kannte sie vielleicht die Party, die regelmäßig im Schlachthof stattfand, und sie würde Sarah ein Zeichen geben, dass sie verstand, worum es ging. Zumindest hatte sich Sarah das bei ihren nachmittäglichen Überlegungen so ausgemalt.

»Im Schlachthof.« Sarahs Herz klopfte schneller, nachdem sie die zwei Worte ausgesprochen hatte. Gespannt beobachtete sie Katja und wartete auf eine Reaktion.

Aber Katja strich sich lediglich eine schwarze Strähne hinters Ohr und kümmerte sich weiter um Sarahs Haare. »Ah ja«, war der einzige Kommentar, zu dem sie sich schließlich hinreißen ließ.

Sarah rutschte in ihrem Stuhl unbewusst etwas tiefer. Wahrscheinlich stand Katja überhaupt nicht auf Frauen, auch wenn Sarahs Gefühl ihr etwas ganz anderes sagte. Sie sollte sich gar nicht erst zu große Hoffnungen machen. Selbst wenn Katja wirklich Frauen liebte, an einer wie Sarah hatte sie ohnehin bestimmt kein Interesse. Ein leiser Seufzer kam Sarah über die Lippen.

»Alles in Ordnung bei dir?«, wollte Katja wissen.

»Natürlich«, log Sarah. »Ich musste gerade nur an die liegen gebliebene Hausarbeit denken.« In dem Augenblick, in dem sie diese Lüge ausgesprochen hatte, hätte sich Sarah am liebsten geohrfeigt. Jetzt dachte Katja bestimmt, sie sei eine spießige Langweilerin, also genau das, was sie wahrscheinlich zutiefst verabscheute. Manchmal war sie aber auch wirklich dämlich.

»Oh ja, wenn ich an meinen Haushalt denke, muss ich auch immer laut stöhnen«, lachte Katja los.

Dieses erfrischende Lachen nahm Sarah etwas die Anspannung. Ihre Fäuste, die sich verkrampft in ihren Oberschenkel bohrten, lockerten sich.

Mittlerweile hatte Katja schon den Föhn in der Hand. Gleich würde sie fertig sein, und Sarah war noch keinen Schritt weiter.

»Was machst du denn heute Abend?«, versuchte Sarah ihr Glück noch ein letztes Mal.

»Ich weiß noch nicht genau. Ich treffe mich wohl mit einer Bekannten, die sich hier in Bremen ganz gut auskennt. Sie wird sicherlich etwas für heute Abend wissen«, erklärte Katja, während sie Sarahs Haarsträhnen in Form brachte.

Erst jetzt fiel Sarah wieder ein, dass Katja ja noch neu in der Stadt war. Vielleicht kannte sie die Party deshalb nicht.

Schluss jetzt! Sieh endlich ein, dass es keinen Sinn hat, ermahnte sich Sarah streng.

»Fertig. So, wie du jetzt aussiehst, wirst du sicherlich dem ein oder anderen den Kopf verdrehen«, stellte Katja schließlich fest.

Wohl eher der ein oder anderen, dachte Sarah. Doch wieder fand sie nicht den Mut, ihre Gedanken laut auszusprechen. »Was bekommst du von mir?«, fragte sie stattdessen.

»Nichts. Für so tolle Frauen wie dich mache ich das auch mal umsonst.« Katja zwinkerte Sarah herausfordernd zu.

Wie vom Blitz getroffen starrte Sarah Katja an. Hatte sie sich eben verhört?

»Jetzt guck doch nicht so. Es hat dir doch bestimmt schon mal jemand gesagt, was für eine gutaussehende und interessante Frau du bist.«

Eine zaghafte Röte stieg Sarah ins Gesicht. »Das ist wirklich nett von dir«, bedankte sie sich verlegen und drehte sich viel zu schnell um. Übereilt stürmte sie aus dem Salon. Nun wusste sie überhaupt nicht mehr, was sie noch denken sollte. Hielt Katja sie tatsächlich für interessant? War das möglich?

Kaum hatten Sarah und Kim die Eingangstür passiert, empfingen sie dumpfe Bässe. Im bunten Flackerlicht bewegten sich junge und ältere Frauen zum Rhythmus der Musik.

»Der Frühling und die Sonne scheinen dazu zu führen, dass alle Frauen wieder aus ihren Löchern gekrochen kommen«, kommentierte Kim die ungewohnte Masse an Frauen. Sie war noch nicht allzu oft mit Sarah in der Szene unterwegs gewesen, aber dann war es meistens sehr viel leerer gewesen.

Plötzlich versperrte ihnen eine fremde Frau den Weg. Sie machte keinerlei Anstalten, ein wenig zur Seite zu rücken, um die beiden vorbeizulassen. Stattdessen musterte sie Sarah von oben bis unten. Dann pfiff die Fremde anerkennend durch die Zähne. »Willst du was trinken?«, schrie sie in Sarahs Richtung.

»Komm, lass uns schnell weitergehen«, zischte Sarah ihrer Freundin zu. Sie hasste solche peinlichen Situationen.

»Das war doch ein nettes Kompliment«, verteidigte Kim die fremde Frau.

Sarah warf ihr einen bösen Blick zu. »Bist du verrückt? Das war die billigste Anmache, die ich kenne«, schimpfte sie, während sie Kim durch die Halle in Richtung Garderobe zerrte. Was fiel der Fremden ein, sie so schamlos anzubaggern?

Noch immer kopfschüttelnd gab Sarah ihre Jacke ab, um sich anschließend mit Kim wieder in die Menge zu stürzen.

»Brauchst du ein Bier auf den Schreck?«, fragte Kim, die sich schon beinahe bis zur Bar vorgekämpft hatte.

»Ich nehme lieber ein Wasser«, entgegnete Sarah.

»Unsinn«, beschloss Kim und orderte für sie beide ein Bier, das sie Sarah wenig später kommentarlos in die Hand drückte.

»Danke«, seufzte Sarah. Es hatte ohnehin keinen Sinn, mit Kim darüber zu diskutieren, und schließlich war sie ja auch hier, um sich zu amüsieren. Vielleicht würde der Alkohol ihr helfen, sich etwas aufzulockern. Das konnte sie momentan ganz gut gebrauchen.

Betont gelassen lehnte sich Sarah gegen eine Säule und schaute sich ein wenig nach bekannten Gesichtern um. Die ein oder andere hatte sie schon einmal gesehen, aber sehr viele Frauen kannte sie nicht, was sicherlich daran lag, dass sie eher selten auf solchen Partys anzutreffen war. Ramona zuliebe war sie manchmal mitgekommen, doch am Ende war sie immer froh gewesen, wieder auf der heimischen Couch zu sitzen.

Plötzlich blieb Sarahs Herz stehen. Das Leuchten der roten Haarsträhnen erkannte sie sofort wieder. Das konnte doch nur ein Traum sein! Sie starrte direkt zu Katja hinüber, die mit einer Blondine am Arm nur wenige Meter von ihnen entfernt stand. »Kim«, flüsterte sie aufgeregt. »Sie ist hier. Das kann doch nicht wahr sein!« Nervös wandte Sarah ihren Blick von Katja ab und richtete ihn auf den Boden, um bloß nicht aufzufallen.

»Wer ist hier?«, fragte Kim, die nur Bahnhof verstand.

»Katja«, presste Sarah so leise wie möglich durch ihre Lippen.

Suchend schaute sich Kim um, auch wenn sie nicht genau wusste, wie Katja aussah.

»Guck doch nicht so auffällig!«, forderte Sarah und ergriff Kims Hand, die sie viel zu fest drückte. »Direkt geradeaus steht sie. Neben der Blondine mit dem Pferdeschwanz.«

»Etwa die mit dem Loch in der schwarzen Hose und dem grellen gelben Top?« Ungläubig begutachtete Kim Sarahs Auserwählte. Das war ja tatsächlich nicht die Art von Frau, die Sarah sonst in Erwägung zog. »Ich muss zugeben, dass sie eine gewisse Ausstrahlung hat.«

Sarah umklammerte ihre Flasche. Sie traute sich nicht, noch einmal zu Katja zu sehen.

»Willst du sie nicht begrüßen?«, schlug Kim vor.

»Auf keinen Fall«, kam es wie aus der Pistole geschossen zurück.

»Wir gehen da jetzt vorbei, und du sagst ihr hallo«, stellte Kim klar und zog Sarah, die wie versteinert dastand, von ihrer Säule fort.

»Was soll ich denn sagen?« Bei dem Gedanken daran, Katja in wenigen Sekunden gegenüberzustehen, wurden Sarahs Hände feucht.

»Wie wäre es mit: *Schön, dich zu sehen.*« Kim schüttelte den Kopf. »Manchmal stellst du dich aber auch wirklich an. Den ganzen Abend kannst du von nichts anderem reden als von deinem zweiten Friseurbesuch bei Katja, und nun bietet sich dir diese einmalige Chance, und du willst einen Rückzieher machen.«

»Ich kann nicht«, erklärte Sarah. Ihr wurde übel. »Bitte lass uns umdrehen.« Sie hörte Katjas Lachen.

Es war zu spät. Katja hatte sie entdeckt und winkte ihnen zu.

»Hallo. Ich habe mir schon gedacht, dass ich dich hier treffe.« Katja lächelte. »Das hier ist Nathalie, meine Bekannte, von der ich dir heute Nachmittag erzählt habe«, stellte sie ihre Begleitung vor, die etwas unsicher zwischen den Frauen hin und her schaute. »Sie hat genau diese Party für den heutigen Abend vorgeschlagen. Das ist doch ein Zufall, oder?«

Sarah nahm die Worte nur wie durch Watte wahr. Sie konnte sich nicht darauf konzentrieren. Katjas blaue Augen hielten sie gefesselt.

An ihrer Stelle antwortete Kim: »Das ist tatsächlich ein Zufall. Sarah hat mir schon von dir erzählt. Ich bin übrigens Kim.«

Mit einem Mal war Sarah wieder aus ihrem Traum erwacht. War Kim von allen guten Geistern verlassen, so etwas auszuplaudern?

»Ehrlich? Du hast von mir erzählt?« Katja sah Sarah überrascht an.

Am liebsten wäre Sarah auf der Stelle vor Scham im Boden versunken. Wie gut, dass Katja im Diskolicht kaum erkennen konnte, wie rot sie geworden war. »Ich musste meiner besten Freundin doch berichten, wer mir so hervorragend die Haare geschnitten hat«, brachte Sarah schließlich angestrengt hervor.

Katja konnte sich ein Grinsen nicht verkneifen. Anscheinend hatte sie schnell begriffen, dass das nicht der einzige Grund für ihre Erwähnung war. Aber angesichts von Sarahs Verhalten war dies auch kaum zu übersehen gewesen.

»Na gut, dann wollen wir euch aber auch nicht weiter stören«, beendete Kim die Unterhaltung so abrupt, wie sie begonnen hatte.

»Viel Spaß noch«, verabschiedete sich auch Katja und wandte sich wieder ihrer Begleitung zu.

Zu gern hätte Sarah gewusst, ob sie nur eine Bekannte war oder ob die beiden mehr verband, aber es war einfach nicht zu erkennen.

Als Sarah und Kim wenige Augenblicke später wieder in ihrer ehemaligen Ecke standen, genehmigte sich Sarah erleichtert einen großen Schluck ihres Bieres. Dabei bemerkte sie, dass ihre Hände zitterten.

»Als Hetera kann ich das vielleicht jetzt nicht so gut beurteilen, aber alle Achtung, da hast du dir echt eine klasse Frau ausgesucht«, bemerkte Kim grinsend.

Doch statt zu reagieren, starrte Sarah wie paralysiert auf ihre Flasche. Was musste Katja denn jetzt von ihr denken?

»Hey!« Kim packte Sarahs Schulter und versuchte sie wachzurütteln. »Die muss es dir ja echt angetan haben.«

Sarah seufzte schwer. »Ja.« Sie machte eine kleine Pause. Ihr Gesicht bekam einen verträumten Ausdruck. »Aber sieh sie dir doch an. Sie ist umwerfend. Wenn sie lacht, habe ich das Gefühl, alles um mich herum zu vergessen. Und ihre blauen Augen erst.«

»Tja, allerdings fürchte ich, du solltest sie dir lieber aus dem Kopf schlagen.« Kim deutete in Katjas Richtung.

Neben Katja stand mittlerweile eine andere Frau. Sie lachte herzlich und berührte dabei den Arm dieser Frau. Die beiden standen so eng beieinander, dass Sarah den Eindruck hatte, sie würden gleich verschmelzen. Katja flirtete ausgelassen mit dieser Fremden. Ihre Lippen waren nur noch wenige Zentimeter voneinander entfernt.

Der Anblick war unerträglich für Sarah. »Du hast wohl recht. Ich sollte Katja besser vergessen.«

»Hier gibt es so viele gutaussehende Frauen. Versuch dein Glück einfach woanders«, schlug Kim vor und klopfte ihrer besten Freundin mitfühlend auf die Schulter. »Ich hole uns erst mal noch ein Bier. Das brauchst du jetzt.« Sie zwinkerte Sarah aufmunternd zu.

Während Kim an der Bar war, beobachtete Sarah die Frauen auf der Tanzfläche, die sich zur Musik wiegten. Sie zwang sich, nicht zu Katja zu sehen, was ihr jedoch kaum gelang. Was hatte diese Frau nur an sich?

»Hallo. Ich bin Tina. Und du?«

Eine fremde Stimme riss Sarah aus ihren Gedanken. Vor ihr stand eine Frau, die deutlich kleiner war als sie selbst, und streckte ihr ihre Hand entgegen.

»Sarah«, stellte sie sich kurz und knapp vor und ergriff die Hand. Sie versuchte ein Lächeln aufzusetzen. Die Unbekannte sah niedlich aus, eigentlich entsprach sie genau Sarahs Typ. Sie hatte ihre langen blonden Haare hochgesteckt, und ein paar Locken fielen ihr in die Stirn.

»Hast du Lust, etwas mit mir zu trinken?« Tinas blaue Augen blitzten verführerisch.

»Gern«, stimmte Sarah dem Vorschlag zu. Das war die Gelegenheit, Katja aus ihren Gedanken zu vertreiben und etwas Neues zu beginnen.

Aus den Augenwinkeln beobachtete Sarah, wie Kim mit zwei Bierflaschen bewaffnet an ihr vorbeilief und ihr vielsagende Blicke zuwarf. Sie hatte offensichtlich nicht vor, Sarah in nächster Zeit zu stören.

Gemeinsam kämpften sich Sarah und Tina zur Bar durch. Tina bestellte zwei Bier und reichte Sarah wenig später eine Flasche.

»Was machst du denn so?«, begann Tina eine Unterhaltung. »Ich meine, beruflich?«

»Ich arbeite bei einer Versicherung.«

Tina nickte. »Das klingt ja spannend.« Richtig zu interessieren schien es sie allerdings nicht.

Sie sprachen eine Weile über Belanglosigkeiten.

»Komm, lass uns tanzen gehen«, beendete Sarah das Gespräch, als sie merkte, dass sie sich wenig zu erzählen hatten. Tina gefiel ihr, daran bestand kein Zweifel. Sie war attraktiv. Unter ihrem tief ausgeschnittenen Shirt kamen ihre Brüste gut zur Geltung, ihre enge Jeans betonte ihren knackigen Po. Doch viele Gemeinsamkeiten hatten sie offensichtlich nicht. Aber was spielte das an diesem Abend schon für eine Rolle? Sie wollte mit Tina ja nicht den Rest ihres Lebens verbringen.

Auf der Tanzfläche schmiegte sich Tina eng an Sarah, sodass ihre Körper sich berührten. Sie legte ihre Arme um Sarah und platzierte ihre Hände nur knapp oberhalb ihres Pos. Sarah spürte, dass diese Berührungen sie nicht kalt ließen. Tina sah zu Sarah hoch. Sie musste sich dazu etwas auf Zehenspitzen stellen.

Ihre Blicke trafen sich. Diese blauen Augen erinnerten Sarah unwillkürlich an Katja. Sie löste sich ein wenig aus Tinas Umarmung. Im selben Moment sah sie Katja, die am Rand der Tanzfläche stand.

»Möchtest du nicht mit mir tanzen?«, fragte Tina, die merkte, dass Sarah nicht mehr bei der Sache war.

»Doch, natürlich.« Sarah versuchte sich wieder auf Tina zu konzentrieren, und ließ es geschehen, dass sich Tinas Körper noch enger an ihren presste.

Tina ist eine wundervolle Frau, wir könnten eine aufregende Nacht haben, versuchte sich Sarah einzureden.

Plötzlich spürte sie Tinas weiche Lippen auf ihren. Sie schloss die Augen und erwiderte zaghaft diesen Kuss. Tinas Zungenspitze strich über ihren Mund und suchte Einlass. Sarah gewährte ihn ihr. Aber sosehr sie sich auch bemühte, sich fallenzulassen und den Kuss zu genießen, es wollte ihr nicht gelingen. Es kam keine Leidenschaft in ihr auf.

Plötzlich schlich sich Katjas Bild in Sarahs Gedanken. Sie sah

Katjas geschwungene Lippen vor sich, sie stellte sich vor, wie es wäre, diesen liebreizenden Mund zu berühren, während sie in Wirklichkeit Tina küsste. Ein heißer Schauer lief Sarahs Rücken herunter. Die Wärme staute sich in ihrem Unterleib.

»Verdammt!« Sarah schreckte zurück. Das war unfair. Sie konnte nicht eine Frau küssen und dabei an eine andere denken. »Es tut mir leid. Ich bin irgendwie nicht in der richtigen Stimmung heute. Entschuldige.« Sarah lief in Richtung Bar, und Tina folgte ihr.

»Kein Problem. Ich schreibe dir meine Telefonnummer auf, falls du an einem anderen Abend Lust hast. Dann können wir uns wiedersehen. Ich würde mich freuen.« Tina kritzelte ein paar Ziffern auf einen kleinen Zettel und überreichte ihn Sarah.

»Alles klar.« Sarah suchte den Raum nach Kim ab.

Kim, die das gesamte Schauspiel aufmerksam verfolgt hatte, war bereits auf dem Weg zu Sarah.

»Da bist du ja. Gut, dass ich dich sehe. Ich muss unbedingt mit dir sprechen«, mischte sich Kim unter die beiden Frauen und gab so Tina das Zeichen, zu verschwinden.

Tina verstand, dass ihre Anwesenheit nicht länger gefragt war, und ging nach einem letzten bedauernden Blick auf Sarah in Richtung Ausgang.

»Ach Mensch, das habe ich wohl ganz schön vermasselt.« Sarah atmete hörbar laut aus. »Ich musste plötzlich an Katja denken.«

Kim nickte wissend. »Ich habe mir so etwas schon gedacht.«

»Meine Gefühle spielen vollkommen verrückt. Das ist doch sonst nicht meine Art«, redete Sarah weiter.

»Nein, das ist es wirklich nicht. Aber es ist doch nicht schlimm, wenn deine Rationalität mal ein bisschen Pause macht und die Emotionalität von dir Besitz ergreift.«

Sarah zuckte mit den Schultern. »Das verwirrt mich aber.«

Katja, die gerade mit Nathalie die Party verließ, lief an ihnen vorbei. Sie kam Sarah so nah, dass diese ihren betörenden Duft einatmen konnte.

»Bis bald mal«, rief sie den beiden zu und schenkte Sarah erneut ihr umwerfendes Lächeln.

»Katja irritiert mich. Sie bringt meine Welt durcheinander«, stöhnte Sarah. »Lass uns auch gehen. Ich glaube, ich muss schlafen.«

»Das ist eine gute Idee«, stimmte Kim zu und war schon auf dem Weg zur Garderobe.

Sarah machte es sich mit einer Tasse Tee auf ihrer Couch gemütlich. Sie wollte endlich etwas entspannen. Wieder hatte sie einen Tag im Büro überstanden. Kaum hatte sie die Augen geschlossen, um abzuschalten, spukte Katjas Bild in ihrem Kopf umher. Warum nur konnte sie an nichts anderes mehr denken?

Seit dem Wochenende wurden ihre Gedanken von Katja beherrscht. Selbst auf ihre Arbeit hatte sie sich in den letzten beiden Tagen nicht mehr richtig konzentrieren können. Wenigstens stand heute Abend ihr heißgeliebtes Handballtraining auf dem Programm.

Sarah seufzte schwer und öffnete ihre Augen. Die Märzsonne erhellte den Raum.

Vielleicht sollte ich etwas skaten gehen, kam es Sarah in den Sinn. Das hatte bisher immer geholfen, ihren Kopf freizubekommen und ihr Gefühlschaos zu ordnen. Das Wetter wäre bestens dafür geeignet.

Voller neuem Tatendrang sprang Sarah auf und lief in den Keller, um ihre Ausrüstung zu holen. Wenig später glitt sie befreit über das Pflaster. Sie ließ sich von den Sonnenstrahlen wärmen. Die ersten Vögel zwitscherten. Der Frühling hielt eindeutig Einzug. Sie spürte den angenehmen Fahrtwind auf ihrer Haut.

Sarah fuhr die gleiche Strecke wie immer. Sie führte sie durch ihre Nachbarschaft. Ihre Tour dauerte normalerweise fast eine Stunde, bis sie wieder zu Hause war. Sie fand das genau richtig, um sich auszupowern und um auf andere Gedanken zu kommen.

Sie musste Katja endlich vergessen. Tina war doch eine tolle Frau gewesen, sie entsprach genau ihrem Typ und hatte eindeutig Interesse an ihr gezeigt. Katja hingegen war ganz anders als sie. Sie würden doch gar nicht zueinander passen.

Ein schriller Pfiff riss Sarah aus ihrer Grübelei. Abrupt blieb sie stehen und sah sich verwundert um. Hatte der Pfiff ihr gegolten?

»Hey!«, brüllte eine Frauenstimme. »Hier oben bin ich.«

Sarah schaute an der Hausfront entlang. Sie kannte eigentlich niemanden hier. Auf einem Balkon entdeckte sie eine winkende Person.

»Hallo Sarah. Willst du kurz hochkommen?«, schrie die Frau herunter.

Die Sonne spiegelte sich in den Fenstern und blendete sie, sodass sie nicht genau erkennen konnte, wer da mit ihr sprach. Sarah schützte ihre Augen mit ihrer Hand, um besser sehen zu können.

Das musste ein schlechter Scherz sein!

Wie in Sarahs schönster Illusion stand sie dort und lächelte ihr zu. Ihre Hände waren voller Erde, da sie offensichtlich gerade dabei war, ihren Balkon zu bepflanzen. Die schwarzen Haare waren ganz durcheinander, aber das machte sie nur noch unwiderstehlicher.

»Möchtest du einen Kaffee? Ich könnte eine kleine Pause gut gebrauchen.« Katja sah sie fragend an.

Damit hatte Sarah nicht gerechnet. Was sollte sie denn jetzt machen? Sie konnte unmöglich zu Katja hochgehen, so verschwitzt, wie sie war. Und außerdem – wie sollte sie sich verhalten? Solche unerwarteten Überfälle mochte sie gar nicht.

»Was ist?«, fragte Katja erneut.

»Ähm … gern«, stimmte Sarah dem Vorschlag schließlich

zu. Diese Chance konnte sie sich nicht entgehen lassen, sie konnte ihr Glück kaum fassen. Sie strahlte mit der Sonne um die Wette. Eigentlich konnte sie sich doch nichts Schöneres vorstellen, als ihren Nachmittag mit der Frau zu verbringen, die ihr die Sinne vernebelt hatte.

»Dann komm zur Haustür. Ich mach dir auf.« Auch Katja schien sich über den Überraschungsbesuch durchaus zu freuen.

Mit einem Kribbeln in der Magengegend skatete Sarah zur Haustür. Es war ein Wunder, dass sie überhaupt noch vorwärtskam. Ihr Herz pochte bis zu ihrem Hals. Im Hausflur zog sie ihre Skates aus, bevor sie mit weichen Knien die Treppe hochstieg.

Dann stand sie Katja gegenüber. Sie blickte direkt in diese atemberaubenden Augen, und für einen winzigen Moment schien die Welt stillzustehen.

»Hereinspaziert! Sorry, dass es hier so chaotisch aussieht. Ich war gerade dabei, meinen Balkon neu zu bepflanzen.« Katja hob entschuldigend die Schultern und wischte sich die Hände an ihrer grünen Schürze ab. »Weißt du, ich mag es gern, wenn mich ein paar bunte Blumen auf meinem Balkon daran erinnern, dass der Frühling kommt. Dieses Jahr habe ich mich für Hyazinthen und Tulpen entschieden.« Sie deutete auf die violetten Blumen, die noch in ihrer Wohnung standen.

Sarah konnte sie keiner Sorte zuordnen. Sie hatte nicht einmal die leiseste Ahnung, ob es überhaupt Sorte hieß oder nicht vielleicht Art, Rasse, Gattung oder ganz anders.

»Die sehen wirklich schön aus«, war alles, was Sarah dazu einfiel. Einen grünen Daumen hatte sie ganz gewiss nicht.

Um ihre Unsicherheit zu überspielen, bückte sich Sarah und stellte viel zu umständlich ihre Inlineskates ab.

»Was kann ich dir denn anbieten? Kaffee? Mit Milch und Zucker?«, fragte Katja, während sie notdürftig etwas ihr Wohnzimmer aufräumte und ein paar Kisten in die Ecke schob.

Entgegen ihrer sonstigen Gewohnheiten entschied sich Sarah dafür, sich am heutigen Tag noch eine zweite Tasse Kaffee zu genehmigen. »Kaffee ist eine gute Idee. Bitte mit ganz viel Milch für mich.«

»Setz dich ruhig. Ich geh schnell in die Küche, bin aber sofort wieder bei dir.«

Noch ganz benommen davon, dass sie so plötzlich in Katjas Wohnung stand, was sie sich nicht einmal in ihren kühnsten Träumen ausgemalt hätte, nahm Sarah in einem leuchtend roten Sessel Platz. Sie verschränkte ihre feuchten Finger ineinander. Ihr Blick schweifte durch die Wohnung.

Es war bunt hier, stellte sie schnell fest. Jedes Polstermöbel hatte eine andere Farbe, Bilder verzierten die Wände. So viel Farbe fand sich in Sarahs Wohnung nicht. Doch es gefiel ihr. Es wirkte warm und freundlich. Sarah war sich sicher, dass man sich hier wohlfühlen konnte.

»Bitteschön.« Katja stellte einen großen Becher Kaffee vor ihr ab und setzte sich ihr gegenüber. »Ich habe nicht damit gerechnet, dich so schnell wiederzusehen.« Sie lächelte. »Aber ich freue mich.«

»Ich mich auch«, bemerkte Sarah zögernd. Ihre Augen ruhten auf ihrer Tasse, sie konnte Katja nicht direkt ansehen. Ihrem Blick hätte sie nicht standhalten können.

»Was hat dich denn in diese Gegend verschlagen?«, versuchte Katja weiter, ein Gespräch in Gang zu bringen.

»Ich wohne nicht sehr weit weg von hier und hatte Lust, heute etwas zu skaten. Das schöne Wetter muss man ja nutzen.« Nervös wippte Sarahs Fuß auf und ab.

Katja nickte. »Aber wir wollen jetzt nicht über das Wetter reden, oder?« Sie grinste Sarah an.

»Also ... ähm ... nein«, stotterte Sarah unbeholfen. Ihre Schultern, die sie verkrampft nach oben zog, schmerzten bereits. Sie hatte absolut keine Ahnung, worüber sie sonst reden konnten. Ihr fiel nichts ein.

Glücklicherweise hatte Katja diesbezüglich weniger Probleme. »Machst du eigentlich viel Sport?«, wollte sie wissen. »Du siehst immer sehr sportlich aus, wenn ich dich sehe.« Katjas

Blick glitt an Sarahs Körper hinab. Sie musterte sie ausgiebig.

Sarah errötete leicht. »Ich spiele Handball, zweimal in der Woche haben wir Training und sonntags meistens ein Spiel. Ansonsten skate ich ab und zu oder gehe joggen, wenn ich Lust dazu habe.«

Anerkennend hob Katja eine Augenbraue. »Nicht schlecht. Ich glaube, ich besitze nicht einmal Turnschuhe.« Sie lachte.

Dieses Lachen klang wie zauberhafte Musik in Sarahs Ohren.

»Vielleicht sollte ich mich auch etwas mehr bewegen. Aber dazu bin ich wohl zu bequem.« Katja griff nach einer Packung Lakritzkaugummi und steckte sich einen in den Mund. »Möchtest du auch einen? Das ist bei mir so wie mit dem Kaffee. Ich kann ohne einfach nicht.« Sie zwinkerte Sarah zu.

Sarah schüttelte den Kopf. Sie hatte nichts für Kaugummi übrig.

»Die Party am Samstag war doch ganz gut, oder?«, brachte Katja die Sprache auf ein Thema, das Sarah am liebsten ausgeklammert hätte.

Sarah räusperte sich. »Hm, ja, war nicht schlecht.«

»War das deine Freundin, mit der du da warst?«, hakte Katja weiter nach.

Sarah wollte im Erdboden versinken. Sie hatte keine Ahnung, ob sie Kim meinte oder ob sie diesen peinlichen Flirt mit Tina beobachtet hatte.

Katjas Blick ruhte erwartungsvoll auf ihr.

»Ich bin Single«, antwortete Sarah schließlich.

»Ich auch. Aber etwas anderes könnte ich mir im Moment auch nicht vorstellen.«

Sarah musste schlucken. Wie meinte sie das?

»Beziehungen sind einfach zu anstrengend. Ich genieße mein Leben, so wie es ist, ganz ohne Verpflichtungen. Die meisten Frauen haben damit ein Problem. Das verstehe ich einfach nicht«, plauderte Katja einfach weiter, ohne Sarahs erschreckten Gesichtsausdruck zu beachten. »Oder wie siehst du das?«

Sarahs Kehle war wie zugeschnürt. Ihr Traum war es, die

Frau fürs Leben zu finden und eine ernsthafte Beziehung mit ihr zu führen. Was konnte es Schöneres geben, als jeden Morgen nebeneinander aufzuwachen, jeden Tag miteinander zu teilen?

»Nun ja«, murmelte Sarah verlegen, »eine Beziehung kann doch auch schön sein.« Ihr wurde ganz heiß. Sie merkte, wie sich kleine Schweißtröpfchen auf ihrer Stirn bildeten. »Kann ich mal deine Toilette benutzen?« Sie brauchte einen Moment Ruhe, um sich wieder zu sammeln. Katja hatte sie mit ihren Ansichten vollkommen aus der Bahn geworfen. Niemals hätte sie gedacht, dass es Frauen gibt, die nicht an einer langfristigen Bindung interessiert sind. Wahrscheinlich war sie einfach nur schrecklich naiv.

»Selbstverständlich. Die erste Tür links draußen im Flur«, erklärte Katja.

Kaum hatte Sarah die Badezimmertür hinter sich verschlossen, atmete sie erst einmal tief durch. Gerade hatte sie sich noch wie auf Wolke Sieben gefühlt, und nun hatte Katja sie mit ihren Bemerkungen wieder heruntergestürzt. Die Landung war hart und schmerzhaft gewesen. Doch was hatte sie eigentlich erwartet? Dass Katja sie in ihre Wohnung einlud und gleich darauf voller Begeisterung eine Beziehung mit ihr einging und sie für immer und ewig glücklich miteinander lebten? Manchmal war sie eine Närrin. Sonst hatte sie ihre Gefühle immer im Griff, aber bei Katja setzte ihr Verstand unerklärlicherweise aus. Es war schrecklich.

Langsam fing sich Sarah wieder und beschloss, dass es an der Zeit war, das Bad wieder zu verlassen, ehe Katja sie für wunderlich hielt. Als sie ins Wohnzimmer kam, stand Katja plötzlich direkt vor ihr. Nur wenige Zentimeter blieben sie voreinander stehen. Sarah sah geradewegs in die blauen Augen. Ihr wurde schwindelig.

»Ich hoffe, ich habe dich nicht verschreckt«, flüsterte Katja ihr zu und strich mit ihren Fingern zärtlich über Sarahs Arm.

Die unerwartete Berührung hinterließ bei Sarah ein Prickeln. »Nein, das hast du nicht«, log sie.

»Das ist schön.« Katja legte behutsam ihre Arme um Sarah und zog sie ein wenig zu sich. Katja schmiegte sich so eng an sie, dass kein Blatt Papier mehr zwischen sie gepasst hätte.

Sarah konnte Katjas Atem in ihrem Gesicht spüren. Sie waren sich so nah. Katjas Haare kitzelten ein wenig an Sarahs Ohr. Sie atmete Katjas berauschenden Duft ein.

»Hast du Lust, noch eine Weile hierzubleiben?« Katja lächelte ihr zu.

Sarah hatte das Gefühl, ihre Beine würden gleich nachgeben.

»Ich weiß nicht«, zögerte Sarah.

Doch Katja gab ihr keine weitere Bedenkzeit. Ihre Lippen näherten sich ganz langsam Sarahs Mund. Sarah hatte nur noch den Wunsch, sie zu berühren. Sie wollte nichts sehnlicher, als Katja zu küssen.

Endlich trafen ihre Lippen aufeinander. Katjas Mund fühlte sich so weich und samtig an. Behutsam strich ihre Zungenspitze über ihre Lippen und drang vorsichtig in ihren Mund ein. Ihre Zungen spielten miteinander, sie umschlungen sich zärtlich, um schließlich jeden Winkel zu erforschen. Sarahs Wangen glühten. Mit einem Mal wanderten Katjas Finger ihren Rücken hinunter. Sie schob Sarahs Shirt ein wenig hoch und ließ ihre Hände unter den Stoff gleiten.

Sarah zuckte zurück und löste sich aus der Umarmung. »Entschuldige. Ich muss gehen. Sonst verpasse ich mein Training.« Sie musste das hier beenden, bevor es ihr zu viel wurde.

»Schade. Aber kein Problem.« Katja sah etwas enttäuscht aus.

Es ist die beste Entscheidung, redete sich Sarah ein. Es war nicht ihre Art, sofort mit einer Frau ins Bett zu gehen, erst recht nicht mit einer Frau, die offensichtlich gar nicht mehr von ihr wollte. Dieser Kuss hatte sie durcheinandergebracht. Es war so wunderschön gewesen. Aber wo hätte das enden sollen?

»Wenn du mir deine Telefonnummer aufschreibst, ruf ich dich mal an«, bemerkte Katja, als Sarah sich hastig ihre Skates griff. Sie wollte nur noch fliehen. Ihr Verhalten war ihr mehr als peinlich.

Einen Moment überlegte Sarah. Dann entschied sie sich jedoch, dass sie nichts mehr zu verlieren hatte, und nahm den Stift an, den Katja ihr entgegenstreckte. Sie schrieb ihre Nummer auf.

»Ich melde mich bei dir«, rief Katja Sarah hinterher, die schon dabei war, eilig die Treppe hinunterzulaufen.

Niemals im Leben würde Katja sie anrufen, da war sich Sarah sicher. Nach dieser Vorstellung eben hatte sie bestimmt die Nase voll von so einer dummen Pute wie ihr.

Als sie davonfuhr, warf sie einen letzten Blick zu Katjas Balkon. Sie seufzte schwer.

»Da bist du ja endlich! Los jetzt!« Ihre Trainerin sah Sarah strafend an, als sie fünf Minuten zu spät aus der Umkleide in die Turnhalle kam.

»Es tut mir leid«, bemerkte Sarah. Sie wusste, wie sehr Frau Rothe es hasste, wenn jemand unpünktlich war. Aber der Besuch bei Katja hatte Sarah so durcheinandergebracht, dass sie beinahe die Zeit vergessen hatte.

Sarah reihte sich hinter ihren Mitspielerinnen ein, die gerade dabei waren, unzählige Runde zu laufen.

Was wollte Katja denn eigentlich von ihr, wenn sie keine Beziehung wollte? Wollte sie etwa nur mit ihr ins Bett? Noch nie in ihrem Leben hatte sich Sarah auf eine Affäre, geschweige denn auf einen One-Night-Stand eingelassen. Für sie gehörten zum Sex immer tiefe Gefühle dazu.

»Sarah! Was habe ich gerade gesagt? Pass besser auf!« Die scharfe Stimme ihrer Trainerin riss Sarah aus ihren Gedanken. Die anderen waren dazu übergegangen, diverse Laufvarianten durchzuführen. Sarah hatte es gar nicht bemerkt.

Irgendwann hatte Sarah auch die Dehnübungen überstanden.

»Dann schnappt euch bitte zu zweit einen Ball«, forderte Frau Rothe. Meistens lief das Training ohnehin nach dem gleichen Muster ab, eigentlich brauchte die Trainerin gar nichts zu sagen.

Jenny kam auf Sarah zu, sie hatte bereits einen Ball in den Händen. »Wollen wir heute mal zusammenspielen?«, fragte sie. Jenny war noch neu in der Mannschaft.

Bisher hatte Sarah kaum ein Wort mit ihr gewechselt. »Ja klar.«

Doch auch auf die Partnerübungen konnte sich Sarah kaum konzentrieren. Katja ließ sich einfach nicht aus ihrem Kopf vertreiben. Dieser Kuss war so schön gewesen. Sarah hatte alles um sich herum vergessen. Sie wäre so gern noch bei Katja geblieben, aber irgendetwas hatte sie davon abgehalten. Ein leiser Seufzer kam über ihre Lippen.

Die Hände in die Hüften gestemmt, stellte sich Frau Rothe schließlich vor Sarah, als sie es nicht mehr mit ansehen konnte. Ihre Augen verengten sich zu einem bedrohlich engen Spalt. »Fräulein Wohlfahrt! Konzentriere dich gefälligst! Was ist denn heute nur los mit dir? Am Wochenende steht ein wichtiges Meisterschaftsspiel an, das weißt du hoffentlich!«

Sarah nickte. »Ich weiß, es tut mir leid.«

Frau Rothe pfiff alle zusammen und teilte sie für ein Trainingsspiel in zwei Mannschaften ein.

Was wollte Sarah eigentlich? Wollte sie wirklich unbedingt eine feste Beziehung, oder war sie nicht vielleicht froh, nach Ramona auch das Singledasein genießen zu können? Sarah konnte es nicht genau sagen. Natürlich wäre es schön, sich einfach treiben zu lassen und das zu tun, auf was man Lust hatte. Doch eigentlich hatte sie so etwas noch nie gemacht. Warum sollte sie ausgerechnet jetzt damit beginnen? Sie fühlte sich körperlich zu Katja hingezogen, daran bestand keinerlei Zweifel, aber es war mehr, was sie für Katja empfand.

Ein Ball, der sie genau am Kopf traf, holte sie in die Realität zurück. »Verdammt!«, fluchte Sarah. Aber sie war ja selbst schuld gewesen und hatte viel zu wenig aufgepasst.

»Wenn du dich jetzt nicht endlich zusammenreißt, kannst du den Rest des Trainings von der Bank aus verfolgen.« Frau Rothe ließ keinen Zweifel daran, dass es ihr ernst war.

Also, Schluss jetzt mit der Grübelei, ermahnte sich Sarah. Sie liebte ihren Sport und konnte sich normalerweise beim Training hervorragend ablenken. Warum es ihr heute nicht so recht gelingen wollte, wusste sie auch nicht genau. Vielleicht war alles, was geschehen war, einfach noch zu frisch.

In der letzten halben Stunde schaffte es Sarah tatsächlich, sich besser zu konzentrieren. Dennoch war sie erleichtert, als sie wenig später unter der Dusche standen.

»Wer möchte denn gleich noch mitkommen auf ein kleines Bier?«, fragte Hanna, die Mannschaftsführerin. Sie gingen oft gemeinsam nach dem Training noch etwas trinken, und normalerweise schloss Sarah sich gern an. Heute allerdings stand ihr nicht der Sinn nach einem fröhlichen Abend. Sie musste erst einmal ihre Gedanken ordnen.

»Ich werde lieber nach Hause fahren«, bemerkte Sarah, und sie hatte das Gefühl, dass die ein oder andere ihrer Mitspielerinnen deswegen nicht gerade böse war.

Sarah hatte das Wohnzimmer kaum betreten, als sie bereits sah, dass ihr Anrufbeantworter blinkte. Sie drückte die Abspieltaste.

»Hallo Sarah. Ich bin es, Kim. Ruf mich doch mal an, wenn du wieder zu Hause bist.«

Das Schicksal hätte es nicht besser mit ihr meinen können! Sarah hatte den gesamten Rückweg überlegt, ob sie Kim trotz der späten Stunde noch anrufen konnte. Natürlich hatte ihre beste Freundin immer ein offenes Ohr für sie, auch mitten in der Nacht. Aber so wichtig war es nun auch wieder nicht, die Nacht würde sie schon überleben. Morgen könnte sie immer noch alles mit ihr besprechen.

Doch nun wurde sie ja quasi von Kim aufgefordert, sie zurückzurufen. Ohne sich Schuhe und Jacke auszuziehen, nahm Sarah das Telefon in die Hand und wählte Kims Nummer. Schon beim zweiten Klingeln nahm ihre beste Freundin ab.

»Kim, du glaubst nicht, was mir heute passiert ist«, platzte Sarah gleich heraus, ohne Kim die Chance zu lassen, ihr eigenes

Anliegen vorzutragen. Sobald sie an die überraschende Begegnung am Nachmittag dachte, kam ihr Katja in den Sinn. Diese schönen Augen leuchteten sie an. Ein Strahlen breitete sich über Sarahs ganzes Gesicht aus. Sie spürte die Schmetterlinge in ihrem Bauch. Es könnte alles so wunderschön sein.

»Na, da bin ich aber gespannt.«

Sarah atmete einmal tief durch. »Ich war heute Nachmittag skaten, und rate, wen ich da zufällig getroffen habe?«, flötete sie fröhlich in den Hörer.

Kim antwortete mit Schweigen.

»Katja!« Sarahs Lächeln war sicherlich durch den Telefonhörer zu hören. »Sie war auf ihrem Balkon und hat mich gesehen. Und dann hat sie mich eingeladen, mit ihr einen Kaffee zu trinken.« Sarahs Herz machte bei dem Gedanken daran kleine Freudensprünge.

»Wow, das ist allerdings eine Überraschung«, stellte Kim fest. »Damit hätte ich beim besten Willen nicht gerechnet. Aber das freut mich wahnsinnig für dich. Und wie war es?«

Augenblicklich spürte Sarah einen heftigen Schlag in ihrer Magengrube. Ihr wurde übel. Fast hätte sie bei der Schwärmerei für Katja verdrängt, was ihr eigentliches Problem war.

Sie räusperte sich. »Eigentlich war es schön.«

Kim bemerkte sofort, dass etwas nicht stimmte. Dazu kannte sie ihre beste Freundin schon zu lange. »Und die Wahrheit?«, forderte sie.

Sarah seufzte schwer und umklammerte den Hörer fester. »Sie ist single«, bemerkte sie, aber ihre Stimme klang deutlich weniger euphorisch, als Kim es erwartet hätte.

»Das ist doch großartig!«, freute sich Kim, doch als sie merkte, dass Sarah die Begeisterung anscheinend nicht teilte, hakte sie weiter nach. »Oder gibt es da ein Problem?«

»Na ja«, zögerte Sarah. Sie brachte es einfach nicht fertig, es auszusprechen.

»Raus mit der Sprache! Wo drückt der Schuh?« Langsam wurde Kim etwas ungeduldig.

Sarah rieb sich mit dem Zeigefinger über ihre Nase. »Sie hat nicht vor, daran etwas zu ändern.«

»Oh«, war alles, was Kim entgegnete. Nun wurde ihr einiges klar.

»Und das ist noch nicht alles. Wir haben uns geküsst, und wenn ich nicht abgeblockt hätte, wäre es nicht nur bei einem Kuss geblieben. Es war so schön mit ihr. Aber ich konnte mich nicht fallenlassen. Ich kann doch nicht einfach so mit ihr ins Bett gehen, wenn ich weiß, dass es keine Zukunft hat«, sprudelte es schließlich aus Sarah hervor. Auf Sarahs Stirn bildete sich eine nachdenkliche Falte. »Oder was meinst du?«

»Was spricht denn dagegen? Ihr seid beide frei, ihr könnt machen, was ihr wollt, ihr müsst euch vor niemandem rechtfertigen«, versuchte Kim, Sarah davon zu überzeugen, dass es eigentlich überhaupt gar kein Problem gab.

»So etwas macht man doch nicht!«, protestierte Sarah. Es passte nicht in ihr Weltbild, einfach mit einer Frau ins Bett zu gehen, ohne zu wissen, ob mehr daraus werden würde.

»Wer sagt das? Mir hat es bisher noch nicht geschadet.«

An Kims Tonfall erkannte Sarah, dass sie ihre beste Freundin verletzt hatte. Schließlich war Kim noch nie ein Kind von Traurigkeit gewesen und hatte kaum eine Gelegenheit ausgelassen, Männer abzuschleppen, die ihr gefielen.

»So habe ich das nicht gemeint. Es tut mir leid«, entschuldigte sich Sarah.

»Schon gut. Aber weißt du, ich habe wirklich viele schöne Erfahrungen gesammelt. Das würde dir bestimmt auch nicht schaden. Du hast doch nichts zu verlieren.«

Da war Sarah sich nicht so sicher. Sie hatte schon zu viel Gefühl in Katja investiert, als dass sie am Ende nicht vielleicht doch etwas zu verlieren hatte.

»Außerdem, wer sagt überhaupt, dass Katja nicht doch mehr an einer Beziehung interessiert ist, als sie zugeben will? Riskiere einfach mal was. Du bist viel zu rational. Man muss nicht immer alles im Leben genau planen. Sei spontan! Mach das, wozu du

Lust hast, und wenn es ist, Katja zu verführen, dann verführe sie gefälligst. Wer weiß, was du sonst verpasst?«

»Hm.« Sarah legte grübelnd einen Finger an ihren Mund. Kim hatte ja recht. Ständig plante sie alles in ihrem Leben ganz genau durch. Da war kaum Platz für Spontaneität. Vielleicht war sie tatsächlich zu unflexibel und zu rational. »Ich weiß nicht, ob ich das alles so einfach ändern kann«, erklärte Sarah schließlich.

Ein Stöhnen kam Kim über die Lippen. »Guck dich mal im Spiegel an! Was siehst du da?«

Etwas verwundert betrachtete sich Sarah im Spiegel. Was wollte Kim denn nun schon wieder von ihr? Sie sah nichts Besonderes. »Was soll ich denn da sehen?«, fragte sie, nachdem sie beim besten Willen nicht wusste, was Kim meinte.

»Okay, dann erkläre ich dir das mal«, erbarmte sich Kim. »Du hast eine tolle neue Frisur. Du hast deine Wohnung umdekoriert, hast Ramona endgültig aus deinem Leben verbannt. Du hast so viel geschafft in den letzten Wochen. Du hast einiges verändert, und ich gestehe, du hast mich ganz schön überrascht damit. Doch daran konnte ich sehen, dass du das kannst!«

Es stimmte, was Kim sagte. In Sarahs Leben hatte sich in letzter Zeit einiges verändert. Also sollte sie es vielleicht wirklich wagen – wenn Katja sich tatsächlich melden sollte, wovon sie allerdings nicht ausging.

»Du willst Katja, und sie dich offenbar auch. Also sei nicht dumm und nutze das aus. Sonst könnte dir einiges entgehen.«

Auch wenn Sarah Kim nicht sehen konnte, wusste sie, dass ihre beste Freundin grinste.

»Danke, Kim. Du hast mir wirklich weitergeholfen.« Ein Lächeln huschte über Sarahs Gesicht. Wieder einmal hatte Kim es geschafft, ihr vor Augen zu führen, dass sie sich manchmal selbst im Weg stand.

Sie wollte sich schon verabschieden, als ihr einfiel, dass ja ursprünglich Kim ihr etwas mitteilen wollte. »Entschuldige. Jetzt habe ich dir mein Herz ausgeschüttet und dabei ganz vergessen, dass du ja eigentlich etwas von mir wolltest.«

Kim musste gähnen. »Das ist kein Problem. Ich wollte dir nur sagen, dass ich unsere Verabredung am Freitag absagen muss. Das mit dem Kino wird leider nichts. Mein Chef nötigt mich, auf eine Fortbildung zu gehen, die das ganze Wochenende andauern wird«, erklärte sie.

»Oh, wie schade! Na, wir holen das einfach nach.« Es war zwar schade, aber eigentlich genoss Sarah es durchaus, einen Abend allein auf der Couch zu verbringen. Sie brauchte am Wochenende nicht unbedingt große Unternehmungen. »Jetzt will ich dich aber nicht länger vom Schlafen abhalten. Viel Spaß bei deiner Fortbildung«, verabschiedete sich Sarah.

Erleichtert legte sie den Hörer auf. Wie gut, dass sie Kim hatte! Sie schaffte es immer, ihr die Augen zu öffnen.

Bereits den ganzen Tag hatte sich Sarah Gedanken darüber gemacht, welchen Film sie sich am Abend ansehen sollte. Nachdem der Kinobesuch mit Kim ausfallen musste, wollte Sarah versuchen, das Beste aus der freien Zeit zu machen.

Nun stand sie vor ihrer spärlichen DVD-Sammlung und musste mal wieder feststellen, dass die meisten Filme sie nicht interessierten. Vielleicht sollte sie zur Abwechslung lieber ein gutes Buch lesen, dazu war sie in den letzten Wochen viel zu selten gekommen. So war es kein Wunder, dass noch ein großer Stapel darauf wartete, von ihr abgearbeitet zu werden. Außerdem könnte sie sich ein gutes Glas Wein dazu gönnen. Das klang nach einem vielversprechenden Abend.

Plötzlich klingelte das Telefon. Wer konnte das sein? Sie erwartete keinen Anruf. Kim war bereits auf ihrer Fortbildung, und sonst rief sie normalerweise niemand an einem Freitagnachmittag an. Höchstens ihre Mutter, aber darauf hatte Sarah überhaupt keine Lust.

»Wohlfahrt«, meldete sie sich, nachdem das Klingeln einfach nicht enden wollte.

»Hallo«, entgegnete eine unbekannte weibliche Stimme, und es blieb für einige Sekunden das einzige gesprochene Wort.

»Wer ist denn da?«, wollte Sarah schließlich wissen.

Es kam keine Antwort zurück. Sarah war kurz davor, den Hörer wieder aufzulegen, als sich die Stimme erneut meldete.

»Ich bin es. Katja.«

Sarahs Herzschlag setzte einen Moment aus, ehe er viel zu schnell weitergaloppierte. Ihre Hände wurden feucht. Damit hatte sie nun wirklich nicht gerechnet.

»Ich würde dich gern wiedersehen«, erklärte Katja nach einer langen Pause.

Sarah musste sich erst einmal setzen. Katja wollte sie tatsächlich wiedersehen! Und sie hatte ihr Versprechen gehalten und angerufen. Sarahs Mundwinkel verzogen sich zu einem Lächeln, das bald ihr ganzes Gesicht erstrahlen ließ.

»Was hältst du davon?«, drang Katjas Stimme zu Sarah durch.

Sie hatte gar nicht mitbekommen, dass Katja weitergeredet hatte. Verlegen räusperte sie sich. »Ich war gerade so in meine Gedanken vertieft. Entschuldige. Kannst du das noch einmal wiederholen?«, stotterte Sarah. Ihr Gesicht wurde rot. Glücklicherweise konnte Katja sie nicht sehen.

Katja lachte dieses einzigartige Lachen, das Sarah zum Schmelzen brachte. »Gern doch. Ich habe dich gefragt, ob du Lust und Zeit hast, heute Abend mit mir auf eine Party zu gehen.«

»Auf jeden Fall«, entgegnete Sarah so schnell, dass sie selbst vor ihrer Reaktion erschrak. »Also, ich meine, ich habe Lust, und ich habe auch Zeit heute Abend.«

»Wunderbar. Dann bin ich so gegen acht Uhr bei dir. Wir können ja vorher noch etwas trinken gehen«, schlug Katja in einem fröhlichen Tonfall vor.

»In Ordnung«, willigte Sarah in diesen Plan ein.

»Ich freue mich!«

Noch ehe Sarah etwas erwidern konnte, hatte Katja schon aufgelegt. Ganz benommen blieb Sarah auf der Couch sitzen und starrte den Hörer an. Das konnte unmöglich wahr sein. Die ganze Woche hatte sie sich nichts anderes gewünscht, als dass Katja sie anrief, doch sie hatte nicht damit gerechnet, dass sie es wirklich tun würde. Aber sie hatte angerufen! Sie würden sich wiedersehen! Und das so schnell und so unerwartet.

Als Sarah daran dachte, wie überstürzt sie eben zugesagt hatte, schüttelte sie ungläubig den Kopf. Kim würde ihr niemals glauben, dass sie so spontan und ohne nachzudenken ihre Pläne für den Abend geändert hatte. Normalerweise brauchte sie mindestens eine Woche Zeit, um sich auf eine Verabredung vorzubereiten, und wenn etwas ihre Pläne durcheinanderbrachte, benötigte sie eine gewisse Zeit, um sich mit der neuen Situation zurechtzufinden.

Sarah musste schmunzeln. Vielleicht war es ihr ja doch möglich, sich etwas zu verändern. Allerdings machten ihr ihre Finger, die sich in der Lehne festgekrallt hatten, mehr als deutlich, dass sie doch nicht ganz so gelassen war. Wie sollte sie sich Katja gegenüber verhalten? Immerhin hatten sie sich bei ihrer letzten Begegnung geküsst, ehe Sarah überstürzt geflohen war. Vielleicht wollte Katja das wiederholen. Und wenn schon? Was sprach dagegen? Sie hatte das doch lang und breit mit Kim erörtert. Sie sollte sich einfach treiben lassen, ihren Verstand abstellen und nur auf ihre Gefühle hören. Doch sosehr sie sich auch auf Katja freute, bei dem Gedanken daran, dass mehr geschehen konnte als beim letzten Mal, wurde ihr mulmig zumute. Ob sie sich darauf einlassen konnte, ohne zu wissen, wie es weiterging? Oder besser gesagt, mit dem Wissen, dass es wahrscheinlich gar nicht weiterging? Sarah seufzte.

Schluss jetzt, ermahnte sie sich. *Das reicht! Es wird ein schöner Abend werden.* Endlich würde sie Katja wiedersehen. Ihr größter Wunsch ging in Erfüllung. Was auch immer passieren würde, sie würde schon das Richtige tun.

Mit einem Lächeln auf den Lippen erhob sich Sarah von der Couch, um mit den Vorbereitungen für den Abend zu beginnen. Falls sie doch zunächst bei Sarah bleiben wollten, stellte sie eine Flasche Wein kalt und schnitt etwas frisches Gemüse, um es als kleinen Snack auf den Tisch zu stellen. Sie putzte noch einmal durch das Bad und saugte das Wohnzimmer. Es sollte alles perfekt sein.

Plötzlich wurde Sarah bewusst, dass sie sich nun auch noch darum kümmern musste, was sie am Abend anzog. Sie konnte Katja schlecht in der alten Trainingshose empfangen, die sie im Augenblick trug.

Sarah durchwühlte konzentriert ihren gut gefüllten Kleiderschrank, aber es schien ihr, als hätte sie gar nichts anzuziehen. Es war zum Verzweifeln. Entweder waren die Sachen vollkommen verwaschen, passten ihr überhaupt nicht mehr oder waren in Sarahs Augen unangemessen für ein Date. Ja, sie hatte tatsächlich ein Date!

Sarahs Miene erhellte sich. Sie würde mit Katja den Abend verbringen, mit der Frau, dir ihr Herz zum Schlagen brachte. Fröhlich pfeifend suchte sie weiter.

Viele Minuten verstrichen, bis sie endlich doch das Passende fand. Sie entschied sich für ein dunkelblaues Poloshirt mit weißen Streifen und dazu eine dunkle Jeans, die besonders gut saß. Nun musste sie noch ihre Frisur optimieren. Mit ihren Fingern zupfte sie die einzelnen Strähnen zurecht, bis sie es für gutaussehend befand. Sarah vollführte eine Pirouette vor dem Spiegel und betrachtete das Ergebnis, mit dem sie sehr zufrieden war. Zum Schluss hüllte sie sich in einen Hauch ihres Lieblingsparfüms.

Das glückliche Lächeln wollte nicht mehr aus ihrem Gesicht weichen. Ein Blick auf die Uhr verriet ihr, dass Katja in wenigen Minuten bei ihr sein musste. Sarah konnte sich in diesem Moment nichts Schöneres vorstellen.

Katja war schon zehn Minuten über der Zeit. Unruhig lief Sarah durch ihre Wohnung. Sie würde sie doch nicht versetzen? Vielleicht war Katja aber auch einfach nur nicht die Pünktlichste.

Sarah versuchte es sich auf dem Sofa bequem zu machen, aber sie fand nicht die richtige Sitzposition. Ihre Finger tippten nervös auf das Polster, ihre Füße wippten auf und ab.

Unpünktlichkeit konnte Sarah lediglich schwer ertragen. Es brachte ihre ganze Planung durcheinander. Sie spürte ein leichtes, ärgerliches Grummeln, das in ihr hochstieg, doch sie versuchte es mit einem tiefen Atemzug zu unterdrücken. Schließlich hatte Katja gesagt, sie sei gegen acht Uhr hier, das konnte man durchaus auch als Viertel nach acht interpretieren, und sie standen ja auch nicht unter Zeitdruck. Es gab also beim besten Willen keinen Grund, sich aufzuregen.

Die Türklingel erlöste sie aus ihrer Grübelei. Ein erleichterter Seufzer kam über Sarahs Lippen, ehe sie aufsprang, um die Tür zu öffnen. Augenblicklich begann ihr Herz wild zu pochen.

Engelsgleich schwebte Katja die Treppe hoch. Ihr schwarzes Haar wehte dabei in dem Wind, den sie verursachte. Sie lächelte Sarah zu, die im Türrahmen stand.

Dann blieb Katja direkt vor Sarah stehen. »Hallo.« Sie zupfte ihr knallrotes Top zurecht.

»Schön, dass du gekommen bist«, sagte Sarah zur Begrüßung.

Katja nickte. Ihr Blick fiel geradewegs in Sarahs Augen.

Für einen Moment schien die Welt aufzuhören, sich zu drehen. Die Funken, die zwischen ihnen hin und her sprangen, konnte man beinahe sehen. Regungslos blieben sie im Flur stehen, während sich ihre Blicke festhielten.

Sarah versank in das tiefe Blau von Katjas Augen. Das Kribbeln in ihrem Bauch wurde immer heftiger.

»Komm doch rein«, sagte Sarah schließlich mit zittriger Stimme und löste ihren Blick von Katja.

»Gern«, erwiderte Katja. Schweigend folgte sie Sarah ins Wohnzimmer. »Alle Achtung. Das ist aber ziemlich aufgeräumt hier. Wenn es bei mir nur auch einmal so aussehen würde«, bemerkte sie mit einem Lächeln auf den Lippen. Sie zwinkerte Sarah zu.

Verlegen fuhr sich Sarah durch ihre Haare. »Möchtest du ein Glas Wein trinken?«

»Ja, bitte«, erklärte Katja, während sie neugierig ihren Blick durch den Raum schweifen ließ.

»Schau dich ruhig ein wenig um. Ich bin sofort wieder bei dir.« Sarah verschwand in der Küche, um den Wein aus dem Kühlschrank zu holen.

Als sie wiederkam, nahm Katja gerade einen Zettel von Sarahs Schreibtisch hoch und studierte ihn. »Das ist ein Scherz, oder?«, lachte Katja. »Du machst eine Liste mit allen Dingen, die du noch zu erledigen hast, und hakst sie dann ab?«

Offensichtlich hatte Katja eine von Sarahs To-do-Listen gefunden, auf denen sie sorgfältig alle Aufgaben und Termine vermerkte, um nicht den Überblick zu verlieren. Ihre Wangen erröteten. »Na ja, ich möchte einfach nichts vergessen«, murmelte Sarah.

»Nein!«, ließ Katja plötzlich einen amüsierten Aufschrei los. »Du hast unser Date heute Abend auch darauf geschrieben?« Sie grinste breit über das ganze Gesicht und kam einen Schritt auf Sarah zu, die die Weingläser in ihrer Hand fester umklammerte.

Wie peinlich! Sie hätte den Zettel wegräumen sollen. Jetzt kam Katja sich bestimmt vor wie ein Punkt auf einer Liste, den Sarah nur abarbeiten wollte. Dabei war sie doch viel mehr.

»Das ist ja fürchterlich süß«, flüsterte Katja Sarah zu, als sie nur wenige Zentimeter vor ihr stehenblieb. Mit ihren Fingerspitzen fuhr sie durch Sarahs Gesicht, ehe sie ihr ein Glas abnahm.

Sarah räusperte sich. »Ich weiß nicht. Das ist einfach so eine blöde Angewohnheit von mir.« Sie drehte sich etwas von Katja ab, um sich an den Wohnzimmertisch zu setzen.

Katja folgte ihrem Beispiel und ließ sich in einem Sessel nieder.

»Ich habe uns ein paar Möhren und Paprika geschnitten und einen kleinen Dip vorbereitet.«

»Das ist auch deutlich gesünder als Chips und Erdnüsse.« Katja konnte sich das Lachen kaum verkneifen.

Sarah rieb sich mit ihrer Hand über die Nase. Manchmal war sie wirklich verrückt. Als ob man eine Frau mit einer Rohkostplatte begeistern konnte! Das hätte sie sich besser verkniffen. Was musste Katja jetzt von ihr denken? Sie stöhnte auf. Katja hielt sie sicherlich für die Spießerin schlechthin, und wahrscheinlich hatte sie damit noch nicht einmal unrecht. Sarah nahm einen großen Schluck von ihrem Wein.

»Was machen wir denn jetzt mit diesem schönen Abend?«, wollte Katja in vielsagendem Tonfall wissen.

»Ich weiß nicht«, stotterte Sarah.

»Ich wüsste schon was.« Katja schenkte Sarah einen verführerischen Augenaufschlag.

Sarah spürte die Hitze in sich aufsteigen. War Katja tatsächlich so direkt? Selbstverständlich war sie das! Warum auch nicht? Es musste ja nicht jede so verklemmt sein wie sie.

»Wir können natürlich auch einfach auf die Party gehen, so wie wir das geplant hatten, wenn dir das lieber ist«, ergänzte Katja, als sie Sarahs Unsicherheit bemerkte.

Wäre ihr das wirklich lieber? Natürlich nicht! Am liebsten würde sie den Abend mit Katja bei sich zu Hause verbringen. Sarah schüttelte den Kopf. »Nein, ich fände es schöner, wenn wir hierbleiben würden.« Sarah hoffte, dass Katja nicht bemerkte, wie rot sie geworden war.

Katja kam auf sie zu und setzte sich auf die Armlehne ihres Sessels. Leicht strich sie über Sarahs Arm. Sie beugte sich ein wenig näher zu ihr. »Ich hatte gehofft, dass du das sagst. Seit du Dienstag bei mir warst, musste ich ständig an dich denken«, flüsterte Katja und lächelte Sarah verschmitzt zu.

Sarah hatte das Gefühl, alles um sie herum würde sich drehen. Katja hatte auch an sie gedacht? Wie sie selbst an Katja?

Plötzlich spürte Sarah Katjas weiche Lippen auf ihrer Wange.

Ein heftiger Blitz durchzuckte sie. Sarah schloss die Augen und ließ es einfach geschehen. Ganz langsam näherte sich Katjas Mund ihrem eigenen. Ihre Lippen berührten bereits sachte Sarahs Mundwinkel. Sarahs Atem ging schneller. Dann begegneten sich ihre Lippen mit sanftem Druck und verschmolzen zu einem zärtlichen Kuss. Sarahs Pulsschlag raste. Mit ihrer Zunge strich Katja über Sarahs Lippen. Sarah öffnete ihren Mund einen kleinen Spalt und näherte sich mit ihrer Zunge Katjas Zungenspitze, bis sie sich berührten. Ein heftiges Kribbeln breitete sich in jeden Winkel von Sarahs Körper aus und sammelte sich schließlich in ihrem Unterleib. Katja rutschte von der Lehne herunter, auf Sarahs Schoß. Sie legte ihre Hände in Sarahs Nacken und zog sie etwas näher zu sich. Sie küssten sich leidenschaftlicher. Sarah verspürte das Bedürfnis, Katja zu berühren, ihr noch näher zu sein. Augenblicklich wanderten ihre Finger wie von selbst Katjas Rücken hinauf. Sie atmete Katjas betörenden Duft ein.

»Warte«, forderte Katja sie mit rauer Stimme auf und zog sich ihr T-Shirt über den Kopf.

Sarah musste schlucken. Katjas Brüste waren nur noch von ihrem BH verdeckt. Vorsichtig berührte sie mit ihren Fingerspitzen die nackte Haut. Sie fühlte sich so zart und seidig an. Etwas mutiger streichelte Sarah Katjas Wirbelsäule entlang. Katja beugte sich zu Sarah und presste so ihre Brüste an ihren Körper.

Wie oft hatte sie sich eine ähnliche Szene in den letzten Tagen ausgemalt! Wie sehr hatte sie sich nach Katja gesehnt!

Katjas Mund glitt an Sarahs Hals hinab, während sich ihre Hände unter ihr Shirt schoben. Dann half Katja Sarah dabei, sich ebenfalls ihr Shirt auszuziehen.

»Du bist wirklich wunderschön«, bemerkte Katja, während sie Sarahs entblößten Oberkörper ausgiebig betrachtete.

Auf der Stelle errötete Sarah. »Danke«, flüsterte sie verlegen.

Katja hob kokett die Augenbraue, ehe sie sich wieder zu Sarah herunterbeugte. Ihre Zunge strich Sarahs Schlüsselbein entlang zu ihrem Brustansatz. Ein Stöhnen entwich Sarahs Mund. Ihre

Erregung wuchs langsam ins Unermessliche. Katja näherte sich im Zeitlupentempo ihren Brustwarzen, die sich ihr längst hart entgegenstreckten. Endlich strich ihre Zunge über ihre Knospen und entlockte Sarah einen tiefen Seufzer. Sie merkte, wie sich die Feuchtigkeit zwischen ihren Beinen sammelte. Ihre Fingernägel krallten sich in Katjas Rücken. Katjas Mund umschloss nacheinander ihre Brustwarzen, saugte an ihnen. Es trieb Sarah in den Wahnsinn. Unerwartet suchten Katjas Lippen wieder Sarahs Mund. Ihre Zungen tanzten wild miteinander. Katjas Finger öffneten geschickt Sarahs Jeans.

»Wollen wir nicht lieber ins Bett gehen?«, fragte Sarah verunsichert.

»Warum denn? Hier ist es doch schön«, entgegnete Katja, während ihr Mund ihren Körper weiter mit Küssen bedeckte.

»Hm ... Na ja ...«, stotterte Sarah. Sie hatte noch nie mit einer Frau außerhalb des Bettes geschlafen. Es kam ihr komisch vor, hier im Wohnzimmer Sex zu haben.

»Oder nicht?«, hakte Katja weiter nach, als sie Sarahs Zurückhaltung bemerkte.

Sarah nickte verhalten. Aber was sprach eigentlich dagegen?

»Lass dich einfach fallen. Sei locker«, forderte Katja sie auf. Sie rutschte vor Sarah, die versuchte sich entspannt in den Sessel zu lehnen, auf die Knie, um ihr die Hose auszuziehen. Zärtlich küsste sie durch den Stoff Sarahs Venushügel.

Sofort musste Sarah laut aufstöhnen.

»Gefällt dir das?«

Sarah konnte nur nicken. Katjas Zunge fuhr die Konturen von Sarahs Slip nach, ehe Katja ihn ganz von Sarahs Hüften streifte. Dann stand Katja auf und entledigte sich ebenfalls ihrer Hose sowie ihrer Unterwäsche. Vollkommen nackt blieb sie für einen Moment vor Sarah stehen, bevor sie Sarahs Hände ergriff und sie mit sich auf den Teppichboden zog, sodass Sarah auf ihr lag.

Sarahs Lippen senkten sich auf Katjas Brüste, entlockten Katja ein heiseres Stöhnen. Ihre Finger wanderten zwischen Katjas Beine, teilten ihre geschwollenen Schamlippen, tauchten in die

Feuchtigkeit. Auch Katjas Hand schob sich zwischen Sarahs Beine. Zielsicher ertasteten ihre Finger Sarahs Perle und fuhren darüber. Schnell fanden sie einen gemeinsamen Rhythmus. Ihr Stöhnen wurde immer lauter. Ihre Becken suchten den gegenseitigen Kontakt.

Sarah wurde von einer heftigen Welle überrollt. Sie biss sich auf die Unterlippe, um nicht zu schreien. Nur wenige Augenblicke später gab es auch für Katja kein Halten mehr. Vollkommen entkräftet blieben sie kurze Zeit später nebeneinander auf dem Teppichboden liegen. Sarah rang noch immer nach Luft.

Zärtlich ließ Katja ihre Fingerspitzen über Sarahs Arm gleiten. »Das war wirklich heiß.«

Sarah nickte. Heiß war beinahe noch untertrieben. Ihr Gesicht strahlte glücklich.

Schweigend lagen sie viele Minuten einfach so da und genossen den Augenblick.

Irgendwann bemerkte Sarah ein leichtes Knurren in ihrer Magengegend. »Soll ich uns vielleicht etwas zu essen machen? Ich bin eine gute Köchin.«

»Kommt gar nicht in Frage«, lehnte Katja das Angebot ab.

»Hast du keinen Hunger?«

»Ein bisschen. Aber wir wollen unsere Zeit doch nicht mit Kochen vergeuden.« Anzüglich grinste Katja sie an. Dann erhob sie sich vom Boden und holte die Rohkostplatte vom Tisch. »Das sollte fürs Erste genügen.« Sie stellte das Gemüse neben Sarah ab und hielt ihr lächelnd einen Streifen Paprika unter die Nase. »Immerhin soll deine Arbeit damit ja nicht umsonst gewesen sein.«

»Und was ist mit der Party?«, wollte Sarah irritiert wissen.

Katja machte eine wegwerfende Handbewegung. »Wer will schon auf so eine Party, wenn er stattdessen die Nacht auch anders verbringen kann?« Sie begann erneut Sarahs Hals zu küssen.

Sarahs Haut war wie elektrisiert. »Ich brauche einen Moment Pause«, presste Sarah zwischen ihren Lippen hervor, auch wenn diese harmlosen Küsse ihre Lust schon wieder anfeuerten.

Katja zog einen Schmollmund, dann grinste sie. »In Ordnung. Ich gebe dir ein paar Minuten.«

Schweigend aßen sie eine Weile. Selten hatte Gemüse Sarah so wenig interessiert wie an diesem Abend. Verträumt beobachtete sie Katja, wie sie ein Stückchen Möhre in den Dip tauchte und es in ihrem sinnlichen Mund verschwinden ließ. Ihre Zunge strich dabei genüsslich über ihre Lippen. Sarah konnte sich nicht länger zurückhalten und beugte sich zu Katja, um sie zu küssen.

»Du hast dich aber schnell erholt«, bemerkte Katja spitz. »Aber vielleicht sollten wir besser ins Schlafzimmer gehen. Wirklich bequem ist der Boden auf Dauer dann doch nicht. Ich gebe es ja zu«, lachte Katja.

Dem hatte Sarah nichts entgegenzusetzen. Engumschlungen küssten sie sich vor Sarahs Bett. Katja musste ein wenig auf Zehenspitzen stehen, um Sarahs Mund zu erreichen. Ihre Zungen tanzten miteinander. Schnell spürte Sarah die erneute Leidenschaft in sich aufkommen. Katjas Hände glitten über Sarahs Po und hinterließen ein Brennen auf ihrer Haut. Sofort richteten sich Sarahs Brustwarzen wieder auf und pressten sich gegen Katjas nackte Brüste. Sarahs Fingerspitzen streichelten langsam Katjas Schulterblätter entlang.

Dann umfassten Katjas Hände plötzlich ihre Handgelenke. Sanft drehte sie Sarah so, dass sie nun hinter ihr stand und sich gegen ihren Rücken lehnte. Ihr warmer Körper drückte sich gegen Sarah, dabei rieb sich Sarahs Po an ihrem Venushügel. Von hinten umfassten Katjas Hände Sarahs Brüste und massierten sie. Zwischen Daumen und Zeigefinger zwirbelte sie Sarahs aufgerichtete Knospen, die unter diesen Berührungen immer größer wurden und sich immer deutlicher von der weichen Haut ihre Brüste abhoben. Ein lautes Stöhnen entwich Sarahs halb geöffnetem Mund. Sie schloss ihre Augen. Katja küsste behutsam Sarahs Nacken. Sofort stellten sich die kleinen Härchen auf. Katjas Zunge wanderte zu ihrem Ohr hinauf und hinterließ auf ihrer heißen Haut eine feuchte Spur.

»Beug dich nach vorn«, flüsterte sie Sarah ins Ohr.

Ein heißer Schauer lief Sarahs Rücken hinunter. Unwillkürlich zuckte ihr Unterleib zusammen. Ohne auch nur eine weitere Sekunde darüber nachzudenken, tat sie das, was Katja ihr befohlen hatte.

Mit ihren Händen stützte sie sich auf dem Bett ab und streckte Katja auffordernd ihren Po entgegen. Katjas Finger fuhren mit leichtem Druck von Sarahs Nacken aus ihre Wirbelsäule hinunter. Sarah zog scharf die Luft ein. Katja spreizte ein wenig Sarahs Pobacken, um einen besseren Blick auf ihr Paradies zu haben. Ganz langsam ließ sie ihre Hände die Innenseite ihrer Schenkel entlanggleiten.

»Soll ich weitermachen?«, wollte Katja mit einem süffisanten Lächeln wissen.

»Ja. Hör nicht auf«, hauchte Sarah mit letzter Kraft. Ein derartiges Verlangen hatte sie noch nicht zuvor gespürt. Ihr ganzer Körper stand unter Strom.

»Willst du mehr?« Katjas Finger näherten sich unablässig ihren Schamlippen.

»Bitte!«, flehte Sarah.

Kaum hatte das Wort ihren Mund verlassen, streichelte Katja die feuchte Haut entlang. Langsam tastete sie sich vor, umkreiste Sarahs Eingang. Sarah beugte sich weiter nach vorn. Sie wollte Katja endlich in sich spüren. Als hätte Katja diesen Gedanken erahnt, gab sie diesem Verlangen nach und ließ erst einen, dann einen zweiten Finger in sie gleiten.

»Oh ja«, stöhnte Sarah. Ihre Finger krampften sich in ihr Bettlaken.

Während Katja mit der einen Hand von hinten in Sarah eindrang, fand die andere von vorn ihren Weg direkt zu ihrer Mitte. Katja ließ ihre Finger auf ihrem Lustzentrum kreisen. Sarahs Becken schob sich Katja immer fordernder entgegen. Ihre Bewegungen wurden unkontrollierter. Sarah spürte, wie sie ein einziger warmer See wurde. Sie kam so heftig, dass ihre Knie weich wurden und zitterten, ihr gesamter Körper schien zu vibrieren. Sie bekam nichts mehr um sich herum mit. Sie fühlte nur noch Katja in ihr, an ihr, hinter ihr. Nur langsam kehrte sie wieder in die Realität zurück.

Zärtlich umfasste Katja ihre Taille und bedeckte ihren Rücken mit Küssen. »Das war wirklich schön.«

Eine leichte Röte stieg Sarah ins Gesicht. »Das war es.«

Sie legten sich ins Bett und kuschelten sich unter eine Decke.

»So etwas habe ich noch nie gemacht«, bemerkte Sarah in die Stille. Sie drehte ihr Gesicht ein wenig von Katja weg, damit sie nicht sehen konnte, wie verlegen sie war. Erst Sex im Wohnzimmer, und nun auch noch – so was! Schon allein bei dem Gedanken an die letzte Stunde wäre Sarah am liebsten im Erdboden versunken.

»Was hast du denn sonst mit den Frauen vor mir gemacht? Alles nur im Bett und am besten in der Dunkelheit?« Katja lachte. Zärtlich gab sie Sarah einen Kuss auf die Stirn.

Katja konnte nicht ahnen, wie nah sie damit der Wahrheit gekommen war. »Frauen« war schon mal eine Übertreibung. Bisher hatte es nur Ramona gegeben, mit der sie geschlafen hatte, und das war tatsächlich nahezu ausschließlich im Bett und im Liegen passiert.

»Na ja . . . also . . .«, stammelte Sarah. Sie wischte ihre feuchten Finger an der Bettdecke ab.

»Umso besser. Dann kann ich dir noch viel beibringen.« Katja grinste sie frech an. Unter der Decke suchten ihre Hände Sarahs Brüste, um den Worten sofort Taten folgen zu lassen.

»Halt! Jetzt bist du erst mal an der Reihe.« Sarah schwang sich auf Katja. Ihre Lippen trafen aufeinander und verschmolzen zu einem leidenschaftlichen Kuss.

Sarahs Hände wanderten Katjas Seite entlang. Wie weich sich ihre Haut anfühlte!

Die Berührungen hinterließen eine leichte Gänsehaut. Mit ihren Fingerspitzen zeichnete sie Katjas Schlüsselbeine nach, folgte ihnen bis zu ihrem Brustansatz.

Katjas Brustwarzen reckten sich ihr auffordernd entgegen. Sarah konnte nicht länger widerstehen. Ihre Finger umkreisten Katjas Knospen, die sich noch mehr aufrichteten. Noch immer hatten sich ihre Münder nicht voneinander getrennt, ihre Zungen erkundeten sich gegenseitig. Sarahs Hände umschlossen Katjas Brüste, erst ganz sachte, dann ein wenig fester. Katja stöhnte in ihren Mund. Langsam trennte sich Sarah von Katjas Lippen und ließ ihre Zunge ihren Hals hinunterstreifen. Katjas Haut schmeckte so einzigartig, so süß, so unwiderstehlich. Mit ihrer Zunge folgte sie den Spuren ihrer Hände. Als sie bei Katjas Brustwarzen angekommen war, leckte ihre Zunge darüber. Katjas Körper schien zu beben. Behutsam sog Sarah an Katjas Brustspitzen, ließ sie ihre Zähne spüren.

»Du machst mich verrückt«, raunte Katja. Ihr Oberkörper bog sich unter Sarahs Liebkosungen.

Zentimeter für Zentimeter wanderte Sarahs Zunge tiefer. Sie umfuhr Katjas Bauchnabel und versank einen Moment darin, während ihre Hände an der Innenseite ihre Oberschenkel hinaufglitten. Sarah genoss Katjas Duft, sog ihn ganz tief ein, um ihn nie wieder zu vergessen, um ihn für immer im Gedächtnis zu behalten. Mittlerweile waren ihre Finger an Katjas empfindsamster Stelle angekommen. Ein lautes Stöhnen entwich Katja, als Sarah sie einen kurzen Augenblick berührte. Aber schon entzog Sarah ihr Finger wieder. Stattdessen rutschte sie tiefer, um Katja endlich zu schmecken. Ohne Eile küsste sie Katjas Schamlippen.

»Ich kann nicht mehr«, keuchte Katja.

Doch Sarah hatte nicht vor, sie allzu schnell kommen zu lassen. »Das werden wir noch sehen.«

Ihre Zunge tastete sich langsam in die Nässe vor, strich ganz sachte über Katjas geschwollene Perle. Es war nur der Hauch einer Berührung, doch er ließ Katja noch lustvoller aufstöhnen. Sarah verstärkte den Druck ein wenig. Ihre Finger begannen Katjas Innerstes zu erkunden. Es fühlte sich so wundervoll an, warm und weich. Am liebsten hätte Sarah niemals wieder damit aufgehört. Katjas Bewegungen wurden schneller. Ihr Oberkörper bog sich durch. Sie versuchte Sarah immer näher zu kommen. Endlich gab Sarah nach. Spürbar spannten sich Katjas Muskeln an, umschlossen ihre Finger fest. Katjas Stöhnen erfüllte den Raum.

Durch noch halb geschlossene Augen sah Katja Sarah an. »So brav, wie du vorgibst, bist du dann aber doch nicht«, flüsterte sie in ihr Ohr. Mit ihren Fingern strich sie eine Haarsträhne aus Sarahs Stirn. »Du bist wirklich unglaublich süß.« Katja legte ihren Arm um Sarah.

Erschöpft vergrub Sarah ihren Kopf an Katjas Hals. Es war so unglaublich schön mit Katja. Wenige Sekunden später schlief sie mit einem seligen Lächeln auf den Lippen ein.

Als Sarah am nächsten Morgen erwachte, war sie sich nicht sicher, ob sie alles nur geträumt hatte. Doch als sie das gleichmäßige Atmen neben sich vernahm, wusste sie, dass es Wirklichkeit gewesen war. Bei der Erinnerung an die vergangene Nacht musste Sarah sofort wieder lächeln.

Zärtlich fuhren ihre Finger durch Katjas Haare. Sie schlief noch tief und fest. Sarah war nicht mehr müde. Ein Blick auf die Uhr verriet ihr, dass es bereits neun Uhr war. Normalerweise war sie auch am Wochenende um diese Zeit schon längst auf den Beinen.

Schnell zog sich Sarah eine Trainingshose und ein T-Shirt über, um zum Bäcker zu gehen. Sie wollte Katja mit einem schönen Frühstück überraschen.

Wenig später stand sie mit zwei großen Tüten, die einen herrlichen Duft verströmten, wieder in ihrer Küche. Sie stellte die Kaffeemaschine und den Eierkocher an, ehe sie begann den Tisch liebevoll zu decken. Sarah suchte ihr schönstes Geschirr aus dem Schrank und arrangierte es penibel. In der Mitte des Tisches platzierte sie eine Kerze und stellte den Brotkorb mit diversen Brötchen, Croissants und Milchhörnchen daneben. Zum Schluss presste sie noch frische Orangen aus.

Mittlerweile waren auch die Eier und der Kaffee, den sie in eine Kanne umfüllte, fertig. Zufrieden warf sie einen Blick auf den fertigen Frühstückstisch. Es war an der Zeit, Katja zu wecken.

Leise öffnete sie die Schlafzimmertür und setzte sich neben Katja auf die Bettkante. Sie beugte sich zu Katja herunter und küsste sie zärtlich auf die Stirn. »Aufwachen. Ich habe uns Frühstück gemacht«, flüsterte sie liebevoll in ihr Ohr.

Sie bekam ein leichtes Grummeln als Antwort.

»Ich habe Brötchen für uns geholt.«

»Wie spät ist es denn?«, fragte Katja schlaftrunken.

»Gleich zehn.« Sarah lächelte Katja an.

»Bist du verrückt? Das ist doch viel zu früh. Schließlich ist heute Samstag.« Katja zog sich das Kissen über den Kopf.

Die Enttäuschung stand Sarah ins Gesicht geschrieben. »Ich habe es doch nur gut gemeint«, versuchte sie sich zu verteidigen. »Aber ich kann auch allein frühstücken, wenn du lieber noch schlafen möchtest.«

Katja stöhnte unter dem Kissen.

Gerade als Sarah das Schlafzimmer wieder verlassen wollte, erhob sich Katja doch aus dem Bett. Verschlafen kam sie auf Sarah zu und umarmte sie. »Tut mir leid. Ich bin morgens immer etwas gereizt«, entschuldigte sie sich.

»Schon gut.« Es war schön, Katjas Wärme zu spüren. Sofort vergaß Sarah ihren Anflug von Enttäuschung. Ihre Finger fuhren über Katjas nackten Rücken. Es fühlte sich so vertraut an.

Sarah reichte Katja einen Bademantel.

Gemeinsam gingen sie in die Küche und setzten sich an den Tisch. Sarah schenkte ihnen Kaffee ein.

»Du hast dir aber wirklich viel Mühe gegeben«, bemerkte Katja. Dann senkte sie etwas den Kopf. »Eigentlich frühstücke ich zu Hause nie. Kaffee ist das Einzige, was ich brauche«, murmelte sie.

Sarah hatte offenbar alles falsch gemacht, was sie nur hatte falsch machen können. Aber war das ein Wunder? Schließlich kannte sie Katja überhaupt nicht. Vielleicht hätte sie sich in ihrem Eifer etwas zurückhalten sollen. Wieder einmal hatte sie sich wie eine Närrin aufgeführt.

»Möchtest du trotzdem ein Brötchen?«, fragte Sarah. Mit ihrer Hand rieb sie kurz über ihren Nasenrücken.

»Na gut. Eins kann ich ja essen.« Katja griff nach einem Vollkornbrötchen.

Sicherlich nahm Katja nur ein Brötchen, um Sarah nicht noch mehr zu verletzen, doch das machte sie nur noch bezaubernder.

Sarah beobachtete, wie Katja das Brötchen mit dem Messer aufschnitt. Kleine Krümel fielen auf den Tisch. Doch das schien Katja gar nicht zu bemerken. Sie war wirklich süß. Ihre schwarzen Haare standen in alle Himmelrichtungen ab.

»Hast du gut geschlafen?«, versuchte Sarah ein Gespräch in Gang zu bringen. Ihre Finger fuhren die Kante des Tischs nach.

Katja nahm einen Schluck aus ihrer Kaffeetasse. »Ja, das habe ich.« Dabei nickte sie bestätigend. Sie tropfte Honig auf ihr Brötchen. »Es ist mir noch nie passiert, dass ich so müde war, dass ich bei einer Frau übernachtet habe.«

Sarah blieb vor Schreck beinahe der Bissen im Hals stecken. Hatte sie sich verhört? Wie meinte Katja das, dass sie noch nie bei einer Frau über Nacht geblieben war? »Das verstehe ich nicht«, rutschte es ihr schließlich heraus. In derselben Sekunde bereute sie es schon. Sie wollte es gar nicht genauer wissen. Die Antwort konnte sie nur verletzen.

Katja zog ihre Knie an und stellte ihre Füße vor sich auf ihren Stuhl. Sie schlang ihre Arme um ihre Beine. »Was verstehst du daran nicht?«

»Na ja . . . also . . . du hast noch nie bei einer Frau übernachtet?«, stotterte Sarah. Ihre wurde heiß.

Auf Katjas Gesicht breitete sich ein Grinsen aus. »Nein, bisher noch nie.«

Sarahs Augen weiteten sich und starrten Katja an, die unbedarft eine Haarsträhne aus ihrer Stirn strich. Es schien für Katja das Normalste der Welt zu sein. »Aber es war wirklich schön.

Schöner, als ich es mir vorgestellt hätte.«

Sarah umklammerte ihre Kaffeetasse. »Oh«, war alles, was sie erwidern konnte. In ihrem Kaffee spiegelte sich der Kerzenschein.

»Du bist nicht so der Typ für One-night-stands, oder?« Katja stand auf und kam auf Sarah zu. Kurz vor ihr blieb sie stehen.

Sarah schüttelte den Kopf. »Ehrlich gesagt hatte ich noch nie einen One-Night-Stand.« Ihr Magen krampfte sich schmerzhaft zusammen, so, als wolle er ihr sagen, dass es vielleicht nicht wahr war. Was war das letzte Nacht mit Katja gewesen?

Katja strich mit ihren Fingerspitzen Sarahs Wange entlang bis über ihre Lippen.

Unweigerlich schloss Sarah ihre Augen. Ihre Haut begann unter den Berührungen zu brennen. Sie öffnete ihren Mund ein klein wenig und tippte mit ihrer Zungenspitze Katjas Finger an. Es schmeckte honigsüß. Katjas Finger bewegte sie weiter vor. Sarah umschloss ihn mit ihren Lippen, bis Katja ihn ihr entzog. Stattdessen setzte sie sich auf Sarahs Schoß und beugte sich zu ihr. Sarah konnte Katjas Duft wahrnehmen. Schon nach den wenigen gemeinsamen Stunden kam er ihr so vertraut vor. Sie spürte Katjas Herzschlag an ihrer Brust. Dann trafen ihre Münder aufeinander. Es fühlte sich so unglaublich an. Mit ihrer Zunge strich Sarah die Konturen von Katjas Lippen nach. Sie kitzelte ein wenig ihren Mundwinkel. Ihre Zungen stießen aufeinander, versanken in ein gemeinsames Spiel.

Katjas Hände suchten den Weg unter Sarahs T-Shirt. Ganz leicht berührte sie ihre Haut. Sarahs Atem beschleunigte sich. Mit einer gekonnten Bewegung öffnete Katja ihren Bademantel und ließ ihn von ihren Schultern gleiten. In ihrer wunderschönen Nacktheit saß sie auf Sarahs Schoß. Sarah betrachtete Katja genauer. Ihre zarten Gesichtszüge wirkten vollkommen entspannt. Sie legte ihren Kopf ein wenig in den Nacken und schloss ihre Augen. Ihr sinnlicher Mund war leicht geöffnet. Sarah begann Katjas Hals mit Küssen zu bedecken.

»Wollen wir ins Schlafzimmer gehen?«, fragte Katja. Doch

noch ohne eine Antwort abzuwarten, erhob sie sich und ergriff Sarahs Hand.

Wenige Sekunden später standen sie vor Sarahs Bett. Schnell zog Katja Sarah ihr Shirt über den Kopf und öffnete ihren BH, während sich Sarah ihrer Hose entledigte. Ihre aufgerichteten Brustwarzen verrieten, wie erregt sie war. Katjas Hände wanderten zielstrebig zu Sarahs Brüsten, streichelten über die weiche Haut. Wie zufällig streiften ihre Handflächen dabei Sarahs Knospen. Ihr Körper begann leicht zu zittern. Es hatte nur diese wenigen Berührungen gebraucht, um sie erneut in Flammen stehen zu lassen.

Sarah konnte sich nicht erinnern, wann ihr so etwas schon einmal passiert war. »Was machst du nur mit mir?«, seufzte sie.

Als Antwort zog Katja Sarah noch enger an sich heran und verschloss ihre Lippen mit einem leidenschaftlichen Kuss. Ihre nackten Körper pressten sich eng aneinander. Sarahs Wangen glühten. Katjas Finger glitten Sarahs Rücken hinab, ihren Po entlang. Sie legte ihre Hände auf Sarahs Pobacken und entlockte Sarah so ein heiseres Stöhnen.

Katja sank rückwärts aufs Bett, geradewegs in die zerwühlten Laken, an denen noch der Duft der Leidenschaft der vergangenen Nacht haftete. Sie zog Sarah so mit, dass diese plötzlich auf ihr lag. Ihre Lippen trennten sich keinen Augenblick. Stürmisch verschlangen sich ihre Zungen, schienen nie etwas anderes gemacht zu haben. Mit ihren Fingerspitzen fuhr Sarah Katjas Hals hinunter, ihre Arme entlang zu ihren Händen. Ihre Finger griffen ineinander und hielten sich fest. Plötzlich spürte Sarah, wie Katjas Schenkel ihre Beine teilte. Dabei glitt sie ganz nah an ihrer Mitte vorbei. Sarah seufzte. Sie war sich sicher, eine feuchte Spur auf Katjas Haut hinterlassen zu haben. Katja richtete sich ein wenig auf. Sie küsste die kleine Mulde über Sarahs Schlüsselbein. Ihr Mund glitt zu Sarahs Brüsten. Mit ihren Zähnen knabberte sie an ihren Brustwarzen, die vor Erregung schon beinahe schmerzten.

»Rutsch etwas höher«, forderte Katja Sarah auf, als sie wieder zurück auf den Rücken sank.

Sarah verstand nicht genau, was sie meinte. Doch Katja zeigte ihr schnell, was sie wollte, und rutschte selbst so weit nach unten, bis sich ihr Gesicht zwischen Sarahs Beinen befand. Sofort fand ihr Mund Sarahs Schamlippen. Sie küsste sie behutsam, sog sie ein klein wenig in ihren Mund. Ein lautes Stöhnen entwich Sarah. Sie suchte mit ihren Händen Halt auf dem Bett.

Katjas Zunge versank in Sarahs Nässe. Sarahs Körper begann zu vibrieren. Mit jeder Berührung durch Katjas Zunge wurde es stärker. Ihr Atem ging schnell und unregelmäßig. Sie spürte die Explosion immer näher kommen, bis sie sie mit voller Wucht erwischte.

Erschöpft sank Sarah auf Katja zusammen. Mit letzter Kraft glitt sie von ihr herunter und legte sich neben sie.

»Du schmeckst wirklich gut«, drang Katjas Stimme zu Sarah durch. Sie beugte sich über Sarah und gab ihr einen zärtlichen Kuss.

Es war Sarah ein wenig peinlich, dass Katja so etwas sagte, aber sie hatte keine Kraft, sich darüber Gedanken zu machen. Sie schloss die Augen, um sich etwas auszuruhen. Ohne es zu merken, schlief sie noch einmal ein.

Ein Kuss auf ihre Stirn weckte sie irgendwann. »Es ist wird langsam Zeit, dass ich mal nach Hause gehe.« Katja stieg bereits aus dem Bett. Sie fuhr sich durch ihre Haare, als wollte sie sie ordnen.

Auch Sarah, die noch ein wenig verschlafen war, erhob sich. Sie nahm ihre Hose und ihr T-Shirt, die noch auf dem Boden lagen, und zog beides schnell über. Dabei vermied sie es, auf die Uhr zu schauen. Es war sicherlich schon später Nachmittag, aber so genau wollte sie es gar nicht wissen. Nach dem Frühstück noch einmal ins Bett zu gehen und wohlmöglich dort einen ganzen Tag zu verbringen, das hatte sie noch nie gemacht.

»Ich glaube, meine Klamotten liegen noch im Wohnzimmer.« Katja lachte. »Von gestern Abend.« Sie schenkte Sarah einen unwiderstehlichen Augenaufschlag.

Sofort spürte Sarah dieses gewisse Schwirren in der Magengegend.

Katja war im Nu im Wohnzimmer verschwunden.

Es kam Sarah alles so unwirklich vor. Was würde passieren, wenn Katja jetzt ginge? Würden sie sich jemals wiedersehen? Sarah spürte einen heftigen Stich in der Brust.

Doch Katja ließ ihr keine Gelegenheit, weiter darüber nachzudenken. Fertig angezogen stand sie im Flur vor der Wohnungstür. Sarah folgte ihr. Mit etwas Abstand blieb sie vor Katja stehen. Sie fühlte sich so unsicher wie ein junger Teenager, sie wusste einfach nicht, wie sie sich verhalten sollte. Katja kam einen Schritt auf sie zu und legte ihre Arme um sie.

»Eigentlich wüsste ich noch etwas Besseres als zu gehen«, flüsterte sie in Sarahs Ohr. Ihre Lippen berührten ihre Haut. »Es war wirklich unglaublich mit dir. Danke für diese tolle Nacht.« Ihre Finger fuhren über Sarahs Wange. »Und für den tollen Morgen.«

Sarah nickte. Eine zarte Röte überzog ihr Gesicht.

»Vielleicht können wir uns ja mal wiedersehen.« Es war mehr eine bloße Feststellung von Katja als eine Frage. Sie zog sich ihre Jacke über und steckte sich einen Kaugummi in ihren Mund.

»Ja«, war alles, was Sarah entgegnen konnte. Sie versuchte zu lächeln, aber ihre Mundwinkel wollten sich keinen Millimeter bewegen. Hatte das für Katja alles keine Bedeutung gehabt? Sarahs Fingernägel bohrten sich in ihren Unterarm.

»Also gut. Bis dann mal.« Katja öffnete die Tür und trat hinaus. Dann drehte sie sich noch einmal um.

Ihre Blicke trafen sich und hielten sich fest. Beide bewegte sich nicht, sahen sich nur tief in die Augen. Das Blau in Katjas Augen leuchtete. Ihre Lippen formten ein Lächeln. Sarah spürte ein Flattern in ihrem Bauch. Jede Zelle ihres Körpers schien davon ergriffen zu werden.

Noch ehe Sarah begriff, was mit ihnen geschah, löste sich Katja mit einem leichten Kopfschütteln von Sarahs Blick und eilte die Treppe hinunter.

Sarah atmete einmal tief durch, bevor sie die Tür schloss. Sie konnte einen Hauch von Katjas Parfüm riechen. Sie lehnte sich an die Wand. Ein leiser Seufzer entfuhr ihr. Was hatte sie nur erwartet? Dass Katja ihr nach einer gemeinsamen Nacht die große Liebe schwor? Hatte Katja nicht von Anfang an klargestellt, dass sie nicht an einer Beziehung interessiert war? Sarah kaute auf ihrer Unterlippe. Aber sie hätte ihr wenigstens eine konkrete Verabredung vorschlagen können, ihr zeigen, dass sie mehr war als nur eine einmalige Bettgeschichte. War sie das überhaupt? Wahrscheinlich nicht. Manchmal war sie wirklich selten dumm. Es war alles genau so gekommen, wie es hatte kommen müssen. Doch da war irgendetwas zwischen ihnen. Sarah hatte es gerade eben ganz deutlich gespürt. Diese eigenartige Spannung – das konnte nicht nur Einbildung gewesen sein.

»Schön, dass du so spontan noch für mich Zeit hattest«, begrüßte Sarah Kim, kaum dass sie die Wohnung der Freundin betreten hatte. Sie stellte ihre Sporttasche ab.

»Na ja, für dich doch immer. Und die Verlockung, dass du mir eine Pizza mitbringst, die war einfach zu groß. Außerdem war mein Kühlschrank ohnehin leer.« Kim war erst vor einer Stunde von ihrer Fortbildung zurückgekommen. Zu diesem Zeitpunkt hatte sie schon mehrere Nachrichten von Sarah auf ihrem Anrufbeantworter. Also hatte sie ihre beste Freundin schnellstmöglich zurückgerufen.

»Wie war dein Spiel? Habt ihr gewonnen?«, wollte Kim wissen, während sie Sarah die Jacke abnahm, um an ihrer übervollen Garderobe noch ein Plätzchen zu finden.

»Natürlich! Immerhin haben wir diese Saison Großes vor. Da müssen wir uns in jedes Meisterschaftsspiel richtig reinhängen.«

Nachdem Kim einen Stapel Zeitschriften zur Seite geräumt

hatte, nahmen sie auf ihrer Couch Platz.

»Hast du dir nichts zu essen mitgebracht?« Kim war bereits dabei, sich das erste Stückchen Pizza zu genehmigen.

»Fast Food ist nicht mein Ding, das weißt du doch.«

Kim schüttelte den Kopf. »Ach, du bist manchmal wirklich komisch. Die ist sehr lecker. Willst du vielleicht etwas abhaben?«

Sarah verdrehte die Augen und warf Kim einen bösen Blick zu.

»Schon gut. Dann erzähl mal, welche Katastrophe sich ereignet hat.«

»Nun ja ...«, begann Sarah zögerlich. Sie räusperte sich. »Am Freitag hat mich Katja angerufen und wollte sich mit mir treffen.«

»Das ist ja großartig. Ich wusste, dass sie sich bei dir melden würde.« Vor Begeisterung klatschte Kim in ihre Hände. »Oder war euer Date nicht gut?«, fügte sie noch hinzu, als von Sarah keine Reaktion kam.

Sarahs Hand rieb über ihre Nase. Schon bei dem Gedanken an die Nacht mit Katja erröteten ihre Wangen. Sie senkte ihren Blick.

»Ich verstehe. Ihr habt miteinander geschlafen! Oh mein Gott. Darauf hätte ich niemals gewettet.« Kim biss genüsslich in ihre Pizza.

»Es ging alles ganz von selbst, und plötzlich lagen wir nackt auf meinem Teppichboden.« Sarah flüsterte beinahe.

Kim konnte sich einen leisen Jubelschrei nicht verkneifen. »Auf dem Teppichboden? Ich glaube, ich habe mich ganz schön in dir getäuscht. Katja scheint Seiten in dir zu wecken, von deren Existenz ich nichts geahnt habe.«

Sarah goss sich einen Schluck Wasser in ihr Glas. »Ich auch nicht«, murmelte sie. Es war ihr, selbst vor Kim, schrecklich peinlich, davon zu erzählen.

»Und wie war es?« Kims Neugierde war kaum mehr zu bremsen.

Sarah hielt kurz den Atem an und presste dann die Luft mit aller Kraft aus ihren Lungen. »Gut. Verdammt gut.« Sie trank einen großen Schluck. »Besser als jemals zuvor.« Sie strich sich eine verirrte Haarsträhne aus dem Gesicht. »Und morgens nach dem Aufstehen sind wir wieder zurück ins Bett gegangen.«

»Ich bin wirklich stolz auf dich. Ich hab dir doch immer gesagt, lass dich mal fallen, dann wird der Sex noch besser.«

»Was nützt mir das jetzt? Gar nichts«, sagte Sarah in gereiztem Tonfall. Sie verschränkte ihre Hände ineinander. »Jetzt bin ich nur eine weitere Frau, die sie in ihr Bett bekommen hat. Weiter nichts.«

»Ganz langsam. Ich scheine gerade etwas Wesentliches verpasst zu haben.«

»Sie ist einfach so gegangen, als wäre nichts Besonderes passiert, und seitdem habe ich nichts mehr von ihr gehört.«

Kim konnte ein Lachen nicht unterdrücken. »Das war doch erst gestern früh. Was hast du denn erwartet? Ich lasse die Männer auch immer mindestens zwei Tage warten – und sie mich im Übrigen auch.«

Sarah kniff ihre Augen zusammen.

Kim nahm sie in den Arm. »Du hast gehofft, dass du ihre große Liebe bist und sie dir einen Heiratsantrag macht.« Behutsam strich sie durch Sarahs Haare. »Sie hat dir doch vorher gesagt, dass eine feste Beziehung nicht so ihr Ding ist.«

Sarah seufzte. »Ich weiß. Aber ich dachte . . .«

»Du dachtest, wenn sie erst mal merkt, was für eine tolle Liebhaberin du bist, ändert sie ihre Meinung.«

Sarahs Mundwinkel verzogen sich zu einer Grimasse. »Sehr witzig. Natürlich nicht. Aber ich dachte . . . ach, ich weiß ja selbst nicht, was ich mir dabei gedacht habe.« Sie legte ihren Kopf an Kims Schulter.

»Pass auf, ich sag dir jetzt was. Erstens finde ich es großartig, dass du endlich mal über deinen Schatten gesprungen bist und etwas gewagt hast. Zweitens, gib nicht auf, bevor es richtig begonnen hat. Lass mal deinen Kopf ein wenig Pause machen und höre auf deine Gefühle. Was spricht denn dagegen, es einfach zu genießen, selbst wenn es am Ende nur eine Affäre wird? Es war doch gut. Da solltest du es nicht bei einem One-Night-Stand belassen. Hör einfach auf dein Herz. Und drittens, willst du überhaupt schon wieder eine neue Beziehung?«

Auf Sarahs Stirn bildeten sich kleine Falten. »Das ist eine gute Frage. Ich weiß es nicht genau. Eigentlich hatte ich nach Ramona genug von Beziehungen, aber immer wenn ich Katja sehe, ja nur, wenn ich an sie denke, ist da dieses Kribbeln. Da ist irgendetwas zwischen uns.«

»Nur weil du Schmetterlinge im Bauch hast, musst du doch nicht gleich eine feste Beziehung eingehen. Du bist verliebt. Das ist toll, genieß es. Doch genieße auch deine Freiheit. Mach, was dir in den Sinn kommt, und mach es, mit wem du willst!«

»Meinst du, ich sollte mit Katja eine Affäre anfangen?« Sarah richtete sich auf und sah ihre beste Freundin erwartungsvoll an.

Kim grinste. »Ganz genau. Betrachte sie als Affäre.« Sie nahm Sarahs Hände in ihre eigenen. »Vögelt ein bisschen, vollkommen unverbindlich, genießt es und wartet einfach ab, was sich ergibt. Vielleicht ändert sie ihre Meinung ja irgendwann.«

Empört riss Sarah ihre Augen auf. »Ich kann so was doch nicht.«

»Doch, das kannst du. Ich bin mir ganz sicher.« Kim drückte Sarahs Hände ein wenig fester.

»Und wenn ich mich zu sehr in sie verliebe?« Sarah war noch nicht davon überzeugt, dass es eine vernünftige Idee war, eine Affäre zu beginnen.

Kim seufzte. »Zerbrich dir doch nicht jetzt schon deinen Kopf. Lass es auf dich zukommen. Du hast doch nichts zu verlieren. Wer nicht wagt, der nicht gewinnt.«

Sarah nickte. »Du hast recht. Vielleicht sollte ich es wirklich wagen. Wenn sie sich überhaupt jemals wieder bei mir meldet. Aber jetzt genug von mir und meinen Problemen. Wie sieht es denn eigentlich bei dir in der Liebe aus? Du hast schon länger nichts erzählt.«

Kim machte eine wegwerfende Handbewegung. »Ach, da gibt's auch nicht viel zu erzählen. Es ist nichts Besonderes passiert.« Sie wickelte eine Haarsträhne um ihren Finger. »Lass uns von etwas anderem reden. Hast du schon gehört, dass Sonja schwanger ist?«

Die beiden Freundinnen plauderten noch eine ganze Weile, bis Sarah irgendwann beschloss, dass es an der Zeit war, nach Hause zu gehen. Ihre Arbeitskollegen hatten unter ihr im Moment schon genug zu leiden. Da wollte sie morgen nicht auch noch durch Übermüdung zusätzlich schlechte Laune verbreiten.

Wie von selbst drückte Sarahs Finger auf den Klingelknopf. Sie hatte keine Ahnung, wie sie hierhergekommen war. Sie wollte einfach nur eine Runde spazieren gehen, und plötzlich stand sie vor Katjas Haus. Sarah hatte es nicht geplant, es war einfach passiert. Wahrscheinlich war Katja an einem Freitagnachmittag ohnehin nicht zu Hause.

Der Türsummer ertönte, und nur ein paar Sekunden später stand Sarah in Katjas Hausflur. Erst jetzt wurde ihr langsam bewusst, was sie gerade machte. Es war vollkommen idiotisch gewesen, bei Katja anzuklingeln. Katja würde Sarah sicherlich für eine durchgedrehte Irre halten, für eine verrückte Stalkerin. Sie hatte sich die ganze Woche nicht bei ihr gemeldet, und wahrscheinlich hatte sie dafür ihre Gründe. Der nächstliegende war, dass sie Sarah einfach nicht wiedersehen wollte.

Auf unsicheren Beinen stieg sie die Treppe hinauf. Dann starrte sie geradewegs in Katjas blaue Augen. Für einen kurzen Moment setzte ihr Herzschlag aus. Wie sehr sie dieses Blau vermisst hatte! Die ganze Woche hatte sie nur an Katja denken können. Sie wollte sie wiedersehen, sie küssen, sie berühren.

»Was machst du denn hier?« Katjas Stimme klang nicht wütend, sondern einfach nur überrascht.

»Ich hatte Sehnsucht nach dir«, sprach Sarah die Wahrheit aus, hätte sich aber augenblicklich am liebsten auf die Zunge gebissen. Sie wollte doch die Unabhängige sein, die Frau, mit der man ohne Probleme eine Affäre haben könnte, und nicht eine Klammernde, die es nicht ein paar Tage allein aushielt.

»Das trifft sich gut. Ich habe vorhin versucht, bei dir anzurufen, aber da warst du scheinbar schon unterwegs.« Katja lachte dieses Lachen, das Sarahs Knie weich werden ließ.

Das Flattern in Sarahs Magengegend wurde noch intensiver.

»Möchtest du nicht reinkommen? Im Flur ist es doch so ungemütlich.« Katja hielt ihr dir Tür auf und zwinkerte ihr zu.

Kaum war Sarah eingetreten, ließ Katja die Tür mit einem lauten Krachen ins Schloss fallen. Stürmisch umarmte sie Sarah und drückte sie an den Türrahmen. Ihre Lippen trafen zu einem wilden Kuss aufeinander. Katja presste sich enger an Sarah. Ihre Zungen fanden sich und tanzten leidenschaftlich miteinander.

Das geht viel zu schnell, schoss es Sarah durch den Kopf. Sie schob Katja ein wenig von sich weg und schnappte nach Luft. »Wollen wir nicht vielleicht erst einmal reden?« Natürlich wollte sie Katja ganz nahe sein, aber vorher gab es noch einiges zu klären.

»Worüber sollen wir denn reden?« Katja hob eine Augenbraue und sah Sarah auffordernd an. »Ich habe Lust auf dich. Reden können wir auch später.«

Katja sah wirklich unwiderstehlich aus, wie sie da so mit geröteten Wangen vor ihr stand. Am liebsten hätte sie Katja einfach wieder an sich gezogen. Sie hatte auch Lust auf sie, hatte die ganze Woche von ihr und von ihrer gemeinsamen Nacht geträumt, aber so schnell wollte sich Sarah nicht von ihrem Vorhaben abbringen lassen. »Ich dachte, wir könnten über uns sprechen.« Sarahs Finger fuhren über ihren Nasenrücken.

Katja legte einen Finger auf Sarahs Mund. »Psst. Ich finde, wir sollten unsere Körper sprechen lassen.« Sie grinste. »Sie werden schon das Richtige sagen.«

Nun musste auch Sarah lachen. Sie legte ihre Arme um Katjas Taille. »Wie schaffst du es nur, dass ich alle meine Grundsätze einfach so über Bord werfe?«, fragte sie kopfschüttelnd.

Katja zuckte mit den Schultern. »Vielleicht weil ich einfach weiß, was du wirklich willst.«

Mit ihrem Mund suchte Sarah Katjas Lippen. Ihre Zungenspitze fuhr die geschwungenen Konturen nach.

»Du willst mich nämlich genauso wie ich dich.« Katja öffnete den Reißverschluss von Sarahs Jacke und ließ ihre Hände unter ihren Pullover gleiten.

Sofort als Sarah Katjas warme Finger auf ihrer nackten Haut spürte, musste sie laut stöhnen.

»Siehst du!« Katjas Hände wanderten auf ihrem Bauch höher. Sie streichelte über die Spitze ihres BHs.

Sarah schloss die Augen, um die Berührungen noch intensiver zu genießen, sie in sich aufzunehmen. Katja umkreiste durch den Stoff ihre Brustwarzen, die von innen hart dagegendrückten. Sarah zog scharf die Luft ein. Dann wurde auch sie mutiger und ließ ihre Hände Katjas wundervollen Körper hinuntergleiten. Sie strich ihre Arme entlang. Auf Katjas erregter Haut bildete sich eine leichte Gänsehaut.

Ohne es zu bemerken, fanden sie sich in Katjas Schlafzimmer wieder. Unterwegs hatte Sarah einfach ihre Jacke auf den Boden fallenlassen und ihre Hose abgestreift. Nun zog sie sich ihren Kapuzenpullover über den Kopf. Auch Katja entledigte sich ihres Shirts. Sie stand wenige Zentimeter vor Sarah. Sie sah wirklich atemberaubend aus. Sarah konnte ihren Blick nicht von ihr abwenden. »Du bist so schön«, sagte sie.

Katja lächelte und drehte sich dann schnell um.

Hatte sie Katja gerade in Verlegenheit gebracht? Das konnte sich Sarah kaum vorstellen.

Sarah stellte sich hinter Katja. Sie bemerkte das schwarze Muster zwischen Katjas Schulterblättern. Sie zögerte einen Moment. Katja hatte ein Tattoo!

»Was ist los?«, wollte Katja wissen, als sie Sarahs plötzliche

Zurückhaltung bemerkte.

»Du hast ja ein Tattoo!« Auch wenn Sarah sich bemühte, nicht allzu schockiert zu wirken, schwang in ihrer Stimme ein bestürzter Unterton mit.

»Ja, das habe ich schon, seit ich achtzehn bin. Hat eine Freundin von mir entworfen.«

Mit ihren Fingern fuhr Sarah die Linien des Tribals nach. Es war ziemlich klein und eigentlich auch sehr dezent. Wenn Sarah ehrlich war, sah es sogar nicht schlecht aus. Sie senkte ihre Lippen auf Katjas Nacken und küsste ihre Haut. Langsam öffnete sie dabei den Verschluss von Katjas BH. Sie schob die Träger die Schulter hinunter. Der Stoff glitt zu Boden und enthüllte Katjas volle Brüste.

Katja drängte sich enger an sie. Ein Stöhnen kam über ihre Lippen. Sarah legte ihre Hände auf Katjas Brüste, hob sie ein wenig an. Zwischen ihren Fingern rollte sie die aufgerichteten Brustwarzen. Sarahs Zunge fuhr ihren Hals hinunter, ihre Lippen küssten ihre Schulter, während ihre Hände weiter Katjas Brüste verwöhnten.

Gemeinsam ließen sie sich auf das Bett sinken. Katja lag auf Sarah. Sarah genoss das Gewicht von Katjas Körpers auf ihrem. Ihre Brustwarzen berührten sich. Ein heftiges Prickeln breitete sich in Sarah aus, erfasste jeden Millimeter ihres Körpers.

Sie küssten sich erneut, versanken in ein heißes Zungenspiel. Sarahs Hände glitten Katjas Rücken hinunter und landeten schließlich bei ihrem Po. Zunächst berührte sie ihn nur ganz zart, ehe sie etwas kräftiger zupackte und so Katja ein wenig mehr zwischen ihre Schenkel drückte. Ihre Körper bewegten sich im Einklang, fanden schnell einen gemeinsamen Rhythmus.

Sarahs Finger tasteten sich behutsam zwischen Katjas Beine vor.

»Oh ja . . . hör nicht auf!«, flehte Katja, kaum hatte Sarah die erregte Haut berührt.

Das hatte Sarah auch nicht vor. Sie fühlte die Nässe, die sich dort angesammelt hatte. Sie streichelte immer wieder über

Katjas empfindsamste Stelle.

Langsam trieb Sarah Katja immer weiter. Bald konnte Katja ihren Höhepunkt nicht länger zurückhalten. Sie rang nach Atem. Wenig später ließ sie sich erschöpft neben Sarah ins Bett fallen. Zärtlich gab Sarah ihr einen Kuss auf ihre kleine Stupsnase, die so perfekt in ihr Gesicht passte. Minuten vergingen, ohne dass sie ein Wort wechselten. Sarah legte ihre Hand auf Katjas Bauch. Sie spürte die Wärme an ihrer Hand und genoss sie. Es fühlte sich so gut an.

»Es hat mich ganz schön überrascht, dass du ein Tattoo hast«, durchbrach Sarah schließlich die Stille.

»Magst du es nicht?«

»Doch. Es ist nur ...« Sarah stockte. »Ich habe so etwas noch nie gesehen. Also, in echt, bei einer Frau.« Sarah fühlte, wie ihr heiß wurde.

Katja lachte. »So außergewöhnlich ist das aber nun wirklich nicht.«

»Das stimmt.« Sarah zupfte an ihrem Ohrläppchen. Manchmal benahm sie sich sonderbar. Was sollte Katja jetzt nur von ihr denken?

Offensichtlich hatte Katja jedoch etwas ganz anderes im Sinn, als weiter darüber nachzudenken, was Sarah eben erzählt hatte.

»Vertraust du mir?«, hauchte Katja mit weicher Stimme in Sarahs Ohr.

Sarah nickte. »Natürlich.«

»Ich meine, vertraust du mir wirklich? So gut kennen wir uns ja nicht, aber ich möchte, dass du weißt, dass ich nichts mit dir mache, was du nicht möchtest.«

Sarah verstand nicht so ganz, was Katja ihr sagen wollte. »Ich vertraue dir. Und ich bin mir sicher, dass du nichts gegen meinen Willen tun würdest. Wieso fragst du?«

Katja grinste nur. Dann drehte sich zur Seite und griff in eine Schublade. Plötzlich hielt sie Sarah einen Seidenschal vors Gesicht. »Ich würde dich gern ans Bett fesseln, wenn ich darf.«

Ein aufregender Schauer lief Sarahs Rücken hinunter. So etwas hatte sie noch nie mit sich machen lassen, doch allein der bloße Gedanken daran erregte sie mehr, als sie sich jemals vorzustellen gewagt hätte. »Du darfst«, erwiderte sie mit rauer Stimme.

Ganz langsam legte Katja den Schal um Sarahs Handgelenke. Der kühle Stoff auf ihrer Haut ließ Sarah zusammenzucken. Katja verknotete das Tuch und band es anschließend am metallenen Kopfteil des Bettes fest. Jede Faser von Sarahs Körper war bis aufs Äußerte gespannt. Sarah versuchte sich auf ihren Atem zu konzentrieren, bemühte sich, tief und gleichmäßig zu atmen.

Dann kniete sich Katja neben Sarah und beugte sich ganz nah zu ihrem Gesicht hinunter. Ihre Wangen berührten sich. »Wenn du nicht mehr willst, musst du nur was sagen. Dann höre ich sofort auf.«

Katjas Atem kitzelte Sarahs Haut. Sarah schüttelte den Kopf. »Nein, ich möchte, dass du weitermachst.« Ihre Stimme zitterte.

Unerwartet küsste Katja Sarahs Stirn. Ihre Lippen berührten ihre Augenbrauen, glitten ihre Wangen hinunter. Sarahs Brustwarzen verhärteten sich, obgleich diese Berührung nur ganz zart war. Katja küsste ihre Mundwinkel, ihre Zunge strich über ihre Lippen. Sarah versuchte Katjas Mund mit ihrem zu erobern, doch Katja entzog sich ihr. Stattdessen suchten Katjas Lippen Sarahs Hals, bedeckten ihre Schlüsselbeine und die kleine Grube direkt darüber mit zärtlichen Küssen. Katjas Finger begannen, Sarahs Arm entlangzukreisen, ließen keinen Zentimeter aus. Sarahs Oberkörper bog sich ihr entgegen. Sie wollte, dass Katja ihre Brüste berührte, aber Katja machte keinerlei Anstalten. Sie ließ sich unendlich lange Zeit. Ihre Hände näherten sich Sarahs Schultern, doch dann nahm Katja ihre Finger von Sarahs Körper. Nun folgten ihre Lippen den Spuren ihrer Hände und küssten ausgiebig zunächst Sarahs Finger. Auf jeden einzelnen hauchte Katja einen kleinen Kuss, bevor ihre Zunge ihren Arm hinaufwanderte. Sarahs Anspannung wurde immer größer.

Lange könnte sie das nicht mehr aushalten. Doch Katja war da offensichtlich ganz anderer Meinung. Den Armen folgten Sarahs Beine. Katjas Finger strichen ihre Wade entlang, durch die Kniekehle. Ein heiseres Stöhnen entfuhr Sarah, als sie diese empfindliche Stelle berührte. Stück für Stück näherten sich Katjas Hände ihren Oberschenkeln. Katja fuhr die Innenseite der Schenkel entlang.

»Ich kann nicht mehr.«

»Du musst dich gedulden.« Katjas Finger wanderten Sarahs Leiste hinauf, umfuhren ihre Hüftknochen. Sie streichelte Sarahs Bauch. Sarahs Erregung wuchs mit jeder Liebkosung. Sie spürte die Feuchtigkeit zwischen ihren Beinen, die immer weiter zunahm. Endlich berührte Katja ihre Brüste. Sarah stöhnte laut. Katja glitt die Konturen entlang. Dann senkte sie ihre Lippen direkt auf Sarahs Brustwarzen. Katjas Zunge strich mehrmals über die harten Knospen.

»Ja«, raunte Sarah, als Katja sie in ihren Mund einsog. Sie wollte Katja umarmen, sie näher an sich drücken, doch ein Widerstand erinnerte sie daran, dass sie ans Bett gefesselt war. »Du treibst mich in den Wahnsinn. Lange halte ich das nicht mehr aus.«

»Ich weiß.« In aller Ruhe begann Katja, Sarahs Bauch mit Küssen zu bedecken. Ihre Zunge neckte einen kleinen Moment ihren Bauchnabel. Es kitzelte. Katjas Mund glitt immer tiefer. Sarahs Becken schob sich ihr auffordernd entgegen, und endlich kam Katja dieser Aufforderung nach. Ihr Kopf senkte sich zwischen Sarahs Beine. Ihre Zunge kreiste die Innenseite ihrer Schenkel hinauf, näherte sich Sarahs Lustzentrum. Sarahs Atem ging immer schneller. Katjas Mund berührte ihre Schamlippen, küsste sie. Dann fuhr ihre Zunge die Lippen entlang. Ganz langsam verteilte sie Sarahs Feuchtigkeit. Mit ihrer Zunge umkreiste sie Sarahs Eingang.

»Oh ja«, stöhnte Sarah.

Katjas Zunge entdeckte sie von innen. Bald lösten Katjas Finger ihre Zunge ab. Stattdessen strich ihre Zunge über Sarahs

Kitzler. Immer fordernder hob Sarah ihre Hüften, versuchte Katja näher an ihren Schoß zu drängen. Sarahs Höhepunkt näherte sich in langsamen Wellen. Sie ließ sich von den Wogen tragen, von ihnen überschwemmen, ließ sich in den Strudel fallen. Es schien, als wollte es niemals enden. Sie fühlte das Blut pochen. Ihre Muskeln verkrampften sich, ehe sich alles in ihr entspannte.

»Oh mein Gott«, seufzte Sarah. Ihr war noch ein wenig schwindelig.

Katja löste ihre Fesseln. »Vielen Dank für dieses aufregende Erlebnis«, hauchte sie. Sie ließ den Schal auf den Boden gleiten. Dann legte sie sich neben Sarah.

Eine Weile ruhten sie sich still nebeneinander aus. Sarah legte ihren Kopf an Katjas Schulter. Das eben Erlebte hatte sie gehörig durcheinandergebracht. Sie konnte sich nicht erinnern, wann sie jemals zuvor so erregt gewesen war, wann sie sich jemals so vollkommen hingegeben, die Kontrolle einfach so aufgegeben hatte. Und das bei einer beinahe Fremden. Was machte Katja nur mit ihr?

»Ich glaube, ich geh mal duschen«, riss Katja sie aus ihren Gedanken. Sie hob verführerisch ihre Augenbraue. »Wenn du willst, kannst du ja mitkommen.« Ihre Mundwinkel verzogen sich zu einem leichten Grinsen.

Noch ehe Sarah sich's versah, war Katja aufgesprungen und auf dem Weg ins Badezimmer. Sarah zögerte einen kurzen Augenblick. Vielleicht sollte sie sich erst einmal etwas besinnen. Und eigentlich war sie ja auch aus einem ganz anderen Grund hergekommen. Nicht, dass sie nicht auch schon wieder Lust hatte. Was hatte sie denn groß zu verlieren? Gar nichts. Sie konnte nur gewinnen.

Sarah folgte Katja ins Badezimmer. Schon bei dem Gedanken, gemeinsam mit ihr unter der Dusche zu stehen, gerieten ihre Hormone in Aufruhr.

Katja stand bereits in der Duschkabine. Das Wasser plätscherte gleichmäßig auf sie nieder. Mit geschlossenen Augen genoss sie den Wasserstrahl. Ihre Hände wanderten langsam ihren Körper hinunter, umschlossen ihre Brüste. Mit ihren Fingern rieb sie über ihre Brustwarzen.

Sarah konnte sich nicht länger zurückhalten und stieg zu Katja. Vorsichtig drängte sie Katja gegen die Wand. Ihre Hände fuhren zärtlich durch ihr Gesicht. Sarah konnte Katjas erregten Atem auf ihrer Haut spüren. »Ich konnte deinem Angebot nicht widerstehen. Und wenn ich dich so sehe, kann ich dich wirklich nicht allein duschen lassen.«

»Ich freue mich, dass du mitgekommen bist.« Ein Lächeln huschte über Katjas Gesicht.

Ihre Lippen trafen sich zu einem stürmischen Zungenkuss, der ihre Erregung ins Unermessliche steigerte.

Sarahs Zeigefinger fuhr Katjas Schlüsselbein entlang zu ihrem Brustansatz. Als sie damit begann Katjas Brustwarzen zu streicheln, stöhnte Katja auf. Dann massierten Sarahs Hände Katjas Brüste. Katjas Atem beschleunigte sich. Mittlerweile hatten sich Sarahs Finger von Katjas Brüsten getrennt, doch Sarah ließ Katja keinen Augenblick Zeit, ein wenig Luft zu schnappen. Längst glitten ihre Hände Katjas Rücken hinunter zu ihrem Po, und ihre Lippen verwöhnten Katjas Brüste. Erst leckte sie zart an den harten Knospen, saugte sie ein, um dann leicht an ihnen zu knabbern.

Sarah genoss es, jeden Zentimeter von Katjas Körper ausgiebig zu liebkosen. Ihre Haut fühlte sich samtig an, schmeckte einzigartig. Das Wasser rann ihren Körper hinunter und hinterließ dabei angenehme Spuren. Einen kurzen Augenblick, wie zufällig, rutschte Sarah zwischen Katjas Schenkel.

»Mach weiter«, flehte Katja mit heiserer Stimme.

Doch Sarah ließ sie zappeln. Ihre Zunge fuhr über Katjas Knospen. Sie merkte, wie die Brustwarzen unter ihren Berührungen noch größer und härter wurden, wie sie in ihrem Mund anschwollen.

Endlich glitten Sarahs Finger erneut Katjas Beine entlang. Als sie ihre Mitte berührte, stieß Katja sofort einen kleinen Schrei aus. Die Feuchtigkeit, die Sarah dort spürte, konnte nicht allein vom Wasser gekommen sein. Genüsslich fuhren Sarahs Finger hindurch, ehe Sarah sie auf Katjas Perle kreisen ließ. Erst langsam, dann immer schneller werdend reizte sie den Kitzler ihrer Geliebten, lediglich unterbrochen von wenigen Augenblicken, in denen sie mit ihren Fingern in sie eindrang.

»Das ist gut«, keuchte Katja. Rhythmisch stieß sie ihr Becken gegen Sarahs Hand, bis sich ihr Oberkörper aufbäumte, sich ihr Unterleib in einem heftigen Orgasmus zusammenzog. Katjas Beine zitterten, aber Sarah hielt Katja fest, umklammerte ihre Taille. Sie küsste Katjas Stirn, während Katja noch nach Luft rang.

Endlich kam Katja wieder zu Atem. »Du bist so verdammt heiß!«, sagte sie, und kaum hatte Katja die Worte ausgesprochen, gingen ihre Hände auf Wanderschaft.

Auch das Wasser perlte auf Sarahs Haut, und es fiel ihr schwer, Katjas Berührungen und ihren warmen Körper von dem wohligen Wasserstrahl zu unterscheiden. Sarah suchte Halt an der Wand. Wie konnte sie nur so schnell wieder bei Kräften sein?

Katjas Finger fuhren ihren Oberkörper entlang, ließen keine Stelle aus. Ein heißer Schauer lief Sarahs Rücken hinunter, und sie bekam trotz des warmen Wassers eine Gänsehaut. Leise stöhnte sie auf. Dann schloss sie ihre Augen, um sich ganz fallenzulassen. Plötzlich sank Katja vor Sarah auf die Knie. Sie schlang ihre Arme um Sarahs Beine, sodass Sarah spüren konnte, wie nah Katja ihr war. Leidenschaftlich küsste Katja die Innenseite ihrer leicht geöffneten Schenkel und näherte sich der Mitte.

Sarahs Hände wollten sich in der Wand festkrallen. Sie konnte es kaum mehr erwarten. Dann küsste Katja ihre Schamlippen, ganz langsam und ausgiebig. Sie machte keine Anstalten, weiter vorzudringen. Sarahs Körper bebte vor Verlangen. Lange konnte sie sich nicht mehr auf den Beinen halten. Ihr wurde immer heißer.

Endlich erforschte Katjas Zunge jeden erdenklichen Winkel. Katja suchte mit ihrem Mund Sarahs Perle, ließ ihre Zunge spielen. Sarahs Stöhnen wurde lauter, während sie den Gipfel der Lust erklomm. Gerade als Sarah dachte, dass es nicht mehr intensiver werden konnte, drangen Katjas Finger in sie ein. Nur wenige Sekunden später zuckte ihr ganzer Körper.

Völlig entkräftet rutschte Sarah auf den Boden. Ihr Puls raste noch immer.

Lächelnd stellte Katja das Wasser ab und setzte sich zu Sarah.

»Ich hatte etwas Angst, dass du mir umfällst. Du hast dich ganz schön heftig bewegt.«

Sarahs Wangen erröteten. Sie senkte ihren Blick. »Hm«, murmelte sie kaum hörbar.

Katja legte ihren Arm um Sarah und zog sie ein wenig näher an sie heran. »Es ist niedlich, dass ich dich so leicht in Verlegenheit bringen kann.« Ein Grinsen umspielte ihre Lippen.

Sarah sah direkt in Katjas blaue Augen. Sofort spürte sie die Schmetterlinge in ihrem Bauch. Das Kribbeln war noch stärker als beim letzten Mal. Katja war einfach bezaubernd. Noch nie zuvor hatte sie eine so unglaubliche Frau getroffen. Sie raubte ihr einfach den Verstand. Mit Ramona war es auch intensiv gewesen, irgendwie, aber anders. So eine Leidenschaft kannte Sarah bisher nicht von sich. Doch es war nicht nur diese Leidenschaft. Am liebsten hätte sie jede freie Minute in Katjas Nähe verbracht.

Ein leises Seufzen kam über Sarahs Lippen. Das mit der Affäre schien schwieriger zu werden, als sie gedacht hatte.

»Alles in Ordnung?«, wollte Katja wissen.

Sarah nickte. »Du kannst dir gar nicht vorstellen, wie sehr ich unser Zusammensein genieße«, flüsterte sie. Mit ihrer Hand rieb sie kurz über ihre Nasenspitze.

»Ich genieße es auch mit dir. Und das sag ich nicht zu jeder.«

Augenblicklich zog sich Sarahs Magen schmerzhaft zusammen. Ein Messer bohrte sich in ihre Brust. Beinahe hatte sie vergessen, dass das für Katja alles gar nicht so neu und aufregend war wie für sie. Wahrscheinlich hatte Katja jede Woche eine andere und verführte sie genauso wie jetzt Sarah. Wie konnte sie nur immer so naiv sein zu glauben, dass es auch für Katja etwas Besonderes war?

Sarahs Hände ballten sich zu Fäusten und bohrten sich in ihre Oberschenkel. Ihre Schultern spannten sich an.

»Habe ich etwas Falsches gesagt?« Katja strich ihr eine nasse Haarsträhne aus der Stirn.

Sarah schüttelte den Kopf. »Nein, ist schon gut.« Ihre Fingernägel krallten sich schmerzhaft in ihre Handflächen.

»Wie du meinst«, sagte Katja. Sie kletterte aus der Dusche und nahm zwei Handtücher aus dem Schrank. Sie reichte Sarah eins davon. »Hier, das ist für dich.«

Noch vollkommen in Gedanken versunken trocknete sich Sarah ab. Wollte sie das wirklich? Hatte das überhaupt einen Sinn? *Du hast doch nichts zu verlieren,* hörte sie Kims Stimme in ihrem Kopf. *Wer nicht wagt, der nicht gewinnt.*

Das, was sie heute erlebt hatte mit Katja, das war wahnsinnig aufregend gewesen. Sie hatte jede einzelne Sekunde genossen. Warum sollte sie es nicht auch weiterhin einfach genießen?

Aber Sarah wusste, dass mit jeder ihrer Begegnungen ihre Gefühle für Katja stärker werden würden. Das konnte doch nicht gutgehen!

Schweigend verließ Sarah das Bad und sammelte ihre Kleidung zusammen. Sie brauchte erst einmal etwas Ruhe, um wieder einen klaren Kopf zu bekommen.

Katja, die sich in ihr Handtuch gewickelt hatte, beobachtete sie, wie sie ihre Sachen anzog. Als Sarah fertig war, kam sie ein Stückchen näher. »Hast du nicht Lust, vielleicht morgen Abend wiederzukommen?« Katja hatte ihre Augen erwartungsvoll auf Sarah gerichtet.

Mit ihren Fingern zupfte Sarah an ihrem Ohrläppchen. »Ich weiß nicht.« Sie schlüpfte in ihre Turnschuhe und ging in die Knie, um sie zuzubinden.

»Wir könnten vielleicht etwas kochen.« Katja fuhr sich durch ihre Haare und wickelte eine Strähne um ihren Finger. »Ich kann das zwar nicht besonders gut, aber du hast gesagt, du seiest eine gute Köchin.« Katjas Zähne bissen leicht auf ihre Unterlippe.

Überrascht hielt Sarah in ihren Bewegungen inne. Auf Sarahs Stirn bildete sich eine kleine Falte. Sie sah zu Katja auf. »Na ja, zumindest hat es bisher immer ganz gut geschmeckt, wenn ich gekocht habe.«

Katja räusperte sich. »Dann kannst du es mir ja vielleicht beibringen. Ich würde das gern von dir lernen. Ich habe bisher noch so gut wie nie etwas gekocht, wenn ich ehrlich bin.«

Sarah richtete sich auf und umarmte Katja. Ein Lächeln breitete sich auf ihren Lippen aus. »Natürlich bringe ich dir das bei, wenn du möchtest.« Sie konnte es kaum glauben, was sie eben gehört hatte. Katja hatte so gut wie noch nie gekocht? Sarah kochte sich beinahe jeden Abend etwas, und auch Ramona hatte sie häufig bekocht. Sie gab Katja einen kleinen Kuss. »Aber du überlegst, was wir kochen, und kaufst dafür ein.«

Katja nickte. »Ich werde es versuchen.«

Wenn Sarah sich nicht täuschte, waren ihre Wangen leicht gerötet. »Und jetzt gehe ich besser.« Noch einmal drückte sie Katja an sich und küsste sie.

»Okay. Dann sehen wir uns morgen Abend.«

Sarah hatte schon fast die Wohnungstür hinter sich geschlossen, als Katja ihr noch hinterherrief: »Ich freue mich.«

Ein warmer Frühlingswind empfing Sarah. Kopfschüttelnd lief sie los.

Das mit dem Reden war ja grandios gescheitert. Doch worüber hatte sie eigentlich mit Katja sprechen wollen? Belanglosigkeiten austauschen, das war nun wirklich nicht wichtig, und offensichtlich hatte Katja kein Interesse, viel über sich preiszugeben, und es interessierte sie auch nicht sonderlich, mehr über Sarah zu erfahren. Nur, war das überhaupt nötig? Miteinander schlafen konnten sie auch so.

Sarah trat gegen einen kleinen Stein und beobachtete, wie er die Straße entlangrollte. Sie sollte sich nicht so viele Gedanken machen und einfach mal ihren Gefühlen freien Lauf lassen. Doch ihr Kopf funkte irgendwie immer dazwischen . . .

»Oh, du bist ja schon da«, wurde Sarah von Katja empfangen. Sarah strich ihr gelbes T-Shirt glatt. »Bin ich zu früh?« Sie beobachtete, wie Katja versuchte mit ihrem Fuß einen Schuh, der mitten im Weg lag, zur Seite zu schieben.

»Nein, ich habe nur irgendwie die Zeit vergessen. Komm doch rein.« Zur Begrüßung umarmte Katja Sarah zurückhaltend.

Sofort nahm Sarah einen Hauch von Lakritzduft wahr.

Katja küsste Sarah flüchtig auf die Wange, aber schon diese leichte Berührung reichte aus, um auf Sarahs Haut ein kleines Feuer zu hinterlassen.

Kaum hatte Sarah die Küche betreten, fiel ihr Blick auf drei unausgepackte Einkaufstüten, die Katja offensichtlich wahllos auf dem Fußboden platziert hatte. Sarahs Stirn legte sich in kleine Falten. »Was gibt es denn Leckeres heute Abend?«, wollte sie schließlich wissen.

»Tja, ich habe mir überlegt, dass wir Schweinegeschnetzeltes mit Bandnudeln kochen könnten.« Katja wischte sich ihre Finger an ihrer schwarzen Cordhose ab.

»Das klingt gut.« Sarah lächelte Katja aufmunternd zu.

»Und zum Nachtisch Tiramisu.«

»Oh, das ist eine großartige Idee. Ich liebe alles, was italienisch ist.«

Katja strich kurz durch ihre Haare. »Na ja, ich habe nur ein einziges Kochbuch. Das habe ich mal zum Geburtstag bekommen. Es ist italienisch. Das mag ich nämlich auch total gern.« Katja nahm ein Buch vom Küchentisch, der mitten im Raum stand, und schlug es auf. Sie hatte an die entsprechende Stelle ein Eselsohr geknickt. »Blöderweise ist das Rezept aber für fünf Personen.«

»Das ist doch kein Problem. Lass mal sehen!« Sarah beugte sich über das Kochbuch, während sie aus ihrer Handtasche einen Bleistift fischte. Wenige Sekunden später hatte sie hinter alle Zutaten die korrekten Mengenangaben notiert, die man für zwei Personen benötigte.

Mit geweiteten Augen sah Katja sie an. »Ich glaub das nicht!«

Sarah zupfte kurz an ihrem Ohrläppchen. »Na ja, Kopfrechnen liegt mir.«

Katja musste grinsen. »Du bist manchmal wirklich seltsam. Wie kann man nur Zahlen mögen?« Sie ergriff eine Einkaufstüte und begann damit, sie auszupacken. Sehr zum Missfallen von Sarah verteilte sie den Inhalt überall in der Küche. Sarah konnte diese Unordnung kaum mit ansehen, aber sie versuchte sich zu beherrschen, und widerstand dem Impuls, alles ihrem Ordnungsempfinden nach zu sortieren. Stattdessen begutachtete sie, was Katja so eingekauft hatte.

Als sie neben einer Tüte mit vorgeschnittenem Salatmix ein Fertigdressing entdeckte, konnte sie sich nicht länger zurückhalten. Lachend nahm sie das Dressing in die Hand und wedelte damit in Katjas Richtung. »Das nennst du Kochen?«

Katja machte einen Schmollmund. »Ich habe doch gesagt, dass ich mich damit nicht auskenne.«

Sarah warf ihr einen Handkuss zu. Dann fiel ihr Blick auf einen kleinen braunen Tetrapack. »Pfeffersoße«, las sie laut vor. Ihre Mundwinkel verzogen sich zu einem breiten Grinsen. »Oh, du bist ja wirklich niedlich.«

Katja stemmte ihre Hände in die Hüfte. »Was soll das denn heißen?«

»Wir können doch auch selbst eine Soße kochen. Die nimmt man doch nicht aus dem Paket.«

»Man vielleicht nicht, aber ich schon!« Nun lachte Katja.

Sarah ließ sich davon anstecken. »Du hast gestern tatsächlich nicht übertrieben.« Sie nahm Katja in den Arm und küsste sie. »Ich würde vorschlagen, wir beginnen mit dem Nachtisch. Der muss ja noch eine Weile in den Kühlschrank.«

Katja zuckte mit den Schultern. »Ist das so?«

Aber Sarah hörte ihr schon gar nicht mehr richtig zu. Sie war bereits dabei, sich in der Küche umzusehen, um die nötigen Utensilien zu finden. Nacheinander öffnete sie die Schranktüren der bunt zusammengewürfelten Küchenschränke. Nichts schien aus dem gleichen Holz zu sein, alles hatte eine andere Farbe. »Wo hast du denn eine Rührschüssel?« Sarah hatte nichts dergleichen entdecken können.

Katja sammelte etwas Luft in ihrem Mund und schob sie von einer Wange in die andere, während sie selbst begann ihre Küchenschränke zu inspizieren. »Also, ich glaube zumindest, dass ich so etwas habe. Aber wo ...« Sie räumte ein paar Kochtöpfe aus und zerrte dann ein rotes Stück Plastik hervor. »Was hältst du davon?« Triumphierend hielt sie eine Schüssel in die Luft.

»Das sollte gehen«, erklärte Sarah in fachmännischem Ton. »Hast du eine Küchenwaage oder so?«

Nachdenklich kniff Katja ihre Augen zusammen. »Hm, benutzt habe ich so etwas definitiv noch nie, aber irgendwo müsste ich so ein Ding haben. War mal ein gut gemeintes Geschenk von meinem Vater, wenn mich nicht alles täuscht. Ich glaube, er findet, ich sollte mehr kochen.« Sie stellte sich auf Zehenspitzen, um hinter einer weißen Holztür zu suchen. Wenige Sekunden später hielt sie einen Pappkarton in der Hand. Mit ihren Fingern wischte sie die Staubschicht ab. »Na siehst du.«

Gemeinsam bauten sie die Waage zusammen, nachdem Katja aus einem weiteren übervollen Schrank Batterien hervorgekramt hatte.

»Gut, dann legen wir mal los«, sagte Sarah. Sie räumte alle nötigen Zutaten auf den Küchentisch neben das Kochbuch. »Fehlt nur noch der Amaretto.«

»Das war auch das Einzige, was ich nicht einkaufen musste. Den hab ich nämlich.« Katja zwinkerte Sarah zu und war kurz darauf im Wohnzimmer verschwunden.

»Du kannst ja vielleicht schon mal den Kaffee kochen, wenn du willst«, begrüßte Sarah Katja, als sie mit der Flasche wieder zurück in die Küche kam. Sarah war bereits dabei, die Eier zu trennen.

Katja knuffte Sarah in die Seite. »Na klar. Kaffee kochen, das ist meine Spezialität!« Dann stellte sie den Amaretto auf den Tisch und schaltete ihren Kaffee-Vollautomaten ein.

»Entschuldige, so war das nicht gemeint.« Sarah legte ihren Kopf ein wenig schief.

»Schon gut. Ich weiß ja selbst, dass ich in der Küche keine große Hilfe bin.«

»Unsinn. Und außerdem wolltest du ja was lernen. Aber ich frage mich, wie du es schaffst, nicht zu verhungern.«

Katja machte eine wegwerfende Handbewegung. »Ach, es gibt doch genügend Tiefkühlgerichte und Konserven und nicht zu vergessen, jede Menge Imbissbuden und Pizzerien.«

Sarah sah Katja mit großen Augen an. »Meine Güte. Nur so Fast Food? Das ist doch total ungesund!«

»Bisher geht es mir sehr gut. Ich fühle mich nicht gerade krank.« Katja erhob lehrend ihren Zeigefinger. »Außerdem ist es super lecker.« Sie konnte sich ein Grinsen nicht verkneifen.

Wenig später hatten sie alle Zutaten abgemessen und in die Rührschüssel gegeben.

»Jetzt brauchen wir bestimmt noch den hier.« Katja hielt einen, wohl noch vollkommen unbenutzten, Schneebesen in ihrer Hand, den sie aus einer Schublade gefischt hatte.

Mit einem liebevollen Lächeln im Gesicht umarmte Sarah ihre Küchengehilfin. Ihre Finger strichen durch ihre Haare. »Ganz genau. Ein elektrisches Handrührgerät wäre zwar noch etwas besser, aber damit sollte es auch gehen«, sagte sie, bevor sie Katjas Lippen mit einem zärtlichen Kuss bedeckte.

Voller Tatendrang löste sich Katja aus der Umarmung. »Ich werde das mal versuchen«, erklärte sie und begann eine cremige Masse zu rühren.

Unterdessen tauchte Sarah die Löffelbiskuits in die Kaffee-Amaretto-Mischung, legte sie in die dafür vorgesehene flache Form und richtete sie möglichst gerade aus.

Katja wischte sich kleine Schweißperlen von der Stirn. »Mann, das ist aber ganz schön anstrengend. Jetzt weiß ich, warum ich so was nie mache.«

Mit ihren leicht geröteten Wangen sah Katja wirklich unwiderstehlich aus. Am liebsten hätte Sarah sie einfach in den Arm genommen und nie wieder losgelassen. Doch zuerst musste der Nachtisch fertiggestellt werden. »Ich denke, du hast genug gerührt«, erklärte sie deswegen.

Zusammen schichteten sie fast die gesamte Creme auf die Löffelbiskuits.

»So, und der Rest ist zum Probieren«, erklärte Katja, während sie schon mit ihrem Finger den Rand der Schüssel entlangfuhr. Dann hielt sie den weißen Finger Sarah vor die Nase. »Möchtest du?« Auffordernd hob sie ihre rechte Augenbraue.

Sarah ergriff Katjas Hand und führte den Finger zu ihrem Mund. Mit geschlossenen Augen leckte sie ganz langsam die Creme ab und ließ sie sich auf der Zunge zergehen.

»Und?«

Noch immer hielt Sarah Katjas Hand fest. Einen Moment blickten sie sich tief in die Augen. Sarah spürte ein leichtes Ziehen in ihrer Magengegend. Sie atmete einmal tief aus. »Schmeckt ausgezeichnet!« Sie ließ Katjas Hand los. Dann stäubte sie Kakaopulver auf das Tiramisu.

»Ich stell das mal kalt, und dann können wir richtig anfangen zu kochen.« Sarah öffnete die Kühlschranktür. Überrascht musste Sarah feststellen, dass der Kühlschrank ziemlich voll war. Um etwas Platz zu schaffen, nahm Sarah einen weißen Karton mit chinesischen Zeichen heraus. »Brauchst du das noch?«

»Das ist der Rest meines Abendessens von gestern. Das wollte ich eigentlich noch aufbewahren.«

»In Ordnung«, murmelte Sarah kopfschüttelnd. Sie zog das

Gemüsefach auf.

Plötzlich entfuhr ihr ein spitzer Schrei. Vor Schreck fiel der Karton auf den Boden. »Oh mein Gott! Was ist denn das?«

Katja begann laut zu lachen. »Darf ich vorstellen? Das ist Paula, meine Schildkröte.« Sie hob den chinesischen Karton auf und stellte ihn wieder zurück.

Sarah wischte sich ihre feuchten Finger an ihrer Jeans ab. Ihr Herz raste. »Bist du verrückt? Ich habe mich fast zu Tode erschreckt. Warum hast du mir denn nicht gesagt, dass du eine Schildkröte hast?«

Katja legte von hinten ihre Arme um Sarah. »Ich habe nicht daran gedacht, dich zu warnen. Entschuldige«, flüsterte sie mit weicher Stimme. Sie ergriff Sarahs Hände und legte sie gemeinsam mit ihren eigenen auf Sarahs Bauch. »Paula hält gerade ihre Winterstarre.« Ihre Wangen berührten sich.

»Ich glaube, ich sollte mich besser setzen«, bemerkte Sarah, auch wenn das Zittern in ihren Beinen langsam nachließ.

Katja ließ sie los, rückte ihr einen Stuhl zurecht, auf den Sarah sich mit einem Seufzer setzte, und nahm dann selbst ihr gegenüber Platz.

»Möchtest du etwas trinken?« Katja sah Sarah besorgt an. Ohne eine Antwort abzuwarten, schenkte sie ihr ein Glas Wasser ein.

Sarah nahm es dankbar an. Ein großer Schluck Wasser beruhigte sie. »Vielleicht sollten wir auch mal anfangen, das Fleisch kleinzuschneiden. Und das Gemüse für den Salat«, erklärte sie schließlich.

Katja nickte, nahm zwei Schneidebretter und Messer aus ihrer Schublade und holte das Fleisch, eine Salatgurke und Tomaten.

Sarah entschied sich, das Gemüse Katja zu überlassen und sich selbst um das Filet zu kümmern. »Ich wusste nicht, dass man Schildkröten in den Kühlschrank legt«, nahm sie das Gespräch wieder auf, während sie das Fleisch wusch.

»Na ja, sie müssen ungefähr von Dezember bis April überwintern, und in meiner Wohnung ist der Kühlschrank dafür der beste Ort. In zwei Tagen kann ich sie übrigens langsam wieder wecken, und dann kannst du sie richtig kennenlernen.« Katja lächelte.

Sarah begann das Filet in kleine Streifen zu schneiden. »Wie lange hast du Paula denn schon?«

»Seit zwölf Jahren.«

»So alt ist sie?«

Katja lachte. »Paula ist quasi noch ein Kind. Schildkröten können leicht über sechzig werden. Sie wird mir also noch eine Weile erhalten bleiben.« Sie warf die Tomatenstücke in eine Salatschüssel, nicht ohne vorher eines zu kosten.

»Wie bist du denn darauf gekommen, ausgerechnet eine Schildkröte als Haustier zu halten?«

Katja blickte fragend zur Decke, so, als würde diese ihr die Antwort verraten. »Das weiß ich gar nicht so genau. Mich hat es einfach fasziniert, dass Schildkröten so alt werden können und einen so fast das ganze Leben begleiten. Darüber hinaus sind sie verhältnismäßig pflegeleicht, das schaffe sogar ich.«

Mittlerweile hatte Sarah das Fleisch fertig zerteilt. Sie nahm eine große Pfanne, die sie zufällig vorhin entdeckt hatte, und erhitzte etwas Öl.

»Und als ich Paula dann das erste Mal gesehen habe, konnte ich ihr nicht widerstehen. Sie hat mich so süß angeguckt«, erzählte Katja weiter und schnitt dabei die Gurke. In ihren Augen konnte Sarah ein kleines Flackern erkennen.

»Seitdem hat sie mich immer begleitet. Wir sind zusammen für meine Lehre in Hamburg gewesen, dann haben wir in Berlin und in Essen gelebt. Tja, und vor ein paar Wochen hat es uns nach Bremen verschlagen. Paula ist die einzige Frau, mit der ich jemals eine feste Beziehung hatte.« Katja grinste und zuckte mit ihren Schultern.

Sarah konnte gar nicht glauben, was sie eben gehört hatte. Hatte sie das richtig verstanden? »Du meinst, du hattest noch nie eine feste Beziehung?« Sie nahm einen Topf aus dem

Schrank, um Wasser für die Nudeln aufzusetzen.

Katja machte eine wegwerfende Handbewegung. »Ne, noch nie. Das ist einfach nichts für mich.«

Sarah warf das Geschnetzelte in das heiße Fett. Es spritzte und zischte laut. Katja war vier Jahre älter als sie und hatte noch nie länger mit einer Frau zusammengelebt?! Kopfschüttelnd wendete sie das Fleisch.

»Ich bin so viel umgezogen, so viel herumgekommen, da gab es einfach keinen Platz für eine Frau. Verstehst du?«, fügte Katja hinzu, als ob sie Sarahs Gedanken erraten hätte.

Eine Falte bildete sich auf Sarahs Stirn. Sie verstand es nicht. »Hm«, murmelte sie. Ein Fettspritzer traf sie an ihrer Hand und hinterließ ein Brennen. »Warst du denn noch nie verliebt?«

Katja ließ die Gurkenscheiben in die Schüssel fallen und wischte sich ihre Hände an ihrer Hose ab. »Paula reicht mir.« Ein leiser Seufzer entfuhr ihr. »So, fehlt nur noch die Soße.« Katja nahm sich eine Schere, um den Tetrapack mit der Pfeffersoße aufzuschneiden.

»Lass das!«, befahl Sarah. »Wir kochen eine richtige Soße.«

Katja rieb über ihre Stirn. »Wenn du meinst.«

»Hast du denn so was nie mit deiner Mutter gemacht?«

Für einen kurzen Moment verengten sich Katjas Augen zu einem kleinen Spalt. »Nein, hab ich nicht.« Sie räusperte sich. »Jetzt haben wir aber genug über mich geredet.« Ihre Finger verschränkten sich ineinander. »Soll ich für uns einen Wein aufmachen?«

»Gern«, meinte Sarah. Sie suchte den Augenkontakt zu Katja, aber Katjas Blick wich ihr aus. »Dann können wir auch gleich etwas davon zum Fleisch geben«, fügte Sarah noch hinzu, während sie bereits in den Schränken und im Kühlschrank nach weiteren Zutaten suchte, die sie für eine Soße verwenden konnte.

Katja nahm eine Flasche Weißwein aus dem Kühlschrank, entkorkte sie und goss ihnen ein. Sie hielt Sarah ein Glas hin. »Auf einen schönen Abend!«

Wenige Minuten später konnten sie essen. Katja hatte im

Wohnzimmer den Tisch gedeckt. In der Mitte hatte sie zu Sarahs Überraschung sogar eine Kerze platziert.

Während des Essens konnte Sarah ihren Blick kaum von Katja lassen. Immer, wenn sie sich tief in die Augen sahen, begann Sarahs Herz schneller zu schlagen. Irgendwie musste sie es schaffen, Katjas Herz ebenfalls zum Schlagen zu bringen, es zu erobern. Sie wollte nicht nur eine Affäre für Katja sein. Katja musste doch auch spüren, dass da mehr war zwischen ihnen.

Allerdings schien sich Katja darüber keine Gedanken zu machen. Genüsslich löffelte sie bereits das Tiramisu. »Das hat wirklich gut geschmeckt. Du bist tatsächlich eine tolle Köchin.« Katja ergriff Sarahs Hand. Ihr Daumen streichelte über Sarahs Haut und löste ein erneutes Kribbeln bei Sarah aus, das sich langsam überallhin ausbreitete.

»Danke.« Ein Lächeln huschte über Sarahs Gesicht. Dann erhob sie sich und brachte die Teller in die Küche. Dort empfing sie ein kleines Chaos. Überall standen die benutzten Küchengeräte und dreckiges Geschirr. »Am besten ist wohl, wenn wir hier etwas Ordnung schaffen«, sagte sie. Dabei räumte sie bereits die Bretter vom Küchentisch neben die Spüle. »Und dann können wir auch gleich abwaschen.«

»Vergiss das Spülen«, raunte Katja, die plötzlich hinter Sarah stand, in ihr Ohr. »Die Zeit können wir besser nutzen.« Ihre Finger schoben sich langsam unter Sarahs T-Shirt.

Wie von allein schloss Sarah ihre Augen. »Aber wir können es doch hier nicht so unordentlich lassen«, protestierte sie ohne besonders viel Nachdruck.

Katjas Fingerspitzen malten kleine Kreise auf ihre nackte Haut. Eine angenehme Hitze breitete sich in Sarahs Körper aus und verdrängte die Gedanken an das Chaos.

»Der Küchentisch ist doch aufgeräumt«, erklärte Katja, während sie Sarah in Richtung des Tisches schob. »Das reicht.«

Katja begann ihren Nacken zu küssen. Sofort durchströmte Sarah ein wohliges Gefühl. Ihr Nacken reagierte ganz besonders empfindlich. Ihr Atem beschleunigte sich. Katjas Hände wanderten höher. Mit leichtem Druck fuhr sie über Sarahs BH. Sarah stöhnte auf. Diese Berührung jagte geradewegs kleine Stromstöße in ihren Unterleib. Dann drehte sich Katja zu Sarah herum. Augenblicklich trafen ihre Lippen aufeinander. Erst berührten sie sich nur zaghaft, doch schon bald wurden sie fordernder. Mit ihrer Zungenspitze stieß Katja leicht gegen Sarahs Lippen, ehe sie auf Sarahs Zunge traf. Unterdessen suchten Katjas Hände erneut Sarahs Brüste. Sarah zog scharf die Luft ein. Ihre Brustwarzen drängten sich hart gegen den Stoff.

Katja küsste Sarahs Wange hinauf zu ihrem Ohr. »Ich habe letzte Nacht von dir geträumt«, flüsterte sie. Mit ihrer Zunge strich sie sanft über Sarahs Ohrläppchen und hinterließ damit ein Brennen auf Sarahs Haut. Ihre Finger öffneten währenddessen Sarahs Hose und schoben sie kurz darauf, zusammen mit dem Slip, ihre Beine hinunter. Als Nächstes streifte sie Sarah das T-Shirt über den Kopf, ehe sie den Verschluss des BHs öffnete und diesen ebenso auf den Boden fallenließ. Katja ging einen Schritt zurück. Ihre Augen glitten Sarahs nackten Körper hinunter. »Du bist unglaublich heiß.«

Sofort errötete Sarah. Mit ihrer Hand strich sie sich eine Haarsträhne aus ihrer Stirn.

Nun zog sich auch Katja aus. Sie kam wieder auf Sarah zu und umarmte sie.

Ihre nackten Körper drängten sich aneinander. Katja umfasste Sarahs Po. Erst lagen ihre Hände nur leicht auf ihm, doch dann verstärkte sie den Druck.

Es fühlte sich so wahnsinnig gut an, wie Katja ihren Po massierte.

Ohne es zu merken, lag Sarah plötzlich auf dem Tisch. Sie spürte das kalte Holz in ihrem Rücken, das sich schon nach wenigen Sekunden erwärmte.

Was macht diese Frau nur mit mir?, schoss es Sarah durch den Kopf.

Aber Katja ließ ihre keine Zeit, weiter darüber nachzudenken. Sie stand vor Sarah und beugte sich über sie. »Deine Brüste sind einfach unwiderstehlich.« Kaum hatte Katja die Worte ausgesprochen, streichelten ihre Fingerspitzen über die weiche Haut.

Sarahs Erregung steigerte sich unablässig. Die Feuchtigkeit zwischen ihren Beinen vermehrte sich. Mit ihrer Zunge umfuhr Katja ihre Brustwarzen, während Katjas Hände tiefer wanderten.

Sarahs Stöhnen wurde lauter. Ihre Hände suchten Halt an der Tischkante.

Katja umschloss Sarahs Knospen mit ihrem Mund und sog an ihnen, ehe sie vorsichtig an ihnen knabberte.

Unruhig bewegte sich Sarahs Becken auf und ab, suchte Katjas Nähe.

»Willst du mehr?« Katjas Finger streichelten die Innenseite ihrer Schenkel hinauf.

Was für eine Frage! Sarah nickte und hauchte kaum hörbar: »Ja.«

Katjas Finger näherten sich unaufhaltsam ihrer Mitte. Dann fuhren sie endlich durch Sarahs Feuchtigkeit. Es dauerte nur einen Augenblick, bis sich Sarahs Erregung in ihrem Höhepunkt entlud.

Sarah setzte sich auf, legte ihre Arme um Katja und schmiegte ihren Kopf an Katjas Brust. Sie konnte Katjas Herzschlag an ihrer Wange spüren. Sie seufzte.

»Lass uns auf meine Couch gehen. Da ist es gemütlicher«, meinte Katja nach einer ganzen Weile. Mit ihren Fingern strich sie durch Sarahs zerzauste Haare.

Erst jetzt merkte Sarah, wie hart das Holz in ihrem Rücken gewesen war. »Gute Idee«, erwiderte sie. Als sie aufstand, wurde ihr ein wenig schwindelig, und sie bemerkte, dass ihre Beine noch ziemlich schwach waren.

Die ganzen letzten Wochen kamen ihr vor wie ein Traum. Es war alles so ungewohnt, so neu, aber doch so unglaublich schön. Katja entführte sie in ihr unbekannte Welten, und auch wenn sie es niemals gedacht hätte, es gefiel ihr. Katja war einfach eine wundervolle Frau.

Sarah war im Wohnzimmer angekommen und sank erschöpft auf das Sofa. Katja kam mit zwei gefüllten Weingläsern und einer Bettdecke nach.

Gemeinsam machten sie es sich auf der Couch gemütlich. Sarah legte ihren Kopf an Katjas Schulter.

Zärtlich küsste Katja ihre Stirn. Sie lagen eine Weile nebeneinander, ohne ein Wort zu wechseln, und genossen ihr Beisammensein. Zwischendurch tranken sie einen Schluck Wein.

Es könnte kaum schöner sein, dachte Sarah. Sie spürte Katjas warmen Körper an ihrem, atmete ihren einzigartigen Duft ein. Katjas Finger streichelten über ihren Rücken.

Irgendwann wagte Sarah einen Blick auf die Uhr, und er verriet ihr, dass es schon weit nach Mitternacht war. »Ich sollte wohl besser mal langsam nach Hause gehen«, erklärte sie deswegen. Viel lieber wäre sie einfach bei Katja geblieben, hätte sich zum Schlafen an sie gekuschelt und wäre gemeinsam mit ihr aufgewacht, aber Katja hatte ja deutlich genug gemacht, dass sie Übernachtungsbesuche nicht sonderlich schätzte.

Überrascht sah Katja auf, ihre Hände stoppten ihre Bewegungen. Mit ihren Zähnen biss sie auf ihre Unterlippe. Sie zögerte einen Moment, ehe sie sagte: »Das solltest du wohl wirklich besser.« Katja schlug schwungvoll die Decke zur Seite und erhob sich.

Auch wenn Sarah nichts anderes erwartet hatte, versetzten diese Worte ihr einen kleinen Stich. Wie sehr hatte sie sich gewünscht, dass Katja sie zum Bleiben eingeladen hätte! Sie stand auf und blickte direkt in Katjas Augen.

Für einen Moment blieben sie regungslos voreinander stehen und sahen sich einfach an. Alles in Sarah sehnte sich danach, Katja in ihre Arme zu schließen, sich festzuhalten. Sie wollte nicht gehen, sie wollte bei ihr bleiben.

Dann räusperte sich Katja. »Ach, weißt du was?« Ihre Finger verschränkten sich ineinander. »Es ist schon so spät.« Sie atmete einmal tief aus. »Wenn du willst, kannst du auch hier schlafen.«

Sie senkte ihr Gesicht zu Boden.

Sarah ging einen Schritt auf Katja zu und umarmte sie. »Das würde ich gern«, flüsterte sie.

Sarah wurde durch Sonnenstrahlen, die sich durch die Jalousien drängten, geweckt. Sie tauchten das Schlafzimmer in ein warmes Licht und versprachen einen schönen Frühlingstag.

Katja lag neben Sarah und schien noch tief und fest zu schlafen. Auf ihren Lippen zeichnete sich ein Lächeln ab. Ihre Gesichtszüge wirkten vollkommen entspannt. Sie sah bezaubernd aus. Sarah hätte sie stundenlang beobachten können. Sie küsste Katja behutsam auf die Wange, um sie nicht zu wecken. Dann schloss sie wieder ihre Augen. Sie legte ihren Arm um Katja und schmiegte sich an sie. Es fühlte sich so vertraut an. Ihre Finger streichelten Katjas Arm entlang.

»Mmmh«, seufzte Katja.

»Ich wollte dich nicht wecken. Entschuldige.«

Katja drehte sich zu Sarah und gab ihr einen Kuss. »Schon in Ordnung. Ich habe ohnehin nur noch ein wenig geträumt. Von gestern.« Sie lächelte Sarah zu. »Was hältst du von einer Tasse Kaffee?«

Sarah hielt das für eine sehr gute Idee. Schlafen konnte sie sowieso nicht mehr. Es war sicherlich schon fast zehn Uhr, viel zu spät, um noch liegenzubleiben. Voller Tatendrang sprang sie aus dem Bett.

»Meine Güte, wie kann man am frühen Morgen schon so aktiv sein?« Katja schüttelte ihren Kopf und lachte. Deutlich weniger enthusiastisch folgte sie Sarahs Beispiel.

Als Katja in der Küche ankam, hatte Sarah bereits die Kaffeemaschine eingeschaltet und zwei Tassen darunter gestellt, und war nun dabei, das Chaos des letzten Abends zu beseitigen.

»Das kann ich doch auch später machen«, murmelte Katja, während sie versuchte ein Gähnen zu unterdrücken.

»Nee, wenn das hier so aussieht, kann ich mich nicht richtig entspannen.«

»Gestern Abend hattest du aber keine Probleme damit.« Katja hob verführerisch ihre Augenbraue.

Sarah zog lediglich eine Grimasse und wischte weiter über die Arbeitsplatte.

Mittlerweile war der Kaffee fertig. Katja nahm die Tassen und stellte sie auf den Küchentisch. »Wirklich etwas zum Frühstücken habe ich leider nicht.« Sie zuckte mit den Schultern. »Ich könnte dir den Rest meines chinesischen Essens anbieten. Und ich glaube, ich habe auch noch eine Banane. Oder irgendwo etwas Müsli.« Sie sah sich suchend in der Küche um.

»Vielen Dank.« Sarah zwinkerte ihr zu. »Ich verhungere schon nicht. Und das Essen lasse ich lieber für dich, sonst hast du nichts für später.« Sie grinste.

»Wie du willst. Aber sag hinterher nicht, ich hätte dir nichts geboten!«

»Ganz bestimmt nicht. Du hast mir schon so einiges geboten. Das vergesse ich nicht.« Eine leichte Röte überzog Sarahs Wangen.

Katja warf ihr einen Handkuss über den Tisch zu. »Dann ist ja gut.« Ihre Blicke trafen sich und hielten sich fest.

Sarah fühlte bereits wieder ein heftiges Flattern in ihrem Bauch. »Es ist wirklich schön, morgens mit dir zusammen aufzuwachen.« Sarah suchte Katjas Hände auf dem Tisch und wollte sie ergreifen.

Katja indes zog sie ein Stück zurück. Sie nahm einen großen Schluck aus ihrer Tasse. »Ja«, nuschelte sie in ihren Kaffee. »Ich finde es auch schön mit dir.« Sie zögerte einen Moment. »Aber . . .«, Katja holte tief Luft, »weißt du, ich habe das Gefühl . . . – ach, ich weiß gar nicht, wie ich das sagen soll.« Ein leiser Seufzer entfuhr ihr.

Sarahs Muskeln spannten sich fühlbar an. Kerzengerade saß sie auf ihrem Stuhl, unfähig, sich zu rühren. Was nur wollte Katja ihr sagen? »Was ist denn nur los?«

Mit ihren Fingern rieb Katja über ihre Stirn. »Ich möchte dir nicht das Herz brechen.«

Sarahs Pulsschlag beschleunigte sich. Ein Kloß bildete sich in ihrem Hals. Was sollte das bedeuten?

»Ich glaube einfach, dass du zu viel in uns und unsere Treffen hineininterpretierst. Vielleicht sollten wir uns deshalb nicht mehr so oft sehen.«

Völlig entgeistert starrte Sarah Katja an. »Das versteh ich nicht«, erwiderte sie mit zittriger Stimme. Nur mit großer Mühe konnte Sarah die aufkommenden Tränen unterdrücken. Sie wollte nicht weinen. Sie weinte nie. Und erst recht nicht deswegen. »Wir haben doch eine schöne Zeit, wenn wir zusammen sind.« Sie machte eine Pause. »Oder etwa nicht?« Sarah versuchte in Katjas Gesicht die Antwort zu lesen.

»Das haben wir wirklich. Doch ich möchte mich nicht fest binden, und ich bin mir nicht sicher, dass das auch das Richtige für dich ist.«

»Woher willst du das wissen?« Sarah suchte Katjas Augen. Als sie sie fand, bemerkte sie, dass das Blau in ihnen nicht so leuchtete wie sonst.

Nun nahm Katja doch Sarahs Hand. Ihre Finger streichelten Sarahs Haut. »Ich weiß es nicht. Ich möchte dich einfach nicht verletzen.« Sie senkte ihren Blick und schluckte.

Ausgerechnet jetzt! Wieso fiel ihr das ausgerechnet jetzt ein? Es war doch gerade alles so perfekt. Katja hatte den ganzen gestrigen Abend und auch an diesem Morgen den Eindruck bei Sarah erweckt, dass es mit ihnen beiden vielleicht doch etwas werden könnte. Und dann sagte sie so etwas. Sarah konnte es einfach nicht fassen. Katja hatte doch mit ihr geflirtet. Sie hatten sich gemeinsam amüsiert. Wenn sie es nicht besser gewusst hätte, hätte Sarah denken können, dass sich auch Katja ein wenig in sie verliebt hatte. Das konnte doch nicht alles nur Einbildung gewesen sein.

»Alles in Ordnung bei dir?«, riss Katjas Stimme Sarah aus ihren Gedanken.

»Vielleicht sollte ich jetzt besser gehen.«

»Versteh mich bitte nicht falsch. Ich mag dich.« Noch immer

hielt Katja Sarahs Hand fest. »Sehr sogar«, fügte sie leise flüsternd hinzu.

Doch offensichtlich ist das ja nicht genug, ärgerte sich Sarah, behielt ihre Gedanken jedoch für sich. Ihre Zähne bohrten sich in ihre Unterlippe. Sie bemerkte, dass Katjas Finger feucht geworden waren.

Sarah stand auf. Wortlos zog sie Katjas T-Shirt, das sie zum Schlafen getragen hatte, über den Kopf, sammelte ihre Sachen in der Wohnung zusammen und zog sich an. »Also, bis dann.« Ohne sich noch einmal zu Katja umzudrehen, verließ sie die Wohnung. Ihr Brustkorb zog sich schmerzhaft zusammen. Das musste alles ein böser Traum sein, ein Missverständnis. Katja konnte das doch nicht ernst meinen. Wie in Trance machte sie sich auf den Heimweg. Sie fühlte sich ganz benommen.

Sarah rührte schon minutenlang in ihrem Pfefferminztee und starrte auf den Boden der Tasse, als könnte sie dort die Antwort auf die vielen Fragen finden, die in ihrem Kopf umherschwirrten.

Die letzten beiden Tage waren so wundervoll gewesen, so intensiv. Es hatte perfekt gepasst mit ihnen. Sie hatten sich so gut verstanden, trotz all der offensichtlichen Unterschiede. Vielleicht hatte Katja recht und Sarah maß dem zu viel Bedeutung bei.

Natürlich hatte Sarah sich vorgenommen, das Ganze locker anzugehen, es nicht zu eng werden zu lassen, nicht sofort den berühmt-berüchtigten Umzugswagen vor der Tür stehen zu sehen.

Sie seufzte schwer. Wenn das alles nur so einfach wäre, wie es sich in der Theorie anhörte. Sarah trank einen großen Schluck Tee. Das Pfefferminzaroma breitete sich in ihrem Mund aus. Sofort fiel ihr ein, wie gut Katjas Küsse schmeckten. Sarah schloss ihre Augen. Sie konnte Katjas makelloses Gesicht vor sich sehen, ihr umwerfendes Lächeln, das strahlende Blau ihrer Augen. Wurde sie langsam, aber sicher verrückt? Sonst fiel es ihr doch auch nicht so schwer, auf ihren Verstand zu hören. Und dieser riet ihr ganz klar, sich Katja aus dem Kopf zu schlagen. Sie wollte keine feste Beziehung und auch keine einengende Affäre, wenn es da überhaupt einen Unterschied zu einer Beziehung gab, mal abgesehen von der Bezeichnung. Aber sosehr Sarah auch versuchte sich an diese Erkenntnis zu halten, es wollte ihr einfach nicht gelingen.

»Verdammt«, fluchte sie laut und schlug mit der Faust auf ein Sofakissen. Dann stützte Sarah den Kopf auf ihre Hände. Wie sollte das nur weitergehen mit ihr? Umso mehr sie darüber nachdachte, desto deutlich wurde ihr, dass sie sich mit jedem Tag, mit jeder Begegnung mehr in Katja verliebt hatte.

Allerdings kam sie auch ganz gut allein klar, was brauchte sie also überhaupt eine Frau an ihrer Seite? Wozu das ganze Theater auf sich nehmen, die ganzen Komplikationen, die die Liebe mit sich brachte? Sie sollte ihr Leben genießen, sich auf ihre Karriere konzentrieren. Ihr Chef hatte ihr vorgeschlagen, an einer Fortbildung teilzunehmen. Er hatte ihr erklärt, dass er es durchaus für denkbar hielt, dass sie bald die Abteilung leiten könnte. Darauf sollte sie ihr Augenmerk legen. Dieses ganze Gefühlschaos war da nur hinderlich.

Ja, genau so würde sie es machen. Morgen würde sie ihrem Chef sagen, dass sie sich für die Fortbildung entschieden hatte. Schluss jetzt mit dem Nachdenken! Sie hatte genug gegrübelt. Es war ohnehin an der Zeit, sich auf den Weg zu ihrem Handballspiel zu machen. Ein wichtiges Saisonspiel stand an, dazu brauchte sie jetzt all ihre Energie. Schnell sammelte Sarah alle nötigen Sachen zusammen und legte sie ordentlich in ihre Sporttasche.

Es war bereits das dritte Mal, dass Sarah bei Kim klingelte. Sie waren verabredet gewesen, schon vor zehn Minuten, aber ihre beste Freundin öffnete ihr nicht die Tür.

Dann endlich ertönte Kims Stimme durch die Gegensprechanlage. »Ja, ja, ist schon gut. Ich brauche noch einen Moment. Sorry.«

Sarah schüttelte belustigt den Kopf. Wieso konnte es ihre beste Freundin niemals schaffen, rechtzeitig fertig zu werden? So schwer war das doch auch wieder nicht!

Es dauerte noch eine ganze Weile, bis Sarah Kims Absätze auf der Treppe klappern hörte. Na endlich!

»Tut mir leid, dass ich dich habe warten lassen.« Schwungvoll schloss Kim Sarah in die Arme und drückte ihr einen Kuss auf die Wange.

»Schon gut. Ich kenn dich ja.« Sarah öffnete für Kim die Autotür. »Wohin darf ich dich denn ausführen, meine Liebste? Ins *Devil's*, wie immer?«

Kim räusperte sich. »Och, weißt du, vielleicht sollten wir heute mal woanders hin.«

Skeptisch sah Sarah ihre beste Freundin an. »Du willst nicht in unsere Cocktailbar? Ist irgendetwas passiert?«

»Nein, nichts.« Kim strich sich eine Locke aus dem Gesicht. »Man kann doch auch mal was Neues ausprobieren.«

Kleine Fältchen bildeten sich auf Sarahs Stirn. »Wie du meinst. Aber so leckere Cocktails wie bei *Devil's* gibt's bestimmt nirgendwo anders.«

»Unsinn. Woanders schmeckt es genauso gut. Wir könnten ja mal in diese neue Bar gehen, da am Bahnhof. Ich habe gehört, die soll sehr gemütlich sein.«

Sarah setzte sich hinters Steuer. »Wohin du auch immer willst. Los, steig ein!« Sie startete den Wagen und fuhr zum »Safari«, der Bar, von der Kim gesprochen hatte.

In dem mit Plastiklianen und Dschungel-Stofftieren dekorierten Raum fanden sie noch einen kleinen freien Tisch. Die Getränkekarte bot neben den üblichen Cocktails tatsächlich einiges an Überraschungen. So brauchten beide einige Zeit, bis sie sich endlich entschieden hatten. Dafür ging es erstaunlich schnell, bis ein cremig-grünes und ein orange-rotes Getränk vor ihnen standen.

»Ich habe heute mit Herrn Ostwald geredet«, erklärte Sarah, nachdem sie ihren Cocktail probiert hatte.

»Deinem Chef?«

Sarah nickte. »Genau. Er hat vorgeschlagen, dass ich mich weiterbilde und dann eventuell unsere Abteilungsleitung übernehme, wenn Frau Marvelli in den Ruhestand geht.«

»Das sind ja mal tolle Neuigkeiten. Herzlichen Glückwunsch. Ich wusste schon immer, dass du eines Tages ganz groß Karriere machen würdest.« Kim erhob ihr Glas und prostete Sarah damit zu.

»Jetzt überstürz mal nichts. Noch bin ich eine einfache Angestellte.«

Kim lächelte. »Noch. Aber ich bin mir sicher, dass sich das schnell ändern wird.«

Sarah zuckte mit den Schultern. »Abwarten. Aber genug davon. Was gibt's es denn bei dir so Neues?«

Kim wickelte eine Haarsträhne um ihren Finger. »Eigentlich gar nichts.«

»Kim!« Sarah sah ihre beste Freundin gespielt böse an. »Wir kennen uns nun schon seit der Grundschule. Du willst mir doch nicht erzählen, dass es wirklich nichts gibt. Ich sehe dir doch an der Nasenspitze an, dass du mir etwas verheimlichst. Also, rück raus mit der Sprache!«

Kim nahm einen Schluck von ihrem Cocktail. »Da gibt's nichts zu erzählen.« Sie wippte auf ihrem Stuhl hin und her. »Zumindest nichts Spannendes.«

»Natürlich nicht. Du hast die ganzen letzten Wochen nur brav zu Hause gesessen und Däumchen gedreht, so wie du das eigentlich immer machst. Das ist wirklich nicht sehr spannend.«

Kim streckte ihrer besten Freundin die Zunge raus. »Du weißt, dass das nicht so ist.«

»Das hast du doch gerade selbst behauptet«, neckte Sarah sie weiter, während sie sich ein Stückchen Ananas in den Mund schob.

Kim senkte ihren Blick. »Gut, also, da war doch etwas.« Sie machte eine Pause und pustete kräftig Luft aus.

»Jetzt bin ich aber neugierig. Was war denn? Das muss ja etwas wirklich Unangenehmes gewesen sein. So verschwiegen kenne ich dich ja gar nicht.«

»Kannst du dich noch an diesen Kellner aus dem *Devil's* erinnern? Marco?«, fragte Kim mit leiser Stimme.

»Sicherlich. Diesen Jungspund, den du so massiv angebaggert und dem du dann deine Telefonnummer zugeschoben hast.« Sarah konnte sich ein Grinsen nicht verkneifen.

»Ganz genau der. Er hat sich noch am gleichen Abend gemeldet.«

»Ha, deswegen wolltest du heute nicht ins *Devil's*!«, platzte Sarah dazwischen. Sie wusste doch, dass da etwas faul gewesen war. Sie gingen immer in diese Cocktailbar, und noch nie war Kim auf die Idee gekommen, das zu ändern.

Kim räusperte sich. »Kann sein.« Ihre Finger fuhren über den Rand des Glases. »Jedenfalls haben wir uns dann getroffen, an dem Freitag, bevor wir zu IKEA gefahren sind.«

»Und wenn ich mich an deinen verklärten Gesichtsausdruck am nächsten Morgen erinnere, habt ihr es nicht beim Treffen belassen.«

Kims Mundwinkel verzogen sich zu einem Lächeln. »Das haben wir wirklich nicht. Und ich kann dir sagen, auch wenn Marco noch etwas grün hinter den Ohren ist, unerfahren war er nicht. Ganz im Gegenteil. Der hat mich nach allen Regeln der Kunst verführt.«

Sarah hielt sich die Ohren zu. »Bitte keine Details. So genau will ich das gar nicht wissen.«

Kims Gesicht verformte sich zu einer Grimasse. »Du kannst da ruhig mal mehr Interesse zeigen. Ich hör dir auch bei allen Schilderungen immer ganz genau zu.«

»Ja, natürlich. Das ist sehr gnädig von dir, dass du dich so aufopferst. Und dabei bist du auch gar nicht neugierig, das alles zu erfahren.«

Nun mussten beide laut lachen.

»Aber wo ist denn da jetzt der Haken? Marco ist ja nicht der erste Mann, mit dem du Sex hattest«, nahm Sarah schließlich das Gespräch wieder auf.

Kim seufzte. »Das nicht. Allerdings werde ich ihn einfach nicht mehr los. Wir haben uns noch ein paar Mal getroffen, es war jedes Mal wirklich großartig. Im Bett harmonieren wir perfekt. Nur – mehr will ich einfach nicht von ihm. Er ist mir zu jung. Das versteht er aber nicht. Seit ich ihm gesagt habe, dass ich ihn nicht mehr sehen will, schreibt er mir ständig Nachrichten, ruft mich an oder fängt mich sogar auf der Arbeit ab. Das geht viel zu weit! Und genau deswegen können wir jetzt leider nie wieder ins *Devil's*.« Kim verschränkte ihre Arme vor der Brust. »Warum muss der denn so anhänglich sein?«

Sarah fühlte, wie ihr schlagartig heiß wurde. Ihr Magen begann zu ziehen. Anhänglich? Vielleicht empfand er einfach etwas für Kim, vielleicht war er in sie verliebt. Das war doch nicht schlimm. In dieser Hinsicht war ihre beste Freundin unmöglich. »Hast du schon mal darüber nachgedacht, dass er Gefühle für dich haben könnte?«

Kim starrte Sarah an, als wäre sie eine Außerirdische. »Was soll der denn für mich fühlen? Wir wollten Sex, den hatten wir, und gut ist. Ich bin nicht der Typ für längerfristige Bindungen. Das habe ich sofort klargestellt.«

Sarah zupfte an ihrem Ohrläppchen. »Meinst du, man kann das immer alles so abstellen, nur damit dir das in den Kram passt?«

Auf Kims Stirn bildete sich eine tiefe Falte. »Ist das mein Problem?«

Sarahs Fingernägel bohrten sich in ihren Unterarm. »Du bist echt schrecklich. Wieso benutzt du die Männer so eiskalt?«

»Jetzt fall du mir nicht auch noch in den Rücken!« Kims Augen suchten Sarahs.

Ihre Blicke trafen sich. Sarahs Lippen zitterten. Sie versuchte tief durchzuatmen, aber es wollte ihr nicht gelingen. Ihre Beine stemmten sich gegen den Boden. Wie konnte Kim nur so mit den Gefühlen anderer umgehen? Wie konnte sie die Männer einfach so abservieren, ihnen nicht mal eine Chance geben? Es war ganz genau wie . . . Sarah musste schlucken. Es war wie bei Katja und ihr. Sie wandte ihren Blick ab und starrte an die Wand. Kim machte das Gleiche mit Marco wie Katja mit ihr. Zusammen ins Bett gehen, Spaß haben und dann einfach abservieren. Bloß nichts intensiver werden lassen. Niemand sollte sich falsche Hoffnungen machen oder sich gar verlieben. Sarah schlug mit ihrer Faust auf den Tisch. Das Glas begann gefährlich zu wackeln.

»Seit wann hast du denn so viel Mitleid mit meinen Affären?!«

Sarah schnappte nach Luft. Sie biss ihre Zähne so fest aufeinander, dass es schmerzte. Ihre Nasenflügel vibrierten.

»Hey, Sarah, was ist denn los mit dir? Bist du sauer?«

Sarah war unfähig zu antworten. Warum verletzte Kim die Männer nur so? Warum konnte sie sich nicht für eine Beziehung entscheiden? Oder es zumindest einmal versuchen?

Plötzlich sprang Kim von ihrem Stuhl auf. »Katja!«, rief sie aus. »Natürlich, du denkst an sie.« Sie kam auf Sarah zu und nahm sie in den Arm. »Ist es das?«

Sarah nickte erschöpft.

»Was ist denn passiert? Samstag hast du mir doch noch erzählt, was für einen schönen Abend ihr hattet und dass ihr gemeinsam kochen wolltet. Hat sie dich versetzt?«

»Kann man so nicht sagen.« Sarah seufzte.

Kim nahm wieder ihr gegenüber Platz. »Dann erzähl mir, wie man es sagen kann.« Kims Augen strahlten Sarah warm entgegen.

»Also«, begann Sarah, »wir hatten einen wirklich tollen Abend. Das Kochen hat großen Spaß gemacht. Wir haben uns richtig gut verstanden. Und dann hat Katja mich sogar gefragt, ob ich die Nacht nicht bei ihr verbringen möchte.« Mit ihren Fingern rieb Sarah über ihre Nase. »Dann kam der nächste Morgen. Zunächst war es perfekt. Wir haben zusammen gefrühstückt, gelacht, geflirtet. Ich hatte echt das Gefühl, dass Katja mehr für mich empfindet. Aber dann ...« Sie zögerte.

Kim ergriff Sarahs Hand und drückte sie.

»Tja, dann sagte sie plötzlich, dass wir uns nicht mehr so oft sehen sollten, weil sie mich nicht verletzen will. Sie meint, ich würde zu viel in unsere Treffen investieren.« Sarah schüttelte den Kopf. »Dabei versuche ich doch gerade, das nicht zu tun.«

Kim blickte Sarah mitfühlend an. »Das tut mir wirklich leid für dich. Aber wahrscheinlich meint sie das gar nicht so!«

Sarahs Augen verengten sich. »Genau. So wie du das wahrscheinlich auch gar nicht ernst meinst, was du gerade über Marco gesagt hast.«

»Ach Süße, nimm das doch nicht so persönlich. Marco ist einfach nicht der Richtige für mich. Aber bei dir und Katja glaube ich schon, dass da mehr draus werden könnte.«

»Sie ist genauso wie du und will gar nicht, dass da mehr draus wird. So wie du nie willst, dass aus irgendeiner Affäre mehr wird«, brach es aus Sarah heraus.

»Das ist überhaupt nicht wahr. Wenn ich dem Richtigen begegne, dann bin ich bereit, mein Leben zu ändern. In Wirklichkeit suche ich doch auch nur die große Liebe.«

»Hm«, war Sarahs einziger Kommentar.

»Du kannst mir das ruhig glauben. Ich wünsche mir nichts mehr, als mich endlich so richtig zu verlieben, sodass ich an nichts anderes mehr denken kann als an diesen einen Mann, dass ich mir nichts anderes vorstellen kann, als alles mit ihm zu teilen. Ich weiß, ich erwecke nicht unbedingt diesen Eindruck, und mein Verhalten lässt eher auf etwas anderes schließen. Vielleicht habe ich einfach nur Angst, mich fest zu binden.«

»Was ist denn so schlimm daran, sich an eine Person, die man liebt, zu binden? Es ist ja keine Gefangenschaft, man geht eben nur einen gemeinsamen Weg, in die gleiche Richtung.«

Kims Finger trommelten auf die Tischplatte. »Na ja«, murmelte sie. »Ich brauche einfach Abwechslung, und meine Erfahrung sagt mir, dass in einer Beziehung stets irgendwann Langeweile eingekehrt. Alles läuft in den immer gleichen Bahnen. Da ist kein Knistern mehr, keine Spannung. Das ist nicht mein Ding.«

Sarah zuckte mit den Schultern. »Das ist doch Blödsinn. Natürlich kehrt irgendwann eine gewisse Routine ein, aber deswegen kann es doch trotzdem abwechslungsreich sein. Katja und ich hätten bestimmt einen spannenden gemeinsamen Alltag.«

Träumend stierte sie an die Decke. Ja, wenn sie und Katja gemeinsam den Alltag entdecken und erleben könnten, das wäre einfach wunderbar. Sicherlich würden sie jeden neuen Tag genießen, Langeweile käme bestimmt nicht auf. Und selbst wenn – das war doch auch herrlich, wenn man sich so vertraut war, wenn man wusste, was die andere gerade tat, was sie mochte, wie man sie glücklich machen konnte.

»Hallo, hier bin ich«, riss Kim Sarah aus ihren Überlegungen.

»Entschuldige, ich war mit meinen Gedanken woanders.«

»Ja, das habe ich gemerkt. Es hat dich mit Katja ganz schön erwischt«, bemerkte Kim in einem Ton, der keine Widerrede zuließ.

Sarah nickte. Es hatte sie tatsächlich schwer erwischt. Unentwegt musste sie an Katja denken, nach jeder Begegnung erschien Katja ihr noch interessanter, trotz all ihrer Eigenarten war sie unglaublich faszinierend – oder gerade erst deswegen. »Ich glaube, du hast recht.« Sarah seufzte.

»Ich würde fast wetten, dass du in Ramona am Anfang nicht so schlimm verschossen warst«, erklärte Kim.

Sarah fuhr sich durch die Haare. Sie war zu Beginn schon in Ramona verliebt gewesen, aber solche Schmetterlinge wie jetzt hatte sie nicht gespürt, das stimmte. Katja war etwas Besonderes.

»Katja ist wohl die Frau, nach der du gesucht hast«, fuhr Kim fort. »Da kann man nichts machen. Und sie kann das durch ihr Verhalten auch nicht ändern.«

Sarah stützte ihr Kinn in ihre Hände. »Zumindest genieße ich ihre Nähe, und ich möchte sie nicht verlieren.« Eine leichte Röte breitete sich auf ihren Wangen aus.

»Und ich wette, du genießt nicht ausschließlich ihre Nähe.« Kim grinste.

»Könnte sein.« Sarah nippte an ihrem Cocktail.

»Guter Sex ist ja auch nicht zu verachten.«

Sarah atmete schwer aus. »Das ist ja jetzt ohnehin alles egal. Wahrscheinlich werde ich Katja sowieso nie wiedersehen.«

»Jetzt mach mal halblang. Wir finden schon eine Lösung.«

Kim lächelte ihr zu. Aber Sarah konnte das Lächeln nicht erwidern. Wenn das alles nur so einfach wäre! »Tja, ich sehe keine vernünftige Möglichkeit. Sie will keine Beziehung, ich aber schon, irgendwie zumindest. Ich kann, sosehr ich es auch versuche, das Ganze nicht unverbindlich angehen. Doch das ist genau das, was Katja will. Wo soll es da bitte eine Lösung geben?« Sarahs Augenbrauen zogen sich zusammen.

»Dann bleibt dir nur ein Ausweg. Du musst Katja aus deinem Leben streichen. Rigoros.« Kims Mundwinkel zuckten.

Fassungslos starrte Sarah ihre beste Freundin an. »Nein, das möchte ich nicht!«

Kim grinste. »Ich weiß. Das war ja auch nicht ernst gemeint. Ich wollte dir damit ja nur zeigen, dass du die Wahl hast, es entweder noch mal mit der Affäre zu versuchen oder Katja eben ganz und gar zu vergessen.«

»Ach«, stöhnte Sarah. »Wenn das mit einer Affäre nur so einfach wäre. Immer wenn ich mit Katja zusammen bin, wünsche ich mir, dass wir uns nie mehr trennen müssen, dass wir zusammen bleiben können, jede Sekunde gemeinsam verbringen können.«

»Wer sagt denn, dass du dir das nicht wünschen darfst? Du darfst ihr das nur nicht so zeigen. Überzeug sie einfach, dass du das kannst, dass du ganz unverbindlich und ohne Pflichten eine Affäre führen kannst. Schauspieler einfach ein bisschen. Sie muss ja nicht wissen, dass es nicht stimmt. Irgendwann merkt sie dann vielleicht, dass sie auch nicht mehr ohne dich leben möchte.«

Sarah legte ihren Kopf schief. »Meinst du wirklich?«

Kim lachte. »Natürlich meine ich das wirklich, sonst würde ich das nicht sagen. So kannst du in ihrer Nähe sein, glücklich werden und müsstest keine Angst haben, dass du sie so schnell verlierst.«

»Einen Versuch ist es wert«, sagte Sarah. *Ob ich sie so davon überzeugen kann, irgendwann doch mit mir eine Beziehung zu führen, das weiß ich nicht, aber ich will sie nicht verlieren, jetzt noch nicht, niemals. Ich muss es einfach wagen!*

»Darauf müssen wir anstoßen«, erklärte Kim, während sie bereits den Kellner heranwinkte. »Zwei Prosecco, bitte«, flötete sie in seine Richtung.

»Ich bin doch mit dem Auto hier«, protestierte Sarah.

Als Antwort erntete sie von Kim einen bösen Blick. »Jetzt wirf gefälligst deine Prinzipien über Bord. Wir haben einen Grund zu feiern, und ein Schluck Sekt wird dich nicht betrunken machen.«

»Aber . . .«, setzte Sarah erneut an, doch das Funkeln in Kims Augen hielt sie davon ab, weiterzusprechen.

Wenig später stellte der Kellner zwei Gläser vor ihnen auf den Tisch. »Auf die Liebe«, prostete Kim ihrer Freundin zu.

Sarah erhob ebenfalls ihr Glas und stieß mit Kim an. »Ja, auf die Liebe, die immer viel zu kompliziert ist.« Sie nahm einen großen Schluck. Es perlte angenehm in ihrem Mund. »Apropos. Willst du deinem Marco nicht auch noch eine Chance geben?«

Kim schüttelte lachend den Kopf. »Nein, nicht wirklich. Aber ich könnte noch einmal mit ihm reden und ihm die Situation erklären, wenn du möchtest.«

»Du sollst das doch nicht für mich machen. Aber ich fände es schon gut, wenn du dich zumindest noch mal mit ihm triffst.«

Kim erhob erneut ihr Glas und hielt es in Sarahs Richtung. »Abgemacht!« Sie zwinkerte ihr zu.

Hastig öffnete Sarah die Wohnungstür. Sie stürzte zum Telefon. Schon auf der Treppe hatte sie das Klingeln gehört. Vielleicht war es etwas Wichtiges.

»Wohlfahrt«, meldete sie sich noch etwas außer Atem, als sie endlich das Telefon erreicht hatte.

In der Leitung herrschte Schweigen.

»Hallo?«, hakte Sarah noch einmal nach. Auf so einen blöden Werbeanruf hatte sie jetzt überhaupt keine Lust. Sie war gerade von der Arbeit nach Hause gekommen. Sie fühlte sich ein wenig müde. Gestern Abend mit Kim war es ziemlich spät geworden, aber sie hatten ja auch einiges zu bereden gehabt.

»Ja, hallo. Hier ist Katja.«

Die süße Stimme ließ Sarahs Knie weich werden. *Katja?* »Oh«, war alles, was sie über ihre Lippen brachte, so überrascht war sie.

»Ich habe heute meinen freien Nachmittag, und ich dachte, du hättest vielleicht Lust auf ein Eis«, erklärte Katja, als wäre gar nichts zwischen ihnen vorgefallen.

Mit allem hatte sie gerechnet, allerdings nicht damit, dass Katja sich so schnell, von ganz allein, bei ihr melden würde. Vielleicht lag ihr doch mehr an Sarah, als sie zugeben wollte? Ein Lächeln breitete sich auf ihrem Gesicht aus.

Als keine Antwort von Sarah kam, fuhr Katja einfach fort. »Das Wetter ist heute so wunderschön. Die Sonne sollten wir genießen.«

»Hm, ja, warum eigentlich nicht?«, willigte Sarah schließlich ein. Vielleicht war ein neutraler Boden wie eine Eisdiele genau der richtige Ort, um ein vernünftiges Gespräch mit Katja zu führen und zu klären, wie es in der Zukunft mit ihnen weitergehen könnte.

»Das ist schön. Sagen wir, in einer halben Stunde im *Dolce Vita*. Schaffst du das?«

Sarahs Wangen glühten. »Klar. Das sollte kein Problem sein. Dann bis gleich.«

»Ich freue mich«, erwiderte Katja, dann hatte sie bereits aufgelegt.

Sarah musste erst einmal tief durchatmen. Gestern hatte sie noch geglaubt, Katja nie wiederzusehen, und jetzt rief sie an, als wäre nichts gewesen, als hätte sie niemals gesagt, dass sie sich nicht mehr so oft sehen sollten. Sarahs Herz machte kleine Freudensprünge. Sie strahlte mit der Sonne um die Wette. Besser hätte dieser Tag kaum sein können.

Mit einem heftigen Flattern in der Magengegend betrat Sarah die Eisdiele. Von Katja war noch keine Spur zu sehen, was aber auch daran liegen konnte, dass Sarah mal wieder fast zehn Minuten zu früh dort war. Also nahm sie erst einmal allein an einem Tisch Platz und ließ ihren Blick über die Eiskarte schweifen. Mit feuchten Fingern blätterte sie die Seiten um, sie konnte sich kaum auf die bunten Bilder konzentrieren. Was sollte sie Katja bloß sagen? Und wie würde sie reagieren? Gab sie ihr die Chance, es noch einmal zu versuchen?

»Oh, du bist ja schon da. Und dabei habe ich mich extra so bemüht, besonders pünktlich zu sein«, lachte Katja, als sie an Sarahs Tisch trat.

Sofort verstärkte sich das Ziehen in Sarahs Bauch. »Na ja, ich war einfach viel zu früh.«

»Hast du Lust, dich nach draußen zu setzen? Oder ist es dir zu kalt?«, fragte Katja, während ihre Augen auf Sarah ruhten.

Für Anfang April hatte die Sonne schon unheimlich viel Kraft. Deswegen stimmte Sarah diesem Vorschlag zu. Ohnehin wurde es ihr in Katjas Nähe eher heiß als kalt.

»Hattest du noch einen schönen Sonntag?«, erkundigte sich Katja, nachdem sie beide einen Eisbecher bestellt hatten.

Schön konnte man ihren Sonntag ganz sicher nicht bezeichnen, doch das konnte sie unmöglich gestehen. »Ja, es war ganz gut. Wir hatten ein wichtiges Spiel, und wir haben gewonnen. Wenn wir weiter so durchhalten, dann könnten wir in dieser Saison endlich den Aufstieg schaffen. Das versuchen wir schon seit drei Jahren, aber am Ende der Spielzeit verlassen uns dann entweder die Kräfte oder das Glück«, sagte sie stattdessen schulterzuckend. »Und wie war das restliche Wochenende bei dir?«

Katja verschränkte ihre Finger ineinander. »Ich habe nicht viel gemacht. Aufgeräumt und ferngesehen.« Sie räusperte sich und senkte ihren Blick. »Schade, dass du gegangen bist«, fügte sie kaum hörbar hinzu.

Sarahs Augenbrauen zogen sich zusammen. Sie atmete einmal tief aus, um Katja nicht anzuherrschen. Immerhin war sie es gewesen, die Sarah mehr oder weniger rausgeschmissen hatte. »Ich dachte, du wolltest, dass wir uns nicht mehr so oft sehen«, bemerkte sie daher in möglichst ruhigem Tonfall, aber das Zittern ihrer Lippen verriet, dass sie alles andere als ruhig war.

»Ein Schoko-Becher und ein Joghurt-Becher«, unterbrach die Kellnerin das Gespräch. Sie stellte das Eis vor ihnen ab.

Sarah löffelte zunächst die Kirschen von ihrem Joghurt-Becher ab, bevor sie sich der Sahne annahm. Die ganze Zeit über vermied sie es, in Katjas Augen zu sehen.

»Vielleicht habe ich mich etwas ungeschickt ausgedrückt«, durchbrach Katja schließlich die Stille. »Ich möchte dir nur nicht wehtun. Aber ich genieße unsere gemeinsame Zeit, und deswegen möchte ich dich auch wiedersehen.« Sie wickelte eine Haarsträhne um ihren Finger. »Nur eben ohne zu viele Verpflichtungen.«

Sarah nickte, auch wenn ihr innerlich eher nach Kopfschütteln zumute war. »Das verstehe ich.«

»Bist du dir sicher?« Katja starrte Sarah ungläubig an.

Sarahs Pulsschlag hämmerte in ihrem Kopf. Ihre Wangen erröteten. Sie war noch nie eine gute Lügnerin gewesen, aber sie musste es versuchen. Es gab einfach keine andere Möglichkeit. »Ja, ganz sicher. Im Moment habe ich ohnehin die Nase voll von Beziehungen. Ich fände es schön, wenn wir uns gelegentlich sehen könnten. Zu mehr habe ich im Moment eh keine Zeit und auch keine Lust.« Sarah schluckte kräftig, um den Kloß in ihren Hals zu vertreiben.

»Ganz ehrlich – das hätte ich beim besten Willen nicht gedacht. Es kam mir immer so vor, als wolltest du es nicht bei ein paar unverbindlichen Dates belassen.«

Sarahs Zähne bohrten sich in ihre Unterlippe. »Da musst du dich getäuscht haben. So wie es lief, so war es absolut bestens.« Sarah fühlte, wie sich kleine Schweißtröpfchen auf ihrer Stirn bildeten.

»Da sind nicht mehr Gefühle bei dir im Spiel? Ich tue dir nicht weh, wenn ich uns eher als Affäre betrachte, ohne Exklusivrechte?«

»Nein«, murmelte Sarah. »Ich mag dich und genieße unsere Zeit. Mehr ist das nicht.« Sarah hatte das Gefühl, dass ihr gleich schwarz vor Augen werden würde. »Und bei dir?«

Katja starrte auf ihre Finger, die die Kondenstropfen verstrichen, die sich auf dem Glas ihres Eisbechers gebildet hatten. »Mir geht es genau wie dir. Du bist eine tolle Frau, der Sex mit dir ist großartig.« Sie presste einen Luftstoß zwischen ihren Lippen hervor. »Aber für etwas Engeres bin ich einfach nicht geschaffen«, fügte sie flüsternd hinzu.

»Ja, ich weiß.« Sarah rührte mit ihrem Löffel in dem restlichen Eis herum und brachte es so zum Schmelzen.

»Ich bin so froh, dass wir einer Meinung sind.« Katja löste endlich ihren Blick von ihrem Becher und sah Sarah tief in die Augen.

Allein für diese blauen Augen und das unwiderstehlich Leuchten in ihnen hätte Sarah alles getan. Sie seufzte. Warum nur war das alles so kompliziert? Warum nur konnte sie ihr Verliebtsein nicht unbeschwert genießen?

»Hast du Lust, noch mit zu mir zu kommen?«, fragte Katja mit einem gewissen Hauch von Erotik in ihrer Stimme. Verführerisch hob sie eine Augenbraue.

Sarah spürte, wie sich eine Gänsehaut auf ihrem Körper ausbreitete. Mit ihren Fingern rieb sie über ihre Nasenspitze. »Ich habe leider gleich Training. Sonst gern.«

»Schade«, erwiderte Katja. »Aber was hältst du davon, wenn du anschließend noch vorbeikommst? Das wäre schön.«

War es eine gute Entscheidung, ihr direkt wieder zu verfallen, direkt ihrem Bitten nachzugeben? Es war sonnenklar, worauf das alles hinauslaufen würde. Wollte sie das wirklich?

Natürlich wollte sie das. Sie sehnte sich so sehr danach, Katja zu berühren, von ihr berührt zu werden. Sie wollte nichts lieber, als ihre Nähe zu spüren.

»Also gut. Ich komme dann zu dir.«

Katja lächelte. »Schön, ich freue mich jetzt schon.« Sie zwinkerte Sarah zu.

»Ich mich auch.«

Wieder sahen sie sich tief in die Augen, konnten ihren Blick nicht voneinander lösen.

Sarah fühlte sich so unbeschwert. Vielleicht nahm tatsächlich alles ein gutes Ende. Vielleicht würde es sich auszahlen, dass sie bereit war, etwas zu wagen. »Gut, ich muss jetzt auch los. Sonst komm ich am Ende noch zu spät zum Training und muss Strafrunden laufen. Und dann wäre ich heute Abend ganz kaputt.« Sarah grinste breit.

Katja riss ihre Augen auf. »Um Gottes willen. Dann aber mal schnell los. Das wäre ja ganz und gar nicht gut, wenn du am Ende nachher todmüde bist.«

Sarah kramte ihr Portemonnaie aus ihrer Tasche.

»Kommt gar nicht in Frage. Ich zahle«, fuhr Katja dazwischen.

»Danke.« Sarah lächelte und stand auf. Mit einem flüchtigen

Kuss auf den Mund verabschiedete sie sich von Katja, ehe sie sich leichtfüßigen Schrittes auf den Weg machte.

Das heiße Wasser entspannte langsam Sarahs Muskeln. Frau Rothe hatte sie beim Training wieder ordentlich getriezt. Und Sarah noch ein bisschen mehr als alle anderen, jedenfalls war es ihr so vorgekommen. Wenigstens hatte es sie abgelenkt, für wenige Stunden hatte sie nicht unentwegt an Katja denken müssen.

Doch damit war es nun vorbei. Der bloße Gedanke daran, was sie gleich mit Katja noch erwartete, ließ ihren Körper vor Vorfreude prickeln. Sie stellte sich vor, wie Katjas Finger über ihre Haut strichen. Nur mit Mühe konnte sie ein Stöhnen unterdrücken.

»Sarah, bist du gleich ertrunken?«

Mit einem Mal stand Carla, die Torfrau, vor ihr und lächelte sie an.

Irritiert schüttelte Sarah den Kopf. »Ähm ... nein. Es war nur so anstrengend heute, und das Wasser tut meinen schmerzenden Schultern einfach gut.« Sie begann mit der rechten Hand ihre linke Schulter ein wenig zu massieren und hoffte dabei, dass Carla ihre vor Peinlichkeit geröteten Wangen nicht bemerkte.

Doch Carla war schon wieder aus dem Waschraum gelaufen. »Ach so. Ich geh dann jetzt. Die anderen sind auch schon fertig. Vergiss nicht das Licht auszumachen, wenn du so weit bist«, rief sie Sarah im Gehen zu.

»Gut. Bis Donnerstag«, verabschiedete sich Sarah. Nun sollte sie sich tatsächlich beeilen, schließlich wollte sie so schnell wie möglich zu Katja. Sie nahm ihr Handtuch und trocknete sich in Windeseile ab.

Aus ihrer Sporttasche kramte sie weiße Spitzenunterwäsche hervor, die sie extra vor dem Training eingepackt hatte. Sie hatte zwar überhaupt keine Ahnung, wie wichtig Katja sexy Unterwäsche war, aber sicher war sicher.

»Entschuldige, ich habe meinen Autoschlüssel hier liegengelassen.« Es war Carla, die schwungvoll die Tür zur Umkleide aufstieß und hereinstürmte. Ihr Blick blieb an Sarah heften. »Oh, du hast heute anscheinend noch etwas Aufregendes vor«, stellte sie nach einer eingehenden Begutachtung fest.

Sarahs Finger fuhren über ihre Nase. »Wie kommst du denn darauf?«

»Sonst legst du nie so viel Wert auf schicke Unterwäsche, aber dieses Set, das hat es in sich.« Anerkennend pfiff Carla durch ihre Zähne.

Sarah wäre am liebsten im Erdboden versunken und zog schnell ihre Hose und ihren Pulli über.

In der Zwischenzeit hatte Carla ihren Schlüssel gefunden. Sie öffnete die Tür. »Ich wünsch dir viel Spaß.« Noch einmal drehte sie sich zu Sarah um. »Und eine heiße Nacht«, fügte sie mit einem breiten Grinsen hinzu, bevor sie wieder verschwand.

Das hatte Sarah gerade noch gefehlt. Spätestens am Donnerstag würden alle wissen, dass sie sich offensichtlich verliebt hatte. Carla konnte niemals ihren Mund halten. Aber sollten sie es doch ruhig wissen. Wahrscheinlich würden sie es ohnehin nicht glauben. Die meisten hielten sie bestimmt für eine Langweilerin.

Wenig später stand Sarah in Katjas Treppenhaus.

»Komm schnell hoch, ich warte schon auch dich«, rief Katja durch den ganzen Hausflur. »Ich halte es bald nicht mehr aus!«

Hoffentlich waren ihre Nachbarn alt und taub, sonst konnte sich Sarah hier nicht wieder blicken lassen. Ihr ging es ja keineswegs anders, aber sie musste es nicht unbedingt der ganzen Nachbarschaft mitteilen.

Bereits wenige Stufen, bevor sie oben angekommen war, konnte sie Katja sehen. Sie sah so bezaubernd aus, wie sie dastand und lächelte.

Dieses unwiderstehliche Lächeln ließ Sarahs augenblicklich dahinschmelzen. »Schön, dich zu sehen«, sagte sie, als sie vor

Katja stehenblieb.

Doch Katja hatte offensichtlich keine Lust auf eine großartige Unterhaltung. Ohne zu antworten, zog sie Sarah an sich. Ihre Lippen trafen aufeinander. Erst berührten sie sich noch etwas zurückhaltend, so als hätten sie Angst, gleich doch noch abgewiesen zu werden. Aber dann wurde der Kuss leidenschaftlicher.

Sarahs Körper zitterte. Katja schob sie in ihre Wohnung und verschloss die Tür hinter ihnen. Mit ihrer Zunge fuhr Katja die Konturen von Sarahs Lippen nach. Dann glitt sie ihre Wange hinauf zu ihren Ohrläppchen und knabberte leicht daran. »Ich habe dich wahnsinnig vermisst in den letzten Tagen«, gestand Katja mit heiserer Stimme.

Ein heißer Schauer fuhr Sarahs Rücken hinunter. »Ich dich auch.«

Katja streifte Sarah die Jacke von den Schultern und ließ sie zu Boden gleiten, ehe ihre Finger den Weg unter Sarahs Pullover fanden. Als Katja ihre nackte Haut berührte, musste Sarah laut stöhnen. Wie oft hatte sie sich an diesem Tag genau diesen Moment vorgestellt. Aber selbst in ihren kühnsten Phantasien war er nicht so wundervoll wie in Wirklichkeit.

Ihre Münder fanden wieder zueinander. Katja Lippen schmeckten zuckersüß. Ihre Zungen begannen ein aufregendes Spiel miteinander. Zielsicher wanderte Katjas Hand zu Sarahs Brust und umschloss sie. Sarahs Atem beschleunigte sich. Mit ihrem Daumen streifte Katja über eine Brustwarze, die sich deutlich abhob.

Nun wurde auch Sarah mutiger und ließ ihre Finger ebenfalls unter Katjas T-Shirt gleiten. Sie umkreiste ihren Bauchnabel, bevor sie über die weiche Haut ihrer Brüste fuhr. Sie fühlten sich gut an. Mit den Handflächen rieb sie über Katjas Knospen, die sich fest gegen den Stoff drängten.

Katja stöhnte in ihren Mund. Mit zitternden Fingern zog sie ihr T-Shirt und ihren BH aus, während Sarahs Hände kaum von Katjas Brüsten lassen konnten. Katja suchte Halt an der Wand.

»Ich will dich«, raunte sie Sarah zu. »Jetzt und hier.«

Ein angedeutetes Grinsen huschte über Sarahs Gesicht. Sie wollte Katja auch, und vor allem wollte sie keine Sekunde länger warten. Sie öffnete den Knopf von Katjas Jeans und ließ ihre Hand in die Hose gleiten. Sie schob den Slip ein wenig zur Seite und berührte ganz sachte Katjas geschwollene Schamlippen. »Du hast wirklich zu lange auf mich gewartet«, kommentierte sie die Nässe, die sie dort erwartete.

Mit halb geschlossenen Augen lehnte Katja an der Wand. Sarah tastete sich langsam immer weiter fort. Kaum legte sie einen Finger auf Katjas Perle, zog Katja sie mit einer schnellen Bewegung enger an sich. Stürmisch öffnete sie Sarahs Hose und schob sie im Eifer des Gefechts so gut es ging die Beine hinunter, während Sarah mit ihrem Finger in sie eindrang.

»Warte«, forderte Katja sie mit letzter Kraft auf. Kurz darauf fanden ihre Finger Sarahs Mitte.

Gleichzeitig tauchten sie in die Feuchtigkeit der anderen ein, suchten ihren Rhythmus. Ihr Stöhnen wurde lauter. Sie ließen sich gemeinsam in die Wogen fallen und ließen sich von den Wellen davontragen.

Obwohl Sarah nur wenige Stunden geschlafen hatte, fühlte sie sich am nächsten Morgen bestens gelaunt und ausgeruht. Sie hatte die gesamte Nacht bei Katja verbracht, aber nun war es leider an der Zeit, zur Arbeit zu fahren.

Sarah drehte die Musik in ihrem Auto ganz laut auf, als die ersten Klänge ihres Lieblingsliedes erklangen. Es war eine wunderschöne Ballade, die von der großen Liebe handelte. Eine Liebe, die alle Hindernisse überwinden konnte, die einzigartig war. Genau das, wonach sich jeder sehnte.

Mit jedem Takt wurde das Kribbeln in ihren Bauch stärker. Lauthals begann Sarah mitzusingen. Mit der Sängerin konnte sie nicht mithalten, doch das war ihr egal. Jeder Ton verstärkte dieses einzigartige Glücksgefühl, das sich in jede Zelle ihres Körpers ausbreitete.

Es war der perfekte Start in einen neuen Tag, nach einer perfekten Nacht. Sarah konnte das Grinsen gar nicht mehr aus ihrem Gesicht bekommen.

Vor dem Betonkomplex, in dem sich die *Kabede* befand, hielt sie an. Heute wirkte ihr Arbeitsplatz so viel farbenprächtiger als sonst, nicht so trist und grau. Sogar ihre Kollegen lächelten ihr viel freundlicher zu.

Seufzend ließ sich Sarah auf ihren Schreibtischstuhl fallen. Selbst der anstrengendste Kunde konnte ihr an diesem Morgen nichts anhaben. Einzig ihre Konzentration ließ gelegentlich zu wünschen übrig, wenn sie in ihren Gedanken der letzten Nacht nachhing.

Den ganzen Freitag hatte sich Sarah darauf gefreut, dass es endlich Abend werden würde. Sie hatte Katja nun schon drei Tage nicht mehr gesehen, aber für heute hatten sie sich verabredet. Sie wollten gemeinsam zu der Frauenparty gehen, die sie beim letzten Mal verpasst hatten.

Mit viel Bedacht hatte Sarah ihr Outfit ausgewählt. Katja sollte nur Augen für sie haben und die anderen Frauen gar nicht erst beachten. Zu einer für ihre Verhältnisse engen Jeans trug sie ein schwarzes Poloshirt. Sie hatte einen Knopf mehr als sonst offengelassen, um Katja einen Blick auf ihr Dekolleté zu ermöglichen. In ihren Lieblingssneakers fühlte sie sich auch für eine lange Tanznacht gut gerüstet.

Fünf Minuten zu früh stand Sarah in Katjas Wohnung.

»Hallo, schöne Frau!«, wurde sie von Katja begrüßt. Sie umarmte Sarah und verschloss ihre Lippen mit einem Kuss, ehe Sarah eine Chance hatte, etwas zu erwidern.

Sofort schossen kleine Stromstöße über ihren Rücken, die sich in ihrem Unterleib sammelten. Katja schaffte es, sie in wenigen Sekunden in Flammen zu setzen. Aber sie konnten ja nicht schon wieder übereinander herfallen, sobald Sarah die Wohnung betreten hatte.

Sarah löste sich ein wenig von Katja. »Lass mich doch erst einmal in Ruhe reinkommen.« Sie versuchte ihren Atem zu beruhigen.

Katja grinste sie an. »Warum das denn? Beim letzten Mal hat es dir doch gefallen.« Sie hob auffordernd ihre Augenbraue.

Sarah seufzte theatralisch. »Heute ist aber nicht mehr Dienstag. Wir können doch nicht immer direkt im Bett oder wo auch immer landen.«

»Na gut. Auch wenn ich dir da nicht zustimmen kann. Dann komm erst mal rein in die gute Stube.« Katja nahm Sarah die Jacke ab und suchte an ihrer übervollen Garderobe noch ein Plätzchen.

Unterdessen ging Sarah geradewegs ins Wohnzimmer. Sofort fiel ihr Blick auf einen Glaskasten, den sie dort noch nie zuvor gesehen hat. »Was ist das denn?«, fragte sie und näherte sich dem Kasten. Bei genauerer Betrachtung erkannte sie, dass dort überall Steine und Äste verteilt lagen.

»Das ist Paulas Terrarium. Im Winter stelle ich es immer in den Keller, ab nun ist meine Süße ja wieder erwacht.« Katja stand hinter ihr. Mit ihren Fingern strich sie Sarahs Arme entlang.

Für einen winzigen Augenblick schloss Sarah ihre Augen. Diese Berührung fühlte sich so vertraut an, so richtig. Sie wusste, dass es genau das war, wonach sie gesucht hatte. Es war, als gäbe es nur sie beide.

Mit einem Kopfschütteln vertrieb sie die Gedanken. Stattdessen suchte sie das Terrarium nach der Schildkröte ab. Aber sie konnte Paula nicht finden.

»Sie ist bestimmt in ihrer Lieblingsecke, hinter dem Stein«, erklärte Katja, als hätte sie ihre Gedanken gelesen. »Warte.« Schon war ihre Hand in dem Terrarium verschwunden und räumte einen großen Stein zur Seite.

Tatsächlich – dahinter befand sich Paula. Ein wenig böse, dass es jemand gewagt hatte, sie in ihrer Ruhe zu stören, schaute sie die beiden Frauen an.

»Die ist ja wirklich süß. Darf ich sie mal streicheln?«

»Natürlich, wenn du möchtest. Aber du musst ganz vorsichtig sein, manchmal beißt Paula plötzlich zu. Und ich kann dir sagen – das tut verdammt weh.«

Langsam wanderte Sarahs zitternde Hand in das Terrarium.

»Ich wollte dir keine Angst machen. Normalerweise ist Paula die liebste Schildkröte der Welt. Bleib einfach ganz ruhig.« Katja legte ihre Hand auf Sarahs und führte sie.

Sarah fühlte sich gemeinsam mit Katja etwas sicherer und wurde mutiger. Dann berührten sie Paulas Panzer. Er fühlte sich hart und ungewohnt an. Paula drehte ihren Kopf in ihre Richtung. Unwillkürlich zuckte Sarah zurück. Ihr Herz klopfte schneller.

»Das war doch fürs erste Mal schon gar nicht schlecht«, sagte Katja und lächelte sie an.

Sarah nickte. Besonders heldenhaft war sie ja nicht gewesen. Allerdings war es süß von Katja, dass sie sie trotzdem lobte.

Paula kroch wieder in ihre Ecke und zog sich in ihren Panzer zurück.

Katja legte von hinten ihre Arme um Sarah. »Ich glaube, für heute hat meine Kleine genug.«

Sarah indessen hatte noch nicht genug. Paula hatte ihr Interesse geweckt. »Ist das auf Dauer nicht ein bisschen eng für sie da drin?«

»Ich denke, dass sie sich auf ihrem Abenteuerspielplatz ganz wohlfühlt. Hier hat sie alles, was ein Schildkrötenherz begehrt. Sie kann umherstöbern und über Hindernisse klettern. Das Terrarium ist außerdem schon ziemlich geräumig. So groß ist sie ja nicht. Und zu fressen bekommt mein kleiner Vielfraß auch genug von mir.«

»Was isst eine Schildkröte denn eigentlich so?«, wollte Sarah wissen.

»Das wird dir gefallen. Sie fressen vor allem Grünzeug.«

Empört stemmte Sarah ihre Hände in die Hüfte. »Was soll das denn bitteschön heißen?«

Katjas Mundwinkel zuckten verdächtig. »Gar nichts.«

Sarah warf ihr einen bösen Blick zu. »Da bin ich aber beruhigt.«

Nun konnte sich Katja ein Grinsen nicht mehr verkneifen. »Also, um auf deine Frage zurückzukommen: Sie fressen Pflanzen, Blüten, Blätter und Früchte. Tja, lauter gesundes Zeugs. In dieser Hinsicht verstehen Paula und ich uns nicht so gut.«

»Musstest du mit Paula eigentlich auch schon mal zum Arzt?«

Katja stöhnte. »Du kannst einem ja Löcher in den Bauch fragen.«

Sarah zuckte mit den Schultern. »Entschuldige. Das ist so meine Art. Dafür kann ich nichts.«

»Lass uns lieber über etwas anderes reden.« Katjas Lippen legten sich eng an Sarahs Ohr. »Ich wüsste auch schon, über was«, flüsterte sie rau.

Sarah nahm Katjas Hände von ihrem Bauch und befreite sich aus der Umarmung. »Kommt überhaupt nicht in Frage«, erklärte sie mit erhobenem Zeigefinger. »Ich muss erst noch ein bisschen was über dich herausfinden.« Sie begann sich im Wohnzimmer weiter umzusehen.

»Du weißt doch schon genug von mir«, sagte Katja, während sie sich laut seufzend auf die Couch fallenließ.

Sarah ignorierte Katjas Bemerkung. Ihr Blick wanderte durch die Regale von Katjas Wohnzimmerschrank. Es fiel Sarah auf, dass sie noch nirgends in der Wohnung ein Foto gesehen hatte. Das musste sie klären. »Warum hast du hier überhaupt keine Fotos von dir oder deiner Familie stehen?«

Katja fuhr sich mit ihren Fingern durch die Haare. »Das brauch ich nicht. Ich weiß auch so, wie alle aussehen. Solche Erinnerungen sind nicht nötig.« Sie rieb über ihre Stirn. »Willst du dich jetzt nicht endlich zu mir setzen?«

»Gleich.«

»Nein. Jetzt!«, forderte Katja mit fester Stimme.

Sarah drehte sich zu Katja um. Plötzlich entdeckte sie einen schwarzen Kasten neben dem Wohnzimmertisch. »Was ist das denn?« Sie zeigte mit ihrem Finger auf den Kasten und näherte sich ihm, um ihn genauer in Augenschein zu nehmen.

Katja räusperte sich. »Oh. Das habe ich ganz vergessen wegzuräumen.« Sie stand auf und nahm den Kasten hoch.

Jetzt erkannte Sarah die Form. »Ist das eine Geige?« Sie hatte den Eindruck, dass sich Katjas Wangen röteten.

»Ja, genau.« Liebevoll strich sie über den schwarzen Kasten.

»Ich wusste gar nicht, dass du Geige spielen kannst.«

»Können ist sicherlich auch etwas übertrieben. Ich habe es als Kind gelernt. Und manchmal, wenn ich Lust bekomme, übe ich etwas.« Katja legte die Geige in die Ecke neben dem Sofa.

Sarah wäre niemals auf die Idee gekommen, dass Katja ein Musikinstrument spielen könnte. »Wenn ich ehrlich bin, überrascht mich das etwas.«

Katja lächelte. »Das kann ich mir schon vorstellen.«

»Wie bist du denn auf die Idee gekommen, ausgerechnet Geige zu lernen?«

»Ich habe damals angefangen, weil die Geige das Lieblingsinstrument meiner Mutter war. Da wollte ich es als kleines Kind auch können. Fast sechs Jahre lang hatte ich dann Unterricht, bis mich anderes mehr interessiert hat.«

Sarahs Augen weiteten sich. »Das ist eine verdammt lange Zeit.« Offensichtlich gab es einiges an Katja, was Sarah noch nicht wusste. Aber war das eine Überraschung? Sie kannten sich ja erst seit Kurzem, und die meiste Zeit hatten sie nicht unbedingt mit Reden verbracht. »Würdest du mir etwas vorspielen?«, bat sie Katja.

Katja senkte ihren Blick zu Boden. Sie räusperte sich erneut. »Ich weiß nicht. Ich kann das nicht gut genug.«

Nun war es Sarah, die auf Katja zuging und sie in den Arm nahm. »Unsinn. Außerdem bin ich doch auch keine Expertin.« Sie küsste Katja zärtlich auf die Wange. »Bitte! Ich würde das so gern hören.«

Katja atmete tief durch. »In Ordnung.« Mit einem lauten Klacken sprang der Geigenkasten auf, und Katja nahm behutsam das Instrument heraus, als hätte sie Angst, es zu zerbrechen. »Setz dich am besten auf die Couch.«

Sarah folgte ihrer Anweisung. »Was spielst du denn?«

Katja legte die Geige vorsichtig auf ihre Schulter. Sie neigte den Kopf in die Richtung des Instruments. »Ich dachte an Pachelbels Kanon in D-Dur. Auch wenn es ja eigentlich kein Solo ist. Aber ich mag es so gern.« Für einen kurzen Moment zögerte sie, dann schloss sie ihre Augen. Sie begann langsam und ruhig, sachte strich der Bogen über die Saiten. Helle Töne erfüllten den Raum.

Augenblicklich breitete sich auf Sarahs Körper eine Gänsehaut aus. Ein wohliger Schauer jagte ihren Rücken hinunter. Katja sah wunderschön aus, wie sie gefühlvoll ihre Finger auf den Saiten tanzen ließ. Konzentriert entlockte sie der Violine eine wundervolle Melodie. Sie schien in einer Welt aus Noten zu versinken.

Katjas Spiel wurde mit jedem Takt kraftvoller. Sie steigerte die Geschwindigkeit und gab sich ganz der Melodie hin. Jeder Ton berührte Sarah, fuhr mitten in ihr Herz. Sie spürte, wie es schneller zu klopfen begann. Ihre Finger wurden feucht. Alles in ihr fühlte sich so warm an. Ein derartiges Gefühl hatte Sarah noch nie zuvor erlebt.

Viel zu schnell war das Stück zu Ende. Katjas Gesichtszüge entspannten sich. Sie lächelte. Dann öffnete sie ihre Augen und legte die Geige ab.

Berauscht von dieser Intensität, die Katjas Geigenspiel in ihr ausgelöst hatte, sah Sarah zu Katja. Sie war nicht fähig, sich zu regen.

»Hat es dir gefallen?«, fragte Katja mit leiser Stimme.

Sarah nickte. Sie konnte gar nicht in Worte fassen, wie wunderschön sie es gefunden hatte. Bisher hatte Sarah nicht viel für klassische Musik übrig gehabt. Bewusst hatte sich Sarah noch nie ein klassisches Stück angehört. Es hatte sie nicht interessiert. Doch das, was sie eben gehört hatte, hatte sie verzaubert, sie in ihr unbekannte Welten entführt, sie zum Beben gebracht.

»Und?« Erwartungsvoll blickte Katja sie an.

»Ich bin einfach sprachlos. Entschuldige. Es war wunderschön.«

Katja setzte sich neben Sarah. »Da bin ich aber froh. Ich muss gestehen, ich hatte ein kleines bisschen Angst.«

Sarah legte ihren Kopf an Katjas Schulter. »Vor mir brauchst du doch keine Angst zu haben.« Zärtlich strich sie über Katjas Arm und ergriff ihre Hand. »Jetzt kann ich verstehen, warum du Geige spielen lernen wolltest. Es war bestimmt toll, deiner Mutter zuzuhören.«

Katja rutschte ein Stückchen auf der Couch hin und her. »Mmmh«, murmelte sie.

»Oder nicht?«

Katja biss auf ihren Fingernagel. »Lass uns von etwas anderem reden.« Sie stand auf. »Ich hol uns erst mal etwas zu trinken.« Kurz darauf war Katja in der Küche verschwunden.

Sarah hing ihren Gedanken nach. Es war wirklich ein unglaublicher Abend. Katja hatte so viele Seiten, die sie noch nicht kannte. Jedes Mal entdeckte Sarah etwas Neues an ihr. So eine Frau hatte sie noch nie kennengelernt. Aber manchmal war es einfach schwer, an Katja heranzukommen. Sie war oft so schweigsam, schien nichts Privates preisgeben zu wollen.

»Wovon träumst du, meine Süße? Ich hoffe doch, von mir.«

Katja kniete neben ihr. Ihr Atem kitzelte an Sarahs Ohr. »Aber es muss nicht beim Träumen bleiben.« Ihre Finger wanderten Sarahs Rücken hinauf.

Sofort stellten sich die feinen Härchen in Sarahs Nacken auf.

»Was hältst du davon?«, flüsterte Katja. Ihre Lippen berührten Sarahs Haut und hinterließen ein Brennen.

Sarah konnte und wollte Katjas Verführungskünsten nicht länger widerstehen. »Das klingt sehr verlockend.«

»Dann komm mit.« Mit einem betörenden Augenaufschlag

sah Katja Sarah an, ehe sie ihre Hand nahm.

Wenig später fanden sie sich nackt und leidenschaftlich küssend auf Katjas Bett wieder. Die Erregung, die Sarah den ganzen Abend versucht hatte zu unterdrücken, hatte gesiegt und die Oberhand gewonnen.

Katja legte sich auf Sarah und drückte sie in die Laken. Mit ihrer Zunge strich sie ihren Hals hinunter zu ihren Brüsten, während ihre Hand ohne große Umschweife zwischen Sarahs Beine fuhr.

Sarah stöhnte laut auf, als Katja ihre empfindsamste Stelle berührte. Katjas Lippen saugten an ihren aufgerichteten Brustwarzen. Mit einem Mal griff Katja neben sich und hielt etwas Schwarzes in der Hand.

Für einen Moment vergaß Sarah ihre Lust und starrte das Gummiteil an. »Was ist denn das?«

Katja grinste. »Wonach sieht es denn aus?«

Sarah errötete. Jetzt erkannte sie, dass es ein wellenförmiger Dildo war. Sie hatte so etwas noch nie in den Händen gehalten, geschweige denn etwas anderes damit gemacht.

»Hast du Lust, es mal auszuprobieren?«

Offensichtlich hatte Katja an ihrer Reaktion gemerkt, dass sie mit erotischen Spielzeugen bisher noch keine Erfahrungen gesammelt hatte. Sarah schluckte. Was sollte schon passieren? Entweder gefiel es ihr und machte ihr Spaß – oder eben nicht. Dennoch war es ihr etwas unangenehm.

»Wir müssen das nicht machen, wenn du nicht möchtest. Du kannst jederzeit nein sagen«, versuchte Katja, Sarah ihre Bedenken zu nehmen.

Irgendwie reizte es Sarah, es auszuprobieren. Der Dildo hatte eine interessante Form. Sie konnte sich schon vorstellen, dass es ihr Lust bereiten konnte. Allein der Gedanke daran steigerte ihre Erregung. »Okay«, stimmte sie schließlich zu.

Katja lächelte. »Ich bin auch ganz vorsichtig. Und wenn es dir zu viel wird, sag einfach Bescheid, dann hör ich sofort auf.« Zärtlich kreisten ihre Finger die Innenseite von Sarahs Oberschenkeln entlang.

Unwillkürlich schloss Sarah ihre Augen und genoss Katjas Liebkosungen. Ihr Körper begann sanft zu vibrieren. Katja verwöhnte Sarahs Brüste mit ihrem Mund, knabberte mit ihren Zähnen an ihnen. Dann spürte Sarah, wie Katja mit dem Dildo über ihre Schamlippen glitt. Ihr Atem beschleunigte sich. Katja verstärkte den Druck ein wenig, bevor sie Sarahs Lippen teilte und mit dem Dildo ihre Feuchtigkeit verrieb. Das unbekannte Gefühl und die Vorfreude ließen Sarah laut aufstöhnen. Sie schob Katja ihr Becken entgegen.

Vorsichtig tastete sich Katja mit dem Dildo an Sarahs Eingang heran. »Soll ich weitermachen?«

Längst stand Sarah in Flammen. »Ja. Bitte.« Erwartungsvoll hielt sie die Luft an.

»Entspann dich! Lass ganz locker.«

Sarah atmete tief aus und versuchte sich fallenzulassen.

Behutsam ließ Katja den Dildo in sie gleiten. »Ist das gut so?«

»Ja«, raunte Sarah. »Ja, das ist gut.«

Rhythmisch drang Katja in sie ein und steigerte langsam das Tempo. Geschickt rieben ihre Finger dabei immer wieder über Sarahs Lustzentrum.

Ein Kribbeln breitete sich in jede Faser von Sarahs Körper aus. Sie rang nach Atem. Katja reizte sie unablässig weiter, bis ihre Erregung explodierte und ein unvorstellbares Feuerwerk in ihr entfachte.

Katja legte sich neben Sarah und strich eine Haarsträhne aus ihrer Stirn. Liebevoll drückte sie einen kleinen Kuss auf Sarahs Nase.

Langsam normalisierte sich Sarahs Herzschlag. »Das war unglaublich aufregend«, flüsterte sie. Tatsächlich hätte sie sich nicht vorstellen können, dass der Sex mit einem Dildo so gut sein konnte. Aber Katja hatte sie eines Besseren belehrt. Sarahs Finger streichelten über Katjas Bauch.

Katja entfuhr ein Seufzer. Sie drehte sich so, dass sie nun auf dem Rücken lag. Sarahs Fingerspitzen wanderten höher. Sie fuhren die Rundungen von Katjas Brüsten entlang. Sie fühlten sich so warm und weich an. Katjas Brustwarzen richteten sich einladend auf. Sarah rieb mit ihren Handflächen darüber und merkte, wie die Knospen noch härter wurden. Ihre Lippen bedeckten Katjas Hals mit Küssen, bis ihre Lippen aufeinandertrafen und zu einem stürmischen Kuss verschmolzen. Unterdessen strich Sarah Katjas Seite hinunter, ihre Beckenknochen entlang zu ihrem Venushügel. Katja zog scharf die Luft ein. Sarah rutschte tiefer. Ihr Mund küsste auf dem Weg jeden Zentimeter. Mit ihrer Zunge umspielte sie Katjas Brustwarzen, kitzelte ihren Bauchnabel, streifte über ihre Leiste, ehe sie tiefer in Katjas Schoß wanderte. Der süße Duft ihrer Erregung stieg in Sarahs Nase. Katjas Stöhnen wurde lauter. Sarah leckte durch Katjas Nässe, erforschte jeden Winkel. Sie schmeckte einfach einzigartig.

»Oh ja. Hör nicht auf.« Katjas Oberkörper bäumte sich ihr in einem heftigen Höhepunkt entgegen. Ihre Hände krallten sich in die Bettdecke.

Sarahs Zunge hörte nicht auf, nahm nur ein wenig die Intensität zurück. Mit leichtem Druck glitt sie über Katjas Perle und reizte sie.

Unter Sarahs Berührungen spannten sich Katjas Muskeln fühlbar an. Ihr Atem fand keine Ruhe mehr. Mit ihren Fingern drang Sarah in Katja ein.

Katja kam zum zweiten Mal. »Willst du mich umbringen?«, fragte sie erschöpft.

Sarah schüttelte den Kopf. »Ich kann das auch lassen.« Sie schmiegte sich eng an Katja. »Jetzt verpassen wir schon wieder die Party.«

»Wer sagt das? Es ist doch noch früh.« Mit ihren Fingerspitzen malte Katja kleine Kreise auf Sarahs Rücken. »Wir können doch immer noch gehen. Was meinst du?«

Eigentlich war Sarah gerade sehr müde und wollte lieber schlafen als tanzen zu gehen. Doch als sie das Funkeln in Katjas Augen sah, entschied sie sich anders. »Klar. Noch ein bisschen zu feiern, ist eine gute Idee.« Sie versuchte begeistert zu klingen und sich nicht anmerken zu lassen, dass sie eher zustimmte, weil sie merkte, dass Katja gern zu dieser Party wollte.

»Toll!« Katja lächelte und sprang enthusiastisch aus dem Bett. »Ich bin auch gleich fertig. Ich muss mich nur noch entscheiden, was ich anziehe.« Sie öffnete ihre Kleiderschranktür.

Ein Gähnen unterdrückend, stieg auch Sarah aus dem Bett. Ein Blick auf die Uhr verriet ihr, dass es erst halb zwölf war. Manchmal fühlte sie sich richtig alt. Vielleicht war es wirklich eine gute Idee, noch wegzugehen. Schlafen konnte sie immer noch. Es war schließlich Wochenende. Und was konnte es Schöneres geben, als die ganze Nacht mit Katja zu verbringen?

Sarah suchte ihre Sachen zusammen und zog sich wieder an. Nach einigen Minuten im Bad sah sie wieder ganz passabel aus. Langsam freute sie sich auf die Party, vor allem wenn sie in Katjas glückliche Augen schaute.

»Ich wollte auch gerade zu dir«, rief Sarah durch den Hausflur, nachdem sie den Türöffner betätigt hatte.

Absätze klackerten auf der Treppe. Plötzlich stand Kim vor ihr. »Wirklich?« Sie stemmte ihre Hände in die Hüfte.

»Oh. Du bist es.«

»Ganz richtig. Kennst du mich noch?« Auf Kims Stirn bildete sich eine tiefe Falte.

»Komm doch rein.« Sarah fuhr sich mit dem Zeigefinger über die Nase. »Ich wollte mich heute noch bei dir melden. Ehrlich.«

»Natürlich«, lachte Kim. An ihrer Art zu lachen konnte Sarah erkennen, dass Kim nicht wirklich böse auf sie war. »Zu wem wolltest du denn tatsächlich?«

Augenblicklich breitete sich ein Grinsen auf Sarahs Gesicht aus. »Zu Katja.«

Kim hob fragend eine Augenbraue. »Zu Katja? Aha. Das klingt, als hätte ich schon wieder etwas verpasst.«

»Das ist eine längere Geschichte«, erklärte Sarah, ohne dass ihre Mundwinkel auch nur ansatzweise wieder in ihre Ausgangsposition zurückgekehrt wären.

»Dann sollte ich deine Einladung annehmen und bleiben, wenn du es so lange noch ohne deine Herzdame aushalten und stattdessen mit mir vorliebnehmen kannst.«

Sarah knuffte Kim in die Seite. »Für dich würde ich doch auf jedes Date verzichten. Also, los. Setz dich in Bewegung.«

Gemeinsam nahmen sie im Wohnzimmer Platz, nachdem Sarah ihnen eine Tasse Tee gekocht hatte.

»So, und nun erzähl mal, warum du über eine Woche lang keine einzige Minute Zeit hattest, dich bei deiner besten Freundin zu melden.«

Erneut konnte Sarah ein breites Grinsen nicht unterdrücken. »Es hat sich so einiges ergeben seit unserem letzten Gespräch.«

Kim nickte. »Das habe ich mir schon fast gedacht.« Sie zwinkerte Sarah zu. »Jetzt spann mich nicht länger auf die Folter und enthalte mir bloß keine Details vor.«

Sarah umarmte eines ihrer Couchkissen. »Als hätte Katja etwas von unserer Diskussion in der Cocktailbar geahnt, hat sie sich direkt am Dienstag bei mir gemeldet.«

Sarah fasste die darauffolgenden Ereignisse zusammen und versuchte keine Einzelheiten auszulassen, um Kims Neugierde ausreichend zu befriedigen. »Und seitdem haben wir uns fast jeden Tag gesehen. Gleich wollten wir ins Kino, und für morgen Abend hat Katja mich eingeladen, mit ihr essen zu gehen«, schloss sie ihre Ausführungen ab.

»Wenn das nicht gute Nachrichten sind.« Kim klatschte vergnügt in die Hände. »Ja«, lächelte Sarah. Die letzte Woche war wirklich schön gewesen. Beinahe an jedem Abend war Sarah nach der Arbeit oder nach dem Training zu Katja gefahren. Sie hatten gemeinsam gekocht, DVDs geguckt und – nun ja ... Damit hatten sie wohl die meiste Zeit verbracht. Allein der Gedanke daran ließ sie erröten.

»Wie ich sehe, kommt der Sex bei euch aber auch nicht zu kurz«, kommentierte Kim Sarahs Verlegenheit.

»Ganz und gar nicht«, flüsterte Sarah und sah dabei etwas beschämt Richtung Boden.

»Aber offiziell habt ihr eine Affäre, oder?«

»Was heißt schon *offiziell*? Wir genießen einfach unsere gemeinsame Zeit.«

»Ich meine ja nur. Es hört sich doch ein bisschen so an, als würdet ihr eher eine Beziehung führen.« Kim zuckte mit den Schultern. »Aber du hast recht. Was macht das schon für einen Unterschied? Hauptsache, euch geht's gut. Und wenn ich mir dich so angucke, habe ich daran keinerlei Zweifel. Du strahlst ja bis über beide Ohren.«

Sarah nippte an ihrem Tee. »Mit Katja ist es einfach wundervoll. Wenn ich in ihrer Nähe bin, habe ich Herzklopfen, es kribbelt in meinem Bauch. Sie macht mich glücklich.«

Kim nahm Sarah in den Arm. »Ich freue mich so für dich, und ich hoffe, dass es so bleibt. Katja tut dir richtig gut.«

Sarah fuhr durch ihre Haare. »Wie meinst du das?«

»Sieh dich doch an. Du bist viel lockerer als sonst. Und das Wort *Spontaneität* hat auch Einzug in deinen Wortschatz erhalten. Früher wärest du verrückt geworden, wenn ich spontan vorbeigekommen wäre und deine Pläne durcheinandergebracht hätte.« Kim lachte. »Dass ich das noch miterleben darf.« Wie zum Gebet erhob sie ihre Hände gen Himmel.

Sarah funkelte Kim böse an. »Übertreib mal nicht. Außerdem kann sich das auch ganz schnell wieder ändern, wenn du weiterhin so frech bist.«

»Nicht zu vergessen, dass du sogar ein paar Gefühle zulässt. Herzklopfen, Schmetterlinge im Bauch. Oder ...«, sie grinste, »die Wut auf deine beste Freundin.«

Sarah schlug mit ihrem Kissen auf Kims Arm ein, während Kim versuchte in Deckung zu gehen. »Pass bloß auf, was du sagst! Ich erzähl dir nie wieder was«, grummelte Sarah.

»Also gut, ich ergebe mich.« Kim schnappte nach Luft. »Lass uns das Thema wechseln.« Sie griff nach einer Einkaufstüte, die sie mitgebracht hatte, und stellte nacheinander eine Gesichtscreme, Wimperntusche, einen Nagellack und Lidschatten auf den Tisch. »Ich war vorhin shoppen und habe diese unglaublichen Schnäppchen gemacht.«

Sarah begutachtete die Ware ohne großes Interesse.

»Die Creme hat nur zwanzig Euro fünfzig gekostet, die Wimperntusche siebzehn neunundneunzig, der Nagellack war auf sieben Euro reduziert, und der Lidschatten war für zwölf neunundachtzig im Angebot.« Erwartungsvoll sah Kim zu Sarah, doch nichts passierte. »Und?«, hakte sie deshalb nach.

»Schön«, war schließlich alles, was Sarah entgegnete.

»Schön? Bist du krank? Warum schleuderst du mir nicht die Summe, die ich bezahlen musste, vor den Kopf?«

Sarah zupfte an ihrem Ohrläppchen. »Hm«, murmelte sie. »Das ist mir gar nicht in den Sinn gekommen.« Sie hatte tatsächlich keine Sekunde daran gedacht, die Preise zusammenzurechnen. Dabei machte sie das doch sonst bei jeder Gelegenheit.

Kim legte ihre Hand auf Sarahs Stirn. »Hast du vielleicht Fieber?« Sie schüttelte ihren Kopf. »Nein, offensichtlich auch nicht. Dann weiß ich es nicht.«

»Katja scheint mich wirklich ein bisschen zu verändern«, sagte Sarah mehr zu sich selbst als zu Kim.

»Tja, jetzt merkst du wohl plötzlich, dass du nicht nur einen Kopf hast, sondern auch einen attraktiven Körper, mit dem man tolle Sachen machen kann.«

Sarah seufzte. »Du bist schrecklich. Du kannst auch immer nur an das eine denken.«

»Das kann nicht sein«, bemerkte Kim mit einem unschuldigen Augenaufschlag. »Aber jetzt werde ich dich nicht länger davon abhalten, dich mit Katja den körperlichen Freuden hinzugeben.«

Sarah verdrehte die Augen. »Du bist unmöglich. Wieso bin

ich nur mit dir befreundet?«

»Weil ich die beste Freundin bin, die du finden konntest?«

»Das muss es sein. Gut, dass du mich ab und zu daran erinnerst.« Sarah küsste Kim zum Abschied auf die Wange. »Und dieses Mal melde ich mich früher wieder bei dir. Versprochen.« Sie hob ihren Zeigefinger und ihren Mittelfinger in die Luft. »Ich schwöre es.«

Das Wochenende mit Katja war unglaublich schön gewesen. Sie waren freitags noch wie geplant im Kino gewesen, samstags hatten sie nach vielen Stunden im Bett den Weg vor die Haustür zu einem ausgiebigen Spaziergang gefunden, ehe sie doch wieder im Bett gelandet waren. Den ganzen Tag auf der Arbeit konnte Sarah an nichts anderes denken, ließ die Tage mit Katja Revue passieren. Wie sie gemeinsam den Sonntagabend in der Badewanne hatten ausklingen lassen, wie dabei Katjas Hände zärtlich ihren Körper hinuntergefahren waren, jeden erdenklichen Winkel berührt und verwöhnt hatten. Allein bei dem Gedanken daran spürte Sarah ein heißes Ziehen in ihrem Unterleib. Sie konnte nie genug von Katja bekommen, und Katja nicht von ihr. So etwas hatte sie noch nie erlebt. An Arbeit war kaum zu denken. Doch was machte das schon? Sie hatte so viele Stunden in ihrem Leben konzentriert gearbeitet, so viele Überstunden geschoben, da konnte sie sich auch einmal eine Auszeit erlauben. Dass es sich mit ihrem Plan, vielleicht Abteilungsleiterin zu werden, kreuzte, störte sie an diesem Tag nicht im Entferntesten. Was bedeutete schon die Karriere, wenn man das große Glück gefunden hatte? Und das war Katja – ihr größtes Glück.

Kaum hatte Sarah Feierabend machen können, hatte sie bereits das Telefon in der Hand, als sie nach Hause kam. Die

Sehnsucht nach Katja, nach ihren Fingern, die sie berührten, nach ihrem Körper, den sie berühren konnte, verzehrte sie. Sie wollte so schnell wie möglich zu ihr. Sie verführen, sich mit ihr in den Laken wälzen.

Sarah seufzte und begann Katjas Telefonnummer zu wählen. Doch der Versuch, sie zu erreichen, blieb erfolglos. Wahrscheinlich war Katja noch im Salon. Katja hatte sie gebeten, sie dort nicht während der Arbeitszeit anzurufen, es sei denn, es handelte sich um einen Notfall.

Einen kurzen Moment überlegte Sarah, ob dies denn kein Notfall war. Schließlich drohte ihr Herz vor Sehnsucht seinen Dienst aufzugeben. Aber dann kehrte ihre Vernunft zurück, und sie beschloss zu warten, bis Katja von der Arbeit nach Hause kam.

Unterdessen widmete sich Sarah ihrem Haushalt, der in der letzten Woche ziemlich gelitten hatte. Sie hatte die meiste Zeit, wenn sie nicht arbeiten war, bei Katja verbracht. Die Krümel auf ihrem Teppichboden hatten sie wenig interessiert.

Ein Lächeln huschte über Sarahs Gesicht. Das wäre ihr früher bestimmt nicht passiert. Dreck hatte sie keine Minute lang ignorieren können. Es hätte sie wahnsinnig gemacht zu wissen, dass sie dringend staubsaugen müsste. Oder dass der Wäschekorb überquoll, so wie es jetzt der Fall war.

Zwei Stunden später erstrahlte ihre Wohnung in neuem Glanz. Es war an der Zeit, einen neuen Versuch zu wagen.

Mit zittrigen Fingern wählte Sarah Katjas Nummer. Sie freute sich darauf, ihre Stimme zu hören, auch wenn es seit dem Morgen noch nicht lange her war.

»Hallo?«

Sofort machte Sarahs Herz kleine Freudensprünge. »Hallo. Ich bin es.«

»Oh«, war alles, was Katja entgegnete.

»Ich habe dich vermisst.«

»Es ist gerade schlecht.« Katjas Stimme klang nicht so begeistert, wie Sarah es sich erhofft hatte.

»Soll ich später noch mal anrufen? Ich dachte, ich könnte nachher bei dir vorbeikommen, wenn du Lust hast.«

Einen Moment herrschte eine kleine Pause in der Leitung.

»Ehrlich gesagt ...« Katja zögerte. »Ich habe heute Abend schon eine Verabredung.«

Enttäuscht ließ sich Sarah auf ihr Sofa sinken. Das hatte sie sich anders vorgestellt. »Schade«, flüsterte sie kaum hörbar.

»Weißt du, Nathalie hat vorhin angerufen. Kannst du dich noch an sie erinnern? Das ist die Frau, mit der ich damals auf der Party im Schlachthof war.«

Sarah spürte einen heftigen Schmerz in ihrer Brust, als hätte dort jemand mit einem Messer auf sie eingestochen. Es brannte höllisch. Natürlich konnte sie sich an diese billige Blondine erinnern, die sich den ganzen Abend an Katja rangeschmissen und mit der Katja schließlich stundenlang und leidenschaftlich herumgeknutscht hatte.

Sarahs Hand umklammerte den Hörer so fest, dass ihre Knöchel weiß hervortraten. »Und was wollt ihr machen?«, versuchte sie so unbeteiligt wie möglich zu fragen.

»Och, so richtig Pläne haben wir noch nicht. Nathalie kommt erst mal bei mir vorbei.«

Und dann vögelt ihr eine Runde, ergänzte Sarah in Gedanken. Ihre Zähne bohrten sich in ihre Unterlippen. Sie schmeckte Blut in ihrem Mund.

»Du hast doch nichts dagegen, oder?«

Wie mitfühlend von Katja, dass sie das fragte. Was sollte sie schon dagegen haben? Sie führten schließlich eine Affäre ohne Exklusivrechte. Hatte Katja es nicht so genannt? »Nein. Du kannst doch machen, was du möchtest«, erklärte Sarah in ruhigem Tonfall, doch innerlich brodelte sie.

»Alles klar. Ich melde mich dann wieder bei dir. Tschüss.«

Noch ehe Sarah etwas erwidern konnte, hatte Katja aufgelegt. Offensichtlich war das Thema für sie damit erledigt. Wie konnte sie ihr das nur antun? Aber was regte sie sich überhaupt so auf? Es war doch von Anfang an klar gewesen, dass sie keine Beziehung führten und jede machen konnte, was sie wollte. Dazu gehörte es nun mal auch, sich mit wem auch immer zu treffen. Es ging Sarah rein gar nichts an.

Sie versuchte tief durchzuatmen. Aber es half nichts. In ihrem Kopf pochte es laut. Das Bild, wie Katja sich mit dieser Nathalie im Bett wälzte, hämmerte von innen dagegen und ließ ihr keine Ruhe. Sarah rieb über ihre Schläfen. Der Schmerz wollte einfach nicht nachlassen.

Sie hatte kein Recht dazu. Katja gehörte ihr nicht. Sie war ein freier Mensch und konnte tun und lassen, worauf sie Lust hatte. Sie konnte es sogar mit dieser Blondine treiben.

Sarah merkte, dass ihre Augen feucht wurden. *Jetzt bloß nicht heulen*, befahl sie sich. Mit ihrer Faust schlug sie auf die Couch. *Verdammt, reiß dich zusammen!* Doch es half nichts. Salzige Tropfen rannen ihre Wangen hinunter. Wie hatte sie sich nur auf all das einlassen können? Wieso hatte sie Katja einen Platz in ihrem Herzen einnehmen lassen? Sarah schluchzte. Immer hatte sie versucht, Gefühle nicht zu sehr an sich heranzulassen und sich erst recht nicht von ihnen treiben zu lassen. Jetzt hatte sie genau mit diesem Prinzip gebrochen. Und wo hatte es sie hingeführt? Geradewegs ins Unglück.

Wie von selbst wählte Sarah Kims Nummer. Schon beim zweiten Klingeln nahm ihre beste Freundin ab.

»Kim? Bist du zu Hause?«, fragte Sarah mit brüchiger Stimme.

»Was ist denn passiert?«

Außer einem Schluchzen konnte Sarah nichts antworten. Es reichte, um Kim zu verstehen zu geben, dass Sarah ihre Hilfe benötigte.

»Ich bin in zehn Minuten bei dir, und dann kannst du mir alles erzählen.«

Kim war einfach die Beste. Auf sie konnte sich Sarah immer verlassen. »Danke.«

Die Türklingel riss Sarah aus ihrer Lethargie. Wie lange hatte sie aus dem Fenster gestarrt? Sie hatte keine Ahnung. Sie wusste nicht einmal, was sie gesehen hatte. War es hell draußen oder bereits dunkel?

Es klingelte ein zweites Mal. Sarah setzte sich langsam in Bewegung und öffnete die Tür.

Wenig später blickte sie in Kims besorgtes Gesicht. »Was hat sie dir angetan?«, kam Kim direkt zum Punkt.

Sarah schluckte.

»Ach egal. Komm erst mal her.« Kim drückte Sarah fest an sich und hielt sie.

Es fühlte sich gut an, Kims Wärme zu spüren. Langsam fasste sich Sarah wieder. »Vielleicht sollten wir uns lieber setzen. Es könnte einen kleinen Moment dauern.«

Kim stimmte zu.

»Ich hatte heute den ganzen Tag solche Sehnsucht nach Katja. Ich wollte sie unbedingt wiedersehen, so schnell, wie es geht.« Sarah seufzte. Wenn sie sich selbst reden hörte, wurde ihr klar, dass es Katja alles zu viel sein musste. Ihre Ansprüche an ihre gemeinsame Zeit waren weit von dem entfernt, was sie sich vorgenommen hatten. »Jedenfalls habe ich sie nach der Arbeit angerufen. Es war so schön, ihre Stimme zu hören.« Erneut füllten sich Sarahs Augen mit Tränen.

Kim nahm Sarahs Hand. Mit ihrem Daumen streichelte sie zärtlich über ihre Haut.

»Und dann sagt sie mir, dass ...« Sarah stockte. Ihre Kehle fühlte sich an wie zugeschnürt. Ihre Zunge lag schwer in ihrem Mund. »Dass sie schon verabredet ist.«

»Ja, aber das ist doch nicht so schlimm. Sie darf sich doch mit ihren Freunden treffen, oder nicht?«

»Schon.« Sarah lehnte ihren Kopf an Kims Schulter. »Aber nicht mit Nathalie«, zischte sie.

»Wer zum Teufel ist Nathalie?«

»Diese blonde Tussi, mit der wir Katja damals im Schlachthof gesehen haben. Dieses billige Flittchen.«

Kim legte ihren Zeigefinger auf ihre Lippen. »Psst. Solche Worte aus deinem Mund?«

Auf Sarahs Stirn bildete sich eine tiefe Falte. »Du hast ja recht.« Sarah seufzte. »Aber du hast sie doch gesehen. Und es hörte sich nicht so an, als würden sie nur nett einen Kaffee miteinander trinken.«

Kim streichelte durch Sarahs Haare. »Bist du dir da sicher?«

Sarah zuckte mit den Schultern. »Ja. Nein. Ach, ich weiß nicht. Sie will zu Katja kommen, und so, wie sie sich beim letzten Mal an Katja rangeschmissen hat, wird sie es bestimmt versuchen, sie ins Bett zu bekommen.«

»Dazu gehören immer zwei.«

Warum war ihre beste Freundin manchmal nur so vernünftig? »Ja, ich weiß. Aber Katja ist einer Bettgeschichte ja nicht unbedingt abgeneigt. Das hat sie selbst gesagt.«

»Vielleicht stimmt das.« Kim stand auf und ging in die Küche.

Sarah verbarg ihr Gesicht in ihren Händen. Warum konnte in ihrem Leben nicht einfach mal alles leicht sein und nach Plan laufen? Nach ihrem Plan? Wie schön hätte es mit Katja sein können ... Sie hatten eine tolle Zeit, hatten sich gut verstanden, gut zusammengepasst – irgendwie. Auch wenn sie eigentlich vollkommen verschieden waren. So unbeschwert, so unbekümmert hatte sich Sarah in ihrem Leben noch nie gefühlt.

Mit zwei Tassen Kaffee kam Kim wieder zurück ins Wohnzimmer.

Sarah sah zu ihr auf. »Jetzt noch Kaffee? Das ist doch viel zu spät«, protestierte sie, als Kim eine Tasse vor ihr auf den Tisch stellte.

»Papperlapapp. Ungewöhnliche Situation erfordern auch, dass man mal seine Gewohnheiten über Bord wirft. Wir trinken gemeinsam Kaffee. Schluss, aus, Ende der Diskussion.« Zur Bekräftigung ihrer eigenen Worte nickte Kim. Dann ließ sie sich neben Sarah aufs Sofa fallen. »Ehrlich gesagt, ich glaube, deine Katja ist einfach kein Beziehungsmensch. Wir können es drehen und wenden, wie wir wollen. In dieser Hinsicht wird sie sich nicht ändern.«

Sarah drehte die heiße Tasse in ihrer Hand. »Du hast recht.« Sie starrte in die braune Flüssigkeit. »Ich habe wirklich gedacht, dass mehr aus uns werden könnte.«

»Ich auch. Ich meine, immerhin habe ich dir dazu geraten, es zu versuchen.«

»Und gerade du hättest es doch ahnen können. Du bist schließlich auch kein Beziehungsmensch.«

»Ich habe dir doch schon mal erklärt, dass das so nicht stimmt. Wenn nur mal der Richtige auftauchen würde.« Kim atmete hörbar aus.

»Vielleicht bin ich dann nur einfach nicht die Richtige.«

»Wer sagt denn überhaupt, dass da irgendwas läuft mit den beiden?«

Sarah nippte an ihrem Kaffee. »Niemand. Trotzdem.«

»Ich glaube einfach, dass es Katja etwas zu eng geworden ist in den letzten Wochen. Ich meine, ihr habt immerhin fast jeden Tag gemeinsam verbracht. Das kann dann für eine Frau wie Katja zu viel sein. Bei mir ist es ja oft auch nicht anders. Wenn mir eine Affäre zu eng wird, wenn der Typ mich einfach nicht in Ruhe lassen und sich jeden Tag mit mir treffen will, dann kann ich das auch nicht haben.«

»Das hört sich jetzt aber ziemlich abwertend an. Also, deinen Männern gegenüber. Ich hoffe nicht, dass Katja auch so von mir redet.«

Kim räusperte sich. »Gut, ich habe mich da etwas falsch ausgedrückt. Weißt du, selbst wenn ich den Mann gern mag, wenn ich unsere gemeinsame Zeit genieße, brauche ich meinen Freiraum. Sobald er anfängt zu klammern, habe ich einfach das Gefühl, dass ich mich erst einmal abgrenzen muss, um meine Freiheit nicht zu verlieren.«

»Ich will ihr doch nicht ihre Freiheit nehmen!«, erklärte Sarah. Natürlich wollte sie so viel Zeit, wie es ging, mit Katja verbringen, aber sie wollte ihr doch nicht ihre Freiheit nehmen. Sie sollte doch ihr altes Leben weiterführen. Alles, was Sarah wollte, war, dass sie in dieses Leben integriert wurde.

Kim legte ihre Hand auf Sarahs Oberschenkel. »Das weiß ich doch. Manchmal ist es eben kompliziert, und wir wissen beide nicht, was in Katjas Kopf vorgeht.« Sie zögerte einen Moment. »Vielleicht ist es ja auch eher das Gegenteil.«

Sarah sah Kim fragend an. »Wie meinst du das?«

»Ach, schon gut. Das war nur so ein blöder Gedanke.« Kim nahm einen großen Schluck Kaffee.

Was meinte Kim denn damit schon wieder? »Sag doch mal!«, forderte Sarah ihre beste Freundin auf.

»Hm. Vielleicht läuft sie nicht vor dir weg, sondern vor sich selbst und ihren Gefühlen.«

Sarah lehnte sich zurück. Konnte das sein? Hatte Katja Angst vor ihren eignen Gefühlen und verhielt sich deshalb manchmal so merkwürdig? Dann gab es noch Hoffnung für sie. Ein Lächeln huschte über Sarahs Gesicht.

»Klammer dich nicht zu sehr an diesen Gedanken. Das war nur so eine Idee von mir«, holte Kim Sarah in die Realität zurück. »Wahrscheinlich liege ich damit völlig falsch.«

Sarahs Fingerspitzen fuhren über ihren Nasenrücken. »Und was soll ich jetzt machen?«

»Mit Ratschlägen sollte ich mich lieber zurückhalten. Meine letzten Vorschläge sind immer nach hinten losgegangen. Ich dachte wirklich, dass es am besten wäre, einfach die Zeit zu genießen. Aber mir hätte klar sein sollen, dass du am Ende dein Herz an Katja verlieren würdest und es nicht auf Dauer gutgehen würde. Das tut mir leid.«

»Schon gut. Unsere Zeit war ja wirklich großartig, und hätte ich nicht auf dich gehört, dann wäre mir einiges entgangen.« Sarahs Wangen röteten sich.

»Und man soll ja bekanntlich aufhören, wenn es am schönsten ist.« Kim lächelte Sarah aufmunternd zu.

Sarah nickte. »Wahrscheinlich stimmt das.«

Kim hob ihre Kaffeetasse und prostete Sarah zu. »Auf das Singleleben.«

»Genau. Auf Affären und das Singleleben«, stimmte Sarah mit ein.

Nun musste Kim grinsen. »Was hältst du davon, wenn wir morgen Abend ins Kino gehen? Zur Ablenkung.«

»Morgen hab ich Training. Aber vielleicht am Mittwoch. Das wäre schön.«

»Abgemacht.« Kim blickte auf ihre Armbanduhr. »Meinst du, ich kann dich allein lassen? Wenn ich nicht bald ins Bett komme, bin ich morgen zu nichts zu gebrauchen. Du weißt, wie unausstehlich ich sein kann, wenn ich nicht ausgeschlafen bin.«

»Dann solltest du wirklich besser gehen, bevor ich noch Ärger mit deinen Kollegen bekomme.« Endlich verzogen sich auch Sarahs Mundwinkel zu einem Grinsen. »Mach dir keine Sorgen, mir geht es schon deutlich besser. Danke.«

Schon zehn Minuten studierten Sarah und Kim das Kinoprogramm. Sie konnten sich einfach nicht entscheiden, was sie sich ansehen sollten. Die Auswahl war zu groß, und sie waren sich nicht einmal einig, ob sie lieber einen Liebesfilm oder eine Komödie oder einen Actionfilm sehen wollten.

»Ach«, seufzte Sarah, »dass es aber auch so viele gute Filme geben muss.«

Kim zog eine Grimasse. »An mir liegt das nicht. Ich habe nun schon mindestens fünf Vorschläge gemacht, die du alle abgelehnt hast.«

»Mir ist einfach nicht so nach Kino.« Sarah senkte den Blick. »In meinem Kopf herrscht das reinste Chaos. Ständig spukt Katja darin herum. Was ich auch mache, ich kann sie nicht vertreiben.«

Kim legte ihre Hand auf Sarahs Schulter. »Das kann ich verstehen. Wollen wir dann lieber einen Kaffee trinken gehen oder

Pizza essen?«

Sarah nickte. »Vielleicht wäre das besser. Wahrscheinlich könnte ich mich ohnehin nicht auf einen Film konzentrieren.«

Sie setzten sich in Bewegung. Direkt neben dem Kino gab es eine kleine Pizzeria.

»So kommen wir wenigstens dazu, die Pizzeria hier endlich einmal zu testen«, stellte Kim fest, nachdem sie das Lokal betreten hatten. »Es sieht jedenfalls vielversprechend aus.«

»Hm«, murmelte Sarah. Es war ihr eigentlich egal, wie es hier aussah, wie ihr in den letzten beiden Tagen so vieles egal gewesen war. Ob das Telefon auf der Arbeit Sturm klingelte, ob ihre Kollegen sich beschwerten, ob ihr Chef meckerte. Es hatte für sie keine Bedeutung gehabt. Ihre Gedanken waren stets bei Katja gewesen. Wie konnte sie ihr das antun? Es hatte sich so gut angefühlt mit ihr.

»Willst du dich nicht setzen, sondern lieber weiter Löcher in die Wand starren?« Kim lächelte Sarah an.

»Entschuldige, ich bin mit meinen Gedanken woanders.«

»Wäre mir fast nicht aufgefallen.«

Ohne großes Interesse blätterte Sarah in der Karte und entschied sich schließlich für einen großen gemischten Salat und dazu ein Mineralwasser.

»Du lebst viel zu gesund.« Kim schüttelte ihren Kopf.

Sarah funkelte sie böse an. »Das ist doch Blödsinn.« Ihre Stimme wurde leiser. »Aber das hat Katja auch ständig gesagt.«

Wenig später servierte der Kellner eine herrlich duftende Pizza für Kim und einen Salat für Sarah.

Lustlos stocherte Sarah mit ihrer Gabel in den grünen Blättern herum.

»Ich kann das langsam nicht mehr mit ansehen.« Um Kims Mund herum bildeten sich kleine Fältchen. »Wir müssen dich dringend aufheitern.«

Sarah hielt inne. Immer wenn ihre beste Freundin so etwas sagte, hatte sie bereits einen Plan gefasst. »Und wie stellst du dir das vor?«

»Also ...« Kim räusperte sich. »Was mir in so einer Situation immer hilft, ist ein neuer Flirt. Wir müssen dir eine neue Frau aufreißen.«

Sarah verschluckte sich beinahe an ihrem Wasser. »Das ist nicht dein Ernst.«

»Warum nicht? Wir gehen am Samstag aus, suchen dir eine hübsche Frau, und dann kannst du dich ein wenig mit ihr amüsieren. Du wirst sehen, so kommst du ganz schnell auf andere Gedanken.«

Diese Idee hielt Sarah für ziemlich schwachsinnig. »Nee, ich kann mir nicht vorstellen, dass mich das ablenken kann.«

»Sorry, Süße. Du hast keine andere Wahl, Widerrede ist nicht gestattet. Wir gehen Samstag aus, und dann wirst du sehen: Danach ist deine Katja Geschichte.«

Sarah rieb über ihre Stirn. »Ich bezweifle es. Dabei wäre es das Beste, wenn ich sie vergessen könnte.« Sie atmete schwer aus. »Also gut. Ich komme mit.«

Kims Lippen verzogen sich zu einem Grinsen. »Ich wusste es.«

Sarah aß ein Stückchen Tomate. »Und jetzt erzähl mal, was es bei dir Neues gibt. Wir haben die letzten Male immer nur über mich geredet.«

»Oh, ich hab dir tatsächlich etwas zu sagen, was dich interessieren wird.« Kim wickelte eine Haarsträhne um ihren Finger. »Ich habe mich gestern mit Marco getroffen.«

Erstaunt weiteten sich Sarahs Augen. »Damit rückst du erst jetzt raus?«

»Na ja, so spannend war es dann auch nicht. Es hat mich nur darin bestätigt, dass er mir zu jung und zu wenig tiefgründig ist. Jedenfalls haben wir einvernehmlich beschlossen, dass aus uns nichts wird.«

»Schade«, meinte Sarah.

»Finde ich nicht. Wir passen nicht zusammen. Außerdem hat Marco schon eine andere kennengelernt, mit der er offensichtlich glücklich ist. Das freut mich für ihn.« Sie machte eine Pause. »Und für mich.«

Wie konnte Kim das nur so schnell abhaken? Am Anfang muss es doch an Marco etwas gegeben haben, das sie interessiert, fasziniert hatte. Und dann wollte sie mit einem Mal nichts mehr von ihm wissen. Es konnte dafür nur einen Grund geben.

»Kim?« Sarah sah ihre beste Freundin ernst an. »Was auch immer du behauptest, ich glaube, es gibt Menschen – wie dich und Katja –, die einfach keine Beziehung führen können oder wollen.«

Kim seufzte. »Was soll ich dazu sagen? Vielleicht stimmt es, und manche Menschen können einfach keine feste Bindung eingehen. Aber auf mich trifft das nicht zu. Bei Katja weiß ich es nicht. Du kennst sie besser als ich.«

Sarah fühlte die aufkommenden Tränen. Sie schluckte kräftig, um sie zu vertreiben. Es gelang ihr zumindest halbwegs.

»Nimm das nicht so schwer. Es gibt noch viele andere schöne Frauen.« Kim nahm Sarahs Hand.

Doch Sarah wollte keine andere Frau, sie konnte so schön sein, wie sie wollte. Sarah wollte Katja. Sie liebte Katja.

Sarah erschrak vor ihren eigenen Gedanken. Es war das erste Mal, dass sie sich eingestand, dass sie nicht nur in Katja verliebt war, sondern dass ihre Gefühle noch viel tiefer gingen, trotz der kurzen Zeit, die sie sich erst kannten.

Liebe. War es wirklich Liebe? Konnte es Liebe sein? Konnte sie jemanden lieben, der so anders war als sie?

Sie konnte. Katja war etwas Besonderes. Sie war die Frau ihrer Träume. Mit ihr konnte sie glücklich werden. Sie liebte sie. Da war sie sich plötzlich ganz sicher.

»Alles in Ordnung?« Kim sah sie fragend an.

Sarah lächelte. »Ja. Ich habe gerade nur gedacht, dass . . .« Sie machte eine wegwerfende Handbewegung. »Ach, vergiss es.«

Kim blickte sie verwundert an. »Wie du meinst.«

»Wollen wir los? Es ist spät geworden.«

Sarah schälte sich gerade einen Apfel vor dem Training, als das Telefon klingelte. Wahrscheinlich war es ihre Mutter, die schon eine Ewigkeit nichts mehr von ihr gehört hatte. Einen Moment überlegte Sarah, ob sie abnehmen sollte. Für ein ausführliches Gespräch hatte sie eigentlich keine Zeit mehr, aber ihre Mutter würde bestimmt so schnell nicht aufgeben.

Sarah entschied sich, dass sie eine kleine Plauderei auch jetzt über sich ergehen lassen konnte, und meldete sich. »Wohlfahrt.«

»Hallo. Ich hoffe, ich störe dich nicht.«

Die Stimme schoss direkt in Sarahs Herz und hinterließ einen fürchterlichen Stich. Das konnte nicht wahr sein! Wie konnte sie es wagen, sie anzurufen und so zu tun, als wäre nichts gewesen?

»Es geht so«, erklärte Sarah kühl.

»Ich wollte deine Stimme hören. Ich habe den ganzen Tag an dich gedacht.«

Sarah umklammerte den Hörer fester. Was sagte Katja da? Sie hatte den ganzen Tag an sie gedacht? Da hatten sie etwas gemeinsam. »Ja«, entgegnete sie knapp. Sie konnte unmöglich ein Gespräch mit Katja führen.

»Hast du Lust, mich am Samstag zu begleiten? Das wäre schön.«

Katja schien allen Ernstes zu glauben, dass alles bestens wäre. Wie kam sie nur darauf? »Ehrlich gesagt, ich bin für Samstag schon verabredet.« Sarah kaute an ihrem Fingernagel. Wie gern würde sie Katja sehen, aber das konnte nicht gutgehen.

»Oh, das ist schade.« Katja klang, als meinte sie es aufrichtig. »Dann vielleicht irgendwann anders nächste Woche?«

Das war unmöglich. Es ging nicht. Sarah musste die Distanz wahren, Katja ein für alle Mal aus ihrem Kopf verbannen. Wenn sie sich träfen, wäre alles umsonst gewesen. Alle Versuche, ihre Gefühle für Katja zu unterdrücken, sie abzustellen.

»Ich vermisse dich«, fügte Katja hinzu, als keine Antwort kam.

Ich dich auch, hätte Sarah am liebsten in den Hörer geschrien, aber ihre Kehle war wie zugeschnürt. Sie bemerkte, dass ihr schwarz vor Augen wurde. Wieso kam das ausgerechnet jetzt? Sie konnte nicht. Viel zu oft hatte sie sich von Katjas Worten besänftigen lassen. »Mal sehen«, erwiderte sie wortkarg. Ihre Zähne bohrten sich in ihre Unterlippe.

»Na gut. Melde dich einfach, wenn du Lust.«

Sarah nickte und kämpfte gegen die aufsteigenden Tränen an. Seit wann war sie so eine Heulsuse?

»Mach's gut«, verabschiedete sich Katja.

»Du auch«, flüsterte Sarah und legte auf. Auf unsicheren Beinen suchte sie den Weg auf ihre Couch.

Es war richtig gewesen. Sie hatte genau das gemacht, was nötig war. Warum jedoch fühlte sie sich dann so schlecht?

Du bist hart geblieben, hast konsequent deinen Weg verfolgt. Das war gut und richtig, erklärte sie sich selbst, während sie mit ihren Fingern die Feuchtigkeit von ihren Wangen wischte. Außerdem war sie Samstag ja tatsächlich mit Kim verabredet, und nächste Woche hatte sie viele Termine, sie wusste wirklich nicht, ob sie Zeit haben würde, etwas mit Katja zu unternehmen.

Sarah schluckte. *Zeit heilt alle Wunden.* Die Zeit würde auch ihre Wunden heilen. Es war noch nicht so weit. Aber bald würde es so weit sein. Ganz sicher.

»**W**as willst du denn hier?« Ungläubig starrte Sarah ihre Besucherin an.

»Hast du ein paar Minuten Zeit? Ich würde gern mit dir reden.«

»Was gibt's denn?«, grummelte Sarah. Sie hatte überhaupt keine Lust, jetzt eine große Diskussion zu führen.

»Darf ich vielleicht reinkommen? Ich würde mich gern bei dir entschuldigen.« Ramona hielt ihr einen Strauß roter Rosen hin. Ausgerechnet rote Rosen. Dabei hätte sie nach drei Jahren Beziehung doch wissen müssen, dass Sarah rote Rosen nicht besonders mochte.

»Also gut.« Sarah hielt Ramona die Wohnungstür auf.

»Möchtest du mir die Blumen nicht abnehmen? Die sind für dich.«

»Wenn du darauf bestehst.« Widerwillig nahm Sarah den Strauß in Empfang. Die Blumen konnten ja nichts dafür. Doch wenn Ramona glaubte, ein Strauß Rosen reichte aus, um ihr Verhalten wieder gutzumachen, hatte sie sich mächtig getäuscht.

Ramona sah sich prüfend um. »Hier hat sich ja einiges verändert.«

»Allerdings«, bestätigte Sarah. *Und nicht nur, was die Wohnungseinrichtung angeht*, fügte sie in Gedanken hinzu. Sie stellte die Rosen in eine Vase.

Mit einem bühnenreifen Seufzer setzte sich Ramona genau auf den Platz des Sofas, den sie immer eingenommen hatte. »Das ist immer noch das alte. Da fühle ich mich gleich wie zu Hause.«

Was bildete sich Ramona eigentlich ein? Ihr Zuhause war es schon lange nicht mehr.

»Was willst du?«, fragte Sarah schroff. Sie rückte sich einen Sessel zurecht.

»Möchtest du dich nicht zu mir setzen?« Ramona lächelte.

»Um ehrlich zu sein: nein.« Sarah verschränkte die Arme vor der Brust. »Was verschafft mir die Ehre deines Besuchs?«

»Weißt du«, begann Ramona, »ich habe in den letzten Wochen gemerkt, was für eine tolle Frau du doch bist.«

»Ach«, lachte Sarah höhnisch. »Hat dich diese Lena abserviert? Und jetzt denkst du, du kannst bei mir zu Kreuze kriechen?« Ramona hatte wohl nicht mehr alle Tassen im Schrank.

Was bildete sie sich eigentlich ein?

Ramona schüttelte den Kopf. »Nein, so ist es nicht.«

»Nein?«, hakte Sarah in bissigem Tonfall nach.

»Na ja, gut.« Ramona räusperte sich. »Lena hat sich tatsächlich von mir getrennt. Aber schon während wir noch zusammen waren, habe ich gemerkt, was du mir bedeutest.«

Sarah presste Luft zwischen ihren Lippen hindurch. Ramona hatte sich kein bisschen verändert. Sie versuchte noch immer, alles so zu arrangieren, dass sie am Ende als strahlende Siegerin hervorging. Aber das konnte sie vergessen. »Was bedeute ich dir denn?« Sarah versuchte möglichst ruhig zu klingen, hatte allerdings Mühe, sich zu beherrschen.

»Ich liebe dich noch immer. Ich wünsche mir nichts mehr, als dass du zu mir zurückkommst.«

Sarahs Gesicht verzog sich zu einer Grimasse. »Da wird nichts draus! Hast du vergessen, wie du mich behandelt hast in den drei Jahren unserer Beziehung? Ich war damals nur zu verliebt und zu blind, eher einen Schlussstrich zu ziehen.«

»Wir hatten doch eine schöne Zeit.«

»Ach ja? Hatten wir das?« Sarah verschränkte ihre Finger ineinander. »Du hast dich doch gar nicht für mich interessiert. Ich habe alles für dich getan, Rücksicht auf dich genommen. Und du? Du hast nie versucht, dich nach meinen Bedürfnissen zu richten. Warst du jemals bei einem meiner Spiele? Du bist ständig allein mit deinen Freunden losgezogen und hast mich zu Hause sitzen lassen, statt mich einmal zu fragen, ob ich mitkommen möchte.«

Ramona machte eine wegwerfende Handbewegung. »Du mochtest meine Freunde doch gar nicht. Und hätte ich gewusst, wie viel dir daran liegt, dass ich mal mitkomme zum Handball, hätte ich das doch gemacht.«

»Du verstehst das immer noch nicht.« Sarah verdrehte die Augen. Aber womit hatte sie denn gerechnet? Ramona war viel zu egoistisch, als dass sie ernsthaft Reue zeigen würde. Sie konnte ihr gestohlen bleiben. »Ich denke, du solltest jetzt besser gehen.«

»Heißt das, du servierst mich einfach eiskalt ab? Willst du mir nicht noch eine Chance geben? Ich werde sie nutzen, versprochen.« Ramona hielt ihren rechten Zeige- und Mittelfinger beschwörend in die Luft.

»Auf keinen Fall. Ich möchte dich nicht mehr wiedersehen. Das mit uns ist endgültig aus.«

Auf Ramonas Stirn bildete sich eine tiefe Falte. »Du hast eine Neue«, stellte sie in ihrer schrillen Stimme fest, die Sarah auf einmal so unangenehm vorkam.

»Und wenn schon. Das tut hier nichts zur Sache.« Sarah sprang aus dem Sessel und stemmte ihre Hände in die Hüfte.

»Ich habe recht«, folgerte Ramona grinsend.

Sarah fühlte sich ertappt. Auch wenn es genau genommen zumindest im Augenblick nicht stimmte. Sie hatte eine Neue gehabt. Aber was spielte das schon für eine Rolle? Außerdem ging es sie nichts an.

Wütend funkelte Ramona Sarah an. »Vögelt sie dich etwa besser als ich? Ist es das?«

»Ja«, rutschte es Sarah heraus. Erschrocken schlug sie die Hand vor den Mund. Ihre Wangen röteten sich. Hatte sie das gerade wirklich gesagt? Du meine Güte!

Ramona erhob sich. »Dann geh ich jetzt besser«, erklärte sie, und ohne Sarah noch eines weiteren Blickes zu würdigen, verschwand sie genauso plötzlich, wie sie gekommen war.

Sarah atmete tief durch. Das war ein typischer Ramona-Auftritt gewesen. Sie ging in die Küche, um sich einen Tee zu kochen. Den brauchte sie jetzt dringend, um ihre Nerven zu beruhigen. Wie hatte sie es nur so lange mit Ramona ausgehalten? Und warum hatte sie ihr so lange nachgetrauert? Sie musste nicht klaren Verstandes gewesen sein.

Das Wasser kochte. Sie goss es in ihren Lieblingsbecher, in den sie bereits eine Früchteteemischung gegeben hatte. Sie war immer noch wütend auf Ramona. Was hatte sie sich nur dabei gedacht? Sie hatte doch nicht ernsthaft glauben können, dass Sarah sie ohne Weiteres zurücknehmen und sie überglücklich in ihre Arme schließen würde. Sie hatte Ramona nicht umsonst verlassen. Seitdem ging es ihr deutlich besser. Sie genoss ihr Leben, sie fühlte sich unbeschwert, sie sammelte viele neue Erfahrungen. Und sie hatte Katja kennengelernt.

Sarah pustete in ihre Tasse. Mit Katja war es so viel schöner, als es je mit Ramona gewesen war. Gut, sie hatte auch einige schöne Stunden mit Ramona gehabt, insbesondere am Anfang. Doch Ramona hatte ihr nie das Gefühl gegeben, etwas Besonderes, geschweige denn ein wichtiger Teil ihres Lebens zu sein.

Sarah nahm einen Schluck von ihrem Tee und verbrannte sich die Lippen. Der Tee war noch zu heiß.

Wenn sie ehrlich war, war es nun mit Katja auch nicht besser. Immerhin wollte sie Katja nicht mehr wiedersehen, oder besser gesagt, sie redete es sich ein. Ihr Herz sprach eine andere Sprache. Das jedoch war ein anderes Thema.

Sarah seufzte.

Jedenfalls hatte Katja ihr gezeigt, dass es etwas Besseres gab als Ramona. Dafür würde sie kämpfen. Ramona konnte ihr gestohlen bleiben.

Bestimmt schlug Sarah mit ihrer Faust auf den Tisch.

Von außen war der Schlachthof ein unscheinbares Gebäude. Friedlich und harmlos. Nichts ließ vermuten, dass sich hier samstags hinter den Mauern wahre Dramen abspielten, dass sich Frauen unglücklich verliebten, verlassen wurden, Affären begannen, sich gegenseitig an den Hals warfen und nur selten wirklich die große Liebe fanden.

»Wollen wir reingehen?«, fragte Kim. Gleichzeitig zog sie an Sarahs Hand und zerrte sie in diese Hölle.

Hier hatte Sarah Katja damals nach ihren Friseurbesuchen

wiedergesehen, die Bestätigung bekommen, dass sie auf Frauen stand, hatte heiße Blicke mit ihr getauscht. Hier war sie mit Katja gewesen, nachdem sie einen leidenschaftlichen Abend verbracht hatten. Hier hatten sie getanzt, geflirtet, geküsst.

»Ich weiß nicht«, zögerte Sarah. Mit diesem Ort verband sie so viele Erinnerungen an Katja. Warum hatte Kim ausgerechnet diese Party ausgesucht? Wahrscheinlich, weil es sonst keine Frauenpartys in der Gegend gab ...

»Unsinn. Jetzt sind wir hier, nun amüsieren wir uns auch.«

Buntes Flackerlicht und laute Musik empfingen sie.

Kims Blick schweifte durch den Raum und blieb an einer kleinen Gruppe Frauen hängen, die sie genauer begutachtete. »Wenn du noch länger Liebeskummer hast, muss ich mich wohl umorientieren. Männer bekomm ich bald gar nicht mehr zu Gesicht.« Sie grinste Sarah an. »Manche Frauen hier sind durchaus ansehnlich. Ich sollte das wirklich überdenken.«

»Sehr witzig.« Sarah kämpfte sich durch die Masse zur Garderobe. »Außerdem hast du mich überredet, hierher zu kommen. Vergiss das nicht!«

Kim nickte. »Ich opfere mich nur für dich auf.« Dabei lächelte sie spitzbübisch.

Nachdem die beiden ihre Jacken abgegeben hatten, schlugen sie sich zur Bar durch und orderten zwei Bier.

»Hast du schon ein bekanntes Gesicht entdeckt?«, wollte Kim wissen.

Sarah sah sich suchend um, fand aber niemanden, der ihr bekannt vorkam. »Nee, nicht wirklich. Dafür bin ich wohl zu selten hier. Die Zahl meiner Szenebekanntschaften hält sich in Grenzen.« Genau genommen beschränkten sie sich auf weniger als eine Handvoll.

Die beiden Freundinnen suchten sich ein freies Plätzchen am Rande der Tanzfläche und beobachteten die tanzenden Frauen.

»Guck mal, die da. Die ist doch ganz ansehnlich und genau dein Typ.« Kim zeigte in die Richtung einer Blondine.

Sarah zuckte zusammen. »Verdammt! Das ist Tina«, zischte

sie. Sie drehte sich zur Seite und wollte Tinas Blick, der direkt auf sie fiel, ausweichen. Doch es war zu spät. Tina kam bereits freudestrahlend auf sie zu.

»Hallo. Du bist doch Sarah, oder? Erinnerst du dich noch an mich?«

Sarah räusperte sich. »Natürlich. Tina! Was eine schöne Überraschung.« Sie versuchte zu lächeln, doch es geriet etwas schief.

»Dann lass ich euch zwei mal allein«, erklärte Kim, und noch ehe sie Sarahs flehenden und hilfesuchenden Blick wahrnehmen konnte, war sie verschwunden.

»Ich freue mich, dich wiederzusehen. Schade, dass du nicht angerufen hast«, schrie Tina beinahe, um die Musik zu übertönen.

Fast hatte Sarah diese peinliche Episode mit Tina vergessen gehabt. Nun jedoch erinnerte sie sich wieder zu genau daran, wie sie sich geküsst hatten, ehe sie überstürzt geflohen war, weil sie nur an Katja hatte denken können. »Das tut mir leid. Ich hatte so viel zu tun in den letzten Wochen. Die Arbeit, du weißt«, log Sarah. Sie fühlte sich nicht wirklich wohl dabei.

Erst jetzt betrachtete sie Tina genauer, und ihr kam wieder in den Sinn, warum es damals überhaupt zu einem Kuss gekommen war. Tina war eine sehr attraktive Frau. Zwar deutlich kleiner als sie, aber das waren ja die meisten Frauen. Blonde Locken und – Sarah schluckte – traumhaft schöne blaue Augen.

Blaue Augen. Wie Katja. Annähernd so schön funkelten sie Sarah an.

Sarah seufzte tief. Hatte sie etwas anderes erwartet, als dass Katja sie den ganzen Abend verfolgen würde? An Ablenkung war wohl kaum zu denken, wenn das so weiterging.

»Ist alles in Ordnung bei dir? Du siehst ein bisschen blass aus.« Tina kam Sarah etwas näher. Sarah konnte Tinas Atem an ihrem Ohr spüren. Ein Hauch ihres süßen Parfüms umwehte sie. »Nein, keine Sorge. Ich habe heute nur etwas wenig getrunken.«

»Dann hol ich uns noch mal was. Bier?« Tina strahlte sie an.

»Ich meinte damit eher, dass ich einen Mangel an Wasser hatte.« Sarah zwinkerte Tina zu. Warum sollte sie sich den Kopf über Katja zerbrechen? Es könnte mit Tina ein schöner Abend werden. »Aber ich nehme gern noch ein Bier.«

»Warte hier. Ich bin gleich wieder bei dir.« Schon war Tina auf dem Weg zur Bar.

Sarah lehnte sich gegen eine Säule und atmete tief durch. Manchmal schuf sie sich selbst Probleme, wo gar keine waren. Kim hatte recht, sie konnte den Abend nutzen, um sich zu amüsieren. Und warum nicht mit Tina? Immerhin entsprach sie ihrem Typ, war charmant und hatte offensichtlich Interesse an ihr. Das waren doch gute Voraussetzungen.

»Oh, du bist ja auch hier.«

Eine allzu vertraute Stimme riss Sarah aus ihren Gedanken. Sie starrte geradewegs in Katjas blaue Augen. Ihr Magen begann heftig zu ziehen. Das Schicksal schien sich einen bösen Scherz mit ihr zu erlauben.

Schluss jetzt, ermahnte Sarah die Schmetterlinge in ihrem Bauch. Doch es nutzte nichts. Sie flatterten kräftig weiter.

»Das war deine Verabredung?« Katjas Hand berührte Sarahs Arm.

Sarah erschauderte. Sie rückte einen Schritt zur Seite. Sie konnte diese Berührung nicht ertragen. »Ich bin mit Kim hier, aber sie ist gerade unterwegs«, stotterte sie. Ihr Herz klopfte schneller.

»Ich wollte dich auch fragen, ob du heute mit mir hierherkommst. Schade, dass das nicht geklappt hat.« Das Blau in Katjas Augen leuchtete und ließ Sarahs gesamten Körper kribbeln. Katjas vertrauter Duft raubte Sarah die Luft zum Atmen.

»Ich hatte ja keine Ahnung, dass du hierher wolltest«, antwortete Sarah. Es hätte an ihrer Entscheidung, sich nicht mit Katja zu treffen, nichts geändert. Aber hätte sie das gewusst, wäre sie heute niemals in den Schlachthof gekommen.

»Ach, hier bist du. Ich habe dich schon überall gesucht.«

Hatte das Schicksal gar keine Gnade mit ihr?

Nathalie schmiegte sich eng an Katja und küsste sie auf die Wange. Ein Messer bohrte sich in Sarahs Brust. Ihr wurde schlecht. Musste das sein? Für heute hatte sie mehr als genug Überraschungen erlebt. Konnte das nicht einmal ein Ende haben?

»Nathalie kennst du ja noch, oder?« Katja legte ihren Arm um diese billige Blondine und lächelte.

Sarah zog unbeabsichtigt eine Grimasse und nickte. »Ja klar.«

Zu allem Überfluss kam nun auch Tina zurück und trat zu ihnen. »Hier, dein Bier.« Sie hielt Sarah eine Flasche hin. Dann bemerkte sie die beiden anderen Frauen. »Störe ich euch?«

Katja schien Tina abschätzig zu mustern.

»Nein, keineswegs.« Sarah versuchte Tina einen besonders verführerischen Augenaufschlag zu schenken. »Darf ich vorstellen? Das ist Nathalie, und das ist Katja.« Katjas Namen sprach Sarah ungewollt zärtlich aus. Sie räusperte sich. »Und das ist Tina.«

Für einen kurzen Moment zögerte Katja. »Also gut. Dann gehen wir mal wieder. Wir sehen uns bestimmt noch«, verabschiedete sie sich und verschwand Hand in Hand mit Nathalie.

Sarah sah Katja hinterher, wie sie sich elegant durch die Menge bewegte. Unweigerlich fiel ihr Blick auf Katjas runden Po, glitt den Rücken hinauf. In Katjas Nacken konnte Sarah das Tattoo erahnen. Genau in diesem Moment drehte sich Katja um. Sarah starrte direkt auf Katjas Brüste, die sich unter dem engen roten Top abzeichneten. Sarahs Wangen erröteten.

»Kennst du die beiden näher?«, erkundigte sich Tina.

Sarah rieb über ihre Nase. »Es geht so«, erklärte sie knapp.

Doch mit dieser Antwort gab sich Tina nicht zufrieden. »Die Schwarzhaarige habe ich in den letzten Wochen schon öfter hier gesehen. Kennst du sie daher?«

»Ehrlich gesagt, würde ich lieber über etwas anderes reden.« Sarah fuhr sich durch ihre Haare. Sie hatte überhaupt keinen Bedarf, ihr missglücktes Liebesleben mit Tina zu diskutieren.

»Wie du meinst.« Tina zuckte mit den Schultern.

Eigentlich hatte Sarah überhaupt keine Lust, irgendetwas mit Tina zu bereden oder sich ausgedehnt zu unterhalten. »Möchtest du vielleicht tanzen?«, schlug sie deswegen vor. Gerade tönte die aktuelle Nummer eins der Charts aus den Boxen. Das war eine gute Gelegenheit, die Tanzfläche zu stürmen. Außerdem war das Lied eher eine Rocknummer und kein Kuschelsong, das hätte sie im Augenblick gar nicht gebrauchen können.

»Gern.« Tina lächelte. »Ich liebe es zu tanzen. Ganz besonders mit so schönen Frauen wie dir.«

»Danke«, erwiderte Sarah. Irgendwie war Tina schon süß.

Kaum hatten sie die Tanzfläche betreten, merkte Sarah, dass sie nicht die einzigen waren, die diese Idee hatten. Keine fünf Meter von ihnen entfernt bewegten sich auch Katja und Nathalie zum Rhythmus der Musik.

Sarah wurde heiß. Katja ließ gekonnt die Hüften kreisen. Wie gern hätte Sarah sie umfasst und an sich gezogen, sie gespürt. Plötzlich sah Sarah direkt in Katjas Augen. Ihr Herz blieb kurz stehen, ehe es laut weiterpochte. Sarah bekam eine feine Gänsehaut. Für einige Sekunden konnten sie den Blick nicht voneinander lösen. Sarah schien alles um sich herum zu vergessen.

Dann legte Tina ihre Arme um ihre Taille. »Das ist eines meiner Lieblingslieder«, flüsterte sie in Sarahs Ohr.

Sarah hatte gar nicht bemerkt, dass die Lieder gewechselt hatten.

Auch Katja und Nathalie tanzten engumschlungen. Immer wieder musste Sarah in ihre Richtung sehen, und jedes Mal trafen sich Katjas und ihr Blick. Was nur sollte das alles?

Tinas Fingerspitzen wanderten Sarahs Rücken hinauf. »Ich habe oft an dich gedacht, seit wir uns hier gesehen haben.« Tina schmiegte ihren Kopf an Sarahs Schulter. Aus den Augenwinkeln sah Sarah Kim, die sich offensichtlich gerade zur Toilette vorkämpfen wollte.

»Ich verschwinde mal kurz. Ich bin gleich wieder da«, erklärte sie. Diese Möglichkeit musste sie nutzen. Sie brauchte dringend einen Ratschlag von ihrer besten Freundin, und zudem konnte sie nicht eine Sekunde länger auf diese Weise mit Tina weitertanzen.

»Gut, dann hole ich uns in der Zwischenzeit noch ein Bier.«

Ob das eine gute Idee war, dessen war sich Sarah nicht sicher. Bereits jetzt stieg ihr der Alkohol langsam zu Kopf. »Mach das.« Aber Hauptsache, Tina war beschäftigt und wollte nicht am Ende noch mit auf die Toilette kommen.

Sarah eilte hinter Kim her, bis sie ihre beste Freundin am Ärmel erwischte. »Was ein Glück, dass ich dich treffe.« Sie pustete kräftig Luft aus ihren Lungen. »Du kannst dir gar nicht vorstellen, was mir gerade alles passiert ist.«

»Oh, glaub mir, ich weiß so ungefähr, was du mir sagen willst. Schließlich habe ich dich, Katja und Tina die ganze Zeit beobachtet.« Kim zwinkerte Sarah zu.

»Ich komme mir vor wie in einem schlechten Lesbendrama.« Sarah seufzte. »Außerdem tut es mir leid, dass ich dich nun auch noch allein gelassen habe.«

Kim winkte ab. »Das macht nichts. Ich habe die Bekanntschaft einer sehr netten Frau gemacht, die auch von ihrer besten Freundin hierher geschleift worden ist. Wir haben uns auf Anhieb gut verstanden.« Sie knuffte Sarah in die Seite. »So ist das, wenn ihr Lesben uns Heteras verschmäht.«

Mittlerweile waren sie auf der Toilette angekommen und reihten sich in die Schlange ein.

»Kim, was soll ich denn jetzt nur machen? Tina ist eine attraktive Frau, und ich bin mir sicher, dass ich ihr gefalle. Aber ständig muss ich an Katja denke. Wenn sich unsere Blicke treffen, dann tanzen die Schmetterlinge in meinem Bauch Samba. Wenn ich ihr einzigartiges Lachen höre, schlägt mein Magen Salto. Und dann noch diese Nathalie, die förmlich an ihr klebt. Das kann ich gar nicht mit ansehen.« Sarah runzelte die Stirn.

Gleichzeitig wurden zwei Kabinen frei, und sie waren an der Reihe. Kurze Zeit später trafen sie sich an den Waschbecken wieder.

»Du hast Katja für heute abgesagt, und dazu hattest du sehr gute Gründe. Schlag sie dir aus dem Kopf, so schwer es dir auch fällt. Dass sie mit Nathalie hier ist, tut dir zwar weh, doch du kannst es ihr nicht vorhalten oder verbieten. Immerhin wolltest du ja nicht.«

Sarah grummelte. Natürlich hatte Kim recht. Sie trocknete ihre Hände ab.

»Und was du mit Tina machst, ist deine Sache, da kann ich dir nichts raten. Sie ist niedlich, sie will dich. Ich an deiner Stelle würde es einfach versuchen und es drauf ankommen lassen.«

»Vielleicht sollte ich das tatsächlich.« Sarah zuckte mit den Schultern.

»Süße«, Kim nahm ihre Hand und sah ihr ernst in die Augen, »genieße den Augenblick, finde deinen Weg. Du wirst schon das Richtige machen. Hör einfach auf dein Herz.« Sie grinste. »Aber wenn ich auf Frauen stehen würde, würde ich Tina nicht von der Bettkante stoßen.«

Sarah verdrehte die Augen. »Du bist unmöglich.«

»Aber ich bin deine beste Freundin, und du liebst mich.«

»Ja, ja. Das stimmt. Ich kann es nicht leugnen.«

»Wollen wir uns wieder ins Getümmel stürzen?«

Sarah nickte. »Ich kann Tina wohl nicht länger warten lassen.«

Kichernd standen sie vor Tinas Wohnungstür. Tina suchte ihren Schlüssel, konnte ihn aber nicht gleich finden. Sarah fühlte sich durch den Alkohol ein wenig benebelt. Sie war es nicht gewohnt, etwas zu trinken, und dafür hatte sie heute Abend ziemlich tief ins Glas geschaut.

Endlich hatte Tina die Tür geöffnet. »Komm rein.«

Sarah folgte der Aufforderung. Ihre Beine waren ein wenig wackelig. Sie musste sich an der Wand festhalten. Was machte sie hier nur?

Als sie die Party verlassen hatten, hatte Sarah noch einen letzten tiefen Blick mit Katja ausgetauscht. Sie hatte sich in ihm verloren. Er hatte unglaublich intensive Gefühle in ihr geweckt. Für einen kurzen Moment hatte sie überlegt, einfach zu Katja zu gehen, aber etwas hatte sie zurückgehalten. Sie hatte es einfach nicht gekonnt. *Es war das Vernünftigste*, redete sich Sarah ein. Und jetzt sollte sie sich auf Tina konzentrieren.

Kaum hatten sie die Wohnungstür passiert, trafen Tinas Lippen auf Sarahs.

Sarah schloss ihre Augen. Tinas Lippen waren weich und zart. Mit ihrer Zungenspitze strich Tina Sarahs Lippen entlang. Es kitzelte etwas. Sarah öffnete ihren Mund einen Spalt und ertastete mit ihrer Zunge Tinas. Sie verschlangen sich und spielten miteinander.

Tinas Hände schoben sich unter Sarahs T-Shirt. »Du kannst dir gar nicht vorstellen, wie oft ich mir das schon ausgemalt habe«, hauchte sie in Sarahs Ohr. »Ich wollte dich von dem Moment an, als ich dich das erste Mal gesehen habe.« Ihre Finger kreisten auf ihrer Haut.

Sarah wurde schwindelig, aber sie wusste nicht, ob sie dies dem Alkohol oder ihrer Lust zuschreiben sollte.

Wenn Katja ihre nackte Haut berührt hatte, hatte jeder Millimeter gebrannt. Jede Berührung hatte sie in den Wahnsinn getrieben, hatte ihren Atem schneller gehen lassen. Sarah stöhnte auf.

Tina entkleidete sich. »Zieh dich auch aus«, forderte sie Sarah auf.

Ohne darüber nachzudenken, kam Sarah dieser Aufforderung nach, bis sie schließlich vollkommen nackt vor Tina stand. Es war so anders als mit Katja. Meistens hatte Katja sie ausgezogen, manchmal ganz langsam, manchmal stürmisch. Nur selten hatte sie das selbst getan.

Tina legte ihre Arme um Sarah. Zärtlich knabberte sie an ihrem Ohrläppchen. »Lass uns in mein Schlafzimmer gehen.«

»Wie du willst«, erwiderte Sarah. Sie folgte Tina. Tina hatte eine gute Figur, schlank, aber an den richtigen Stellen sehr weiblich. Ein wenig erinnerten sie die Proportionen an Katja.

Katjas Po war ein wenig runder, und Katja war noch einige Zentimeter kleiner als Tina. Doch die Form ihrer Brüste war ähnlich. Nur Katjas Brustwarzen waren schöner, besonders wenn sie erregt waren. Sie standen dann fest und neckisch hervor, sodass Sarah nie widerstehen konnte, sie zwischen ihre Lippen zu nehmen und sanft an ihnen zu knabbern.

Tinas Hände, die ihre Brüste umfassten, holten Sarah wieder in die Realität zurück.

»Gefällt dir das?«, wollte Tina wissen. Sie drehten Sarahs Brustwarzen zwischen ihren Fingern.

Sarah musste erneut stöhnen.

Langsam glitten sie auf das Bett hinab. Sarah blickte geradewegs in Tinas blaue Augen. Sie schreckte zurück. Sie konnte das nicht. Alles erinnerte sie an Katja.

»Was ist los mit dir?« Tina leckte über Sarahs Knospen.

»Bitte lass das. Es tut mir so leid.« Sarah fuhr mit ihren Fingern über ihren Nasenrücken.

Tina sank laut seufzend auf die Matratze zurück. »Irgend so etwas hatte ich schon befürchtet. Liegt es an mir? Mache ich etwas falsch?«

Sarah zog ihre Knie an und umschlang ihre Beine. »Es hat nichts mit dir zu tun.« Sie konnte Tina nicht die wahren Gründe nennen. Es hätte sie zu sehr verletzt, wenn sie wüsste, dass sie unentwegt an ihre letzte Affäre denken musste, dass sie sich nichts sehnlicher wünschte, als mit Katja hier im Bett zu liegen, dass sie sich nach Katja sehnte, sie berühren wollte. Tina hatte sich große Mühe gegeben, aber das reichte einfach nicht. Sarah konnte sich einfach nicht fallenlassen.

»Es ist mir wohl nicht vergönnt, dir näher zu kommen.«

»Entschuldige, ich kann einfach nicht.« Sarah schluckte.

»Ist schon gut. Soll ich uns stattdessen vielleicht einen Tee kochen? Dann können wir noch ein wenig plaudern, wenn du Lust hast.« Tina legte ihre Hand auf Sarahs Schulter.

»Ein Tee wäre nicht schlecht.« Dankbar lächelte Sarah Tina an. Sie fühlte sich schlecht, dass sie Tina enttäuscht hatte. Aber wäre es besser, ihr etwas vorzuspielen und dabei an eine andere zu denken?

Wenig später saßen sie wieder angezogen an Tinas Küchentisch. Der Früchtetee verströmte ein süßes Aroma.

»Ich habe selten so eine faszinierende Frau wie dich getroffen«, begann Tina das Gespräch.

Verlegen rührte Sarah in ihrem Tee. »Und das sagst du, nachdem ich dich gerade so habe hängenlassen.«

»Vergiss das einfach.«

Aber so schnell konnte Sarah das nicht vergessen. Es war ihr schrecklich peinlich. Nicht nur dass sie sich auf einen One-Night-Stand einlassen wollte, obwohl sie doch normalerweise dafür gar nichts übrighatte. Nein, vor allem war es ihr furchtbar unangenehm, dass sie dann auch noch versagt hatte, dass sie eine wundervolle Frau wie Tina, die durchaus etwas in ihr hätte auslösen können, wenn sie sich zu einem anderen Zeitpunkt getroffen hätten, enttäuschte.

»Ich habe wohl einfach nicht das Glück, dein Herz zu erobern«, fuhr Tina fort. »Dein Herz gehört offensichtlich einer anderen Frau. Vielleicht ist sie sich dieses großen Glücks gar nicht bewusst.«

Sarah seufzte. Mit Sicherheit war sich Katja rein gar nichts bewusst.

Tina ergriff Sarahs Hand. »Aber ich wünsche dir, dass ihr es doch noch schafft, zueinander zu finden.«

So viel Verständnis hatte Sarah gar nicht verdient. Tina sollte sie rausschmeißen, wütend auf sie sein. Sie hatte jegliches Recht dazu. »Danke, dass du das sagst. Du bist viel zu nett zu mir. Du bist eine tolle Frau. Das meine ich wirklich ernst. Wir haben uns einfach zum falschen Zeitpunkt kennengelernt.«

»Das ist schade.« Tina strich sich eine Locke aus der Stirn. »Probier mal den Tee. Der ist richtig gut.«

Sarah nahm einen großen Schluck und verbrannte sich beinahe die Lippen. »Schmeckt ausgezeichnet. Wo hast du den gekauft?«

Sie plauderten noch eine ganze Weile weiter. Sie entdeckten einige Gemeinsamkeiten, während es draußen begann langsam hell zu werden.

Sarah gähnte. »Ich sollte besser schlafen gehen. Nachher habe ich noch ein Spiel. Meine Trainerin ist momentan eh nicht gut auf mich zu sprechen.«

»Schlafen hört sich nach einer sehr guten Idee an. Ich bin todmüde.« Tina hatte Mühe, ihre Augen offenzuhalten. »Es war schön mit dir. Wenn auch etwas anders, als ich es mir vorgestellt hatte. Vielleicht können wir uns ja bei Gelegenheit mal wieder treffen.«

»Gern. Mach's gut und schlaf gut«, verabschiedete sich Sarah.

Als sie vor der Haustür angekommen war, atmete sie einmal tief durch. Was für ein Abend! Was für eine Nacht! Aber wusste sie jetzt, was sie wollte? Sarah seufzte. Das alles änderte nichts daran, dass es Katja war, die sie wollte, die sie nicht vergessen konnte.

Ein frischer Wind wehte. Sarah fror. Mit hochgezogenen Schultern lief sie schnellen Schrittes nach Hause. Erst jetzt bemerkte sie, wie müde und erschöpft sie war. Sie sehnte sich nach ihrem Bett, nach Ruhe.

Zwei Wochen lang hatte Sarah es ausgehalten. Ganze zwei Wochen lang, in denen sie unentwegt an Katja hatte denken müssen, hatte sie widerstanden, sie anzurufen. Sie hatte sich dem Impuls widersetzt, einfach bei ihr vorbeizugehen und anzuklingeln.

Aber heute hielt sie es nicht mehr länger aus. Sie musste Katja wiedersehen. Auch wenn es vielleicht idiotisch war, selbst wenn dann die ganze Zeit des Leidens umsonst gewesen war, in der sie versucht hatte, Katja zu vergessen und aus ihrem Kopf zu verbannen. Sie musste zumindest noch einmal mit Katja sprechen. Sie hatte keine Ahnung, ob es etwas ändern würde, aber sie spürte einfach, dass sie es musste. Sonst würde sie niemals Ruhe finden und mit ihr abschließen können.

Bereits aus der Ferne erkannte Sarah, dass Katjas bunte Balkonblumen verschwunden waren. Sarahs Herz klopfte lauter, ihre Schritte beschleunigten sich. Was hatte das zu bedeuten? Vielleicht wollte sie einfach den Balkon neu bepflanzen, die alten Blumen waren schließlich nur eine Übergangslösung gewesen. Nun kam der Frühling endgültig, und Katja konnte die Blumenkästen neu schmücken, die alten Blumen austauschen. Doch all diese Erklärungsversuche konnten Sarahs Beunruhigung nicht vertreiben. Irgendetwas war seltsam.

Mit feuchten Fingern drückte Sarah den Klingelknopf. Nur wenige Sekunden später öffnete sich die Tür. Katja war zu Hause. In Sarahs Hals bildete sich ein Kloß. Was sollte sie Katja überhaupt sagen? Jede Nacht hatte sie Katja in ihren Träumen alles gestanden, was sie für sie empfand. Jeden Tag hatte sie sich in ihren Gedanken ausgemalt, wie es wäre, Katja gegenüberzustehen. Aber nun konnte sie sich an nichts mehr davon erinnern.

Sarahs Knie zitterten, als sie die Treppe hochstieg. Das Erste, was sie sah, waren Katjas blaue Augen.

»Das ist aber eine Überraschung. Was machst du denn hier?«, wurde sie von Katja begrüßt. Sie wischte ihre Hände an ihrer Hose ab. »Komm doch rein. Aber ich warne dich besser vor. Hier ist es sehr chaotisch.«

Katjas Lächeln ließ Sarah heiß und kalt werden. Katja hatte sich kein bisschen verändert. Was hatte Sarah denn erwartet? Es waren nur zwei Wochen vergangen, in denen sie sich nicht gesehen hatten, keine Jahre.

Sarah schluckte. Am liebsten hätte sie Katja einfach in den Arm genommen. Doch sie fühlte sich wie festgefroren, sie konnte sich nicht bewegen.

»Freust du dich nicht, mich zu sehen? Ich dachte, deswegen

wärst du gekommen.« Katja lehnte sich gegen den Türrahmen und wickelte eine rote Haarsträhne um ihren Finger.

Sarah atmete tief aus. »Doch, natürlich freue ich mich.« Sie senkte ihren Blick, länger konnte sie nicht in diesem Blau versinken. Das hielt sie nicht aus.

»Also, dann komm endlich rein. Im Flur ist es kalt.« Katja kaute auf einem Kaugummi.

Ganz dicht ging Sarah an Katja vorbei. Kaum im Wohnzimmer angekommen, traf sie der Schlag. Ihre Augen weiteten sich. »Was ist denn hier los?«

Überall standen Kisten herum. Die Regale und Schränke waren leergeräumt, die Bilder von der Wand verschwunden. Alles wirkte kahl. Wollte Katja etwa . . .

Sarah konnte den Gedanken nicht zu Ende denken. In ihrem Kopf begann sich alles zu drehen. Das konnte doch nicht wahr sein!

»Och.« Katja schob eine Kiste zur Seite und vermied es dabei, Sarah anzusehen.

Aber Sarah musste genau wissen, was hier vor sich ging. Sie stellte sich vor Katja, legte ihre Hände auf ihre Schulter und zwang Katja so, sie anzusehen. »Katja, was soll das hier?«, fragte sie mit ängstlicher Stimme. Was wäre, wenn sie recht hatte, wenn sich ihre Vermutung bestätigen sollte?

Katja löste sich von Sarah und drehte sich um. Sie nahm ein einsames Buch aus dem Regal und legte es in eine Kiste. »Ich packe«, flüsterte sie kaum hörbar.

»Aber warum? Warum packst du deine Sachen zusammen?« Sarah konnte es nicht glauben.

Katja räusperte sich. »Wie sieht es denn aus?«, fragte sie leise.

»Du willst doch nicht etwa von hier weggehen? Du wohnst doch erst seit wenigen Wochen hier.« Sarahs Magen krampfte sich zusammen.

»Vielleicht sollten wir uns einen Moment setzen.« Katja bedeutete ihr, auf der Couch Platz zu nehmen. »Möchtest du etwas trinken?«

Sarah schüttelte den Kopf. »Ich möchte nur, dass du mir erzählst, was hier los ist.«

Sie setzten sich nebeneinander auf das Sofa. Sarah hatte das Gefühl, dass Katja ihr Herz schlagen hören müsste, so laut klopfte es. Katja konnte sie doch nicht einfach hier zurücklassen!

Katja ergriff Sarahs Hand und sah sie ernst an. »Ich habe mir diese Entscheidung nicht leicht gemacht. Das kannst du mir glauben. Aber ...« Sie zögerte.

Sarah bemerkte, dass Katjas Finger feucht wurden.

»Aber«, fuhr Katja fort, »ich halte es hier nicht mehr aus.« Sie schloss ihre Augen. »Die letzten Wochen waren so intensiv.«

»Ja, es war intensiv. Und schön. Es war so schön. So schön mit dir«, fuhr Sarah panisch dazwischen. Katja konnte sie nicht einfach allein lassen.

»Ja«, murmelte Katja. »Das war es.« Sie seufzte schwer. »Wirklich.«

»Warum willst du dann hier weg? Ich kann das nicht verstehen.«

»Das verlange ich auch nicht von dir. Manchmal verstehe ich mich ja selbst nicht.« Katja drückte Sarahs Hand fester.

»Was soll das denn dann?«

»Ich weiß es nicht. Ich fühle einfach, dass ich das muss.«

Sarah runzelte die Stirn. »Das glaube ich dir nicht.«

Katja biss auf ihre Unterlippe. »Es ist einfach ...« Sie brach ab.

Sarah erkannte, dass Katjas Lippen zitterten.

»Ich kann nicht anders.«

»Katja, ich bitte dich. Sag mir die Wahrheit. Bitte. Ich glaube nicht, dass du nicht weißt, warum du wegziehen willst. Bin ich dir das nicht wert? Du kannst mir doch vertrauen.«

Katja holte tief Luft. »Ganz im Gegenteil.« Ihre Finger strichen zärtlich über Sarahs Arm. »Ich möchte ehrlich zu dir sein. Aber es fällt mir so unglaublich schwer. Es fällt mir schwer, über meine Gefühle zu reden. Das war schon immer so.«

Diese Berührung ließ Sarahs Sehnsucht nach Katjas Nähe noch größer werden. Es zog heftig in ihrem Bauch.

Katja sah Sarah tief in die Augen. »Sarah, du bist eine wundervolle Frau. Vom ersten Moment an, als ich dich gesehen habe, hast du mich fasziniert, und mit jeder weiteren Begegnung sind meine Gefühle zu dir intensiver geworden. Ich konnte nur noch an dich denken. Tag und Nacht. Andere Frauen haben mich gar nicht mehr interessiert. Sie waren Luft für mich.«

Sarah musste schlucken. Was sagte Katja da?

»Das habe ich gemerkt, als ich mich mit Nathalie getroffen habe. Sie wollte mehr von mir, aber ich konnte es ihr nicht geben. Ich wollte nur noch zu dir, wollte in deiner Nähe sein, dich in meinen Armen halten, dich küssen.« Katja senkte ihre Stimme. »Das hat mir Angst gemacht.«

Das konnte unmöglich wahr sein. Wollte Katja damit sagen, dass sie sich in sie verliebt hatte? Nachdem sie beteuert hatte, dass keine tiefen Gefühle bei ihr im Spiel waren?

»Und jedes Mal, wenn ich das Gefühl habe, dass mir eine Bindung zu eng wird, jedes Mal, wenn ich glaube, dass ich mich verliebe, dass es ernst wird, möchte ich nur noch weg. Das ist irgendwie wie so ein angeborener Fluchtreflex.«

Zwischen Sarahs Augenbrauen bildete sich eine tiefe Falte. »Du läufst jedes Mal vor deinen Gefühlen davon?«

Katja senkte ihren Blick. »Ja, irgendwie schon. Bisher hat es auch immer funktioniert.« Sie atmete tief durch. »Aber ich habe auch noch niemals so viel für eine Frau empfunden wie für dich.«

Sarah wurde schwindelig. Ihre kühnsten Träume schienen wahr zu werden. Wie oft hatte sie sich diese Worte aus Katjas Mund gewünscht? Niemals hatte sie geglaubt, sie jemals hören zu dürfen.

»Noch nie ist mir die Entscheidung, eine Stadt zu verlassen, so schwer gefallen.« Katja kaute auf einem Fingernagel.

»Dann bleib!«, flehte Sarah. Vielleicht hatte ihre Liebe doch eine Chance! Sie konnten, nein, sie mussten, es versuchen.

»Bitte bleib hier!«

Katja verbarg das Gesicht hinter ihren Händen. »Wenn das so einfach wäre.«

Sarah wusste nicht, was sie machen sollte. Sollte sie Katja in den Arm nehmen, oder würde sie das zu sehr unter Druck setzen? Sollte sie lieber gar nichts mehr sagen und darauf warten, was Katja als Nächstes tat? Oder sollte sie ihr Mut zusprechen, ihr ihre Unterstützung versichern?

Doch noch bevor Sarah einen Entschluss fassen konnte, erzählte Katja weiter. »Ich fühle mich so rastlos, ruhelos, weiß nicht, wohin mit mir. Ich würde es wirklich gern versuchen, doch ich weiß nicht, ob ich das schaffen kann. Schon als junges Mädchen habe ich es kaum ausgehalten, eingeengt zu werden, und seitdem hat sich nichts daran geändert. Immer, wenn mir Menschen zu nahe gekommen sind, habe ich die Verbindung abgebrochen.« Katjas Augen röteten sich. »Das ist nicht normal. Das weiß ich. Ich habe nur keine Ahnung, wie ich das ändern soll.« Katja rieb mit dem Handrücken über ihre Augen. »Vielleicht hast du recht und ich sollte hierbleiben und mich meinen Gefühlen stellen. Ich würde es gern versuchen. Doch ich weiß nicht, wie das funktionieren soll.«

Sarah legte ihren Arm um Katja. »Ich kann verstehen, wie schwer dir das fallen muss. Aber ich fände es schön, wenn du es versuchen möchtest. Ich werde auf dich warten. Lass dir alle Zeit, die du dafür brauchst.« Behutsam streichelte sie durch Katjas Haare.

Katja lächelte schwach. »Bist du dir sicher, dass du warten kannst?«

»Ich empfinde so viel für dich, daran wird nichts und niemand etwas ändern. Egal, wie lange ich warten muss.« Natürlich hätte Sarah lieber heute als morgen von Katja eine Entscheidung, eine Entscheidung für sie, für ihre Liebe. Aber sie wollte Katja nicht unter Druck setzen. Das konnte nur schiefgehen. So schwer es ihr auch fallen würde – sie würde warten. Sie würde nicht aufgeben, sondern weiter hoffen. Selbst wenn es Monate dauern würde. Wenn Katja sich nur dazu entscheiden würde, Bremen nicht zu verlassen.

»Danke. Du bist wirklich süß. Ich werde die Zeit brauchen. Ich hoffe, ich enttäusche dich am Ende nicht. Das möchte ich nicht. Du bist mir so wichtig. Ich möchte dir nicht wehtun. Ich wollte dich nie verletzen, deswegen habe ich manche Entscheidungen getroffen, die du vielleicht nicht verstehen konntest.« Katja legte ihren Kopf an Sarahs Schulter.

»Heißt das, du bleibst?«

Katja nickte schwach. »Ich denke schon.«

Sarahs Herz schlug vor Freude einen Salto.

»So etwas wie mit dir ist mir noch nie passiert.«

Sarahs Fingerspitzen glitten Katjas Wirbelsäule entlang. »Mir ist so etwas auch noch nicht passiert.« Das war es tatsächlich nicht. Umso mehr Sarah darüber nachdachte, desto deutlicher wurde ihr, dass die Beziehung zu Ramona längst nicht so intensiv gewesen war, dass sie für Ramona niemals so tiefe Gefühle gehabt hatte wie jetzt für Katja, und das, obwohl sie Katja erst seit wenigen Wochen kannte.

Katja richtete sich wieder auf. »Genug jetzt mit dieser Gefühlsduselei. Ich hole uns mal was zu trinken, und dann machen wir es uns gemütlich.« Sie zwinkerte Sarah zu, ehe sie in der Küche verschwand.

Manchmal war Katja sonderbar. Ihre Stimmung konnte von einer Sekunde auf die nächste vollkommen umschlagen.

Mit zwei Sektgläsern in der Hand kam Katja zurück. »Wir sollten anstoßen. Darauf, dass ich in Bremen bleibe. Zumindest vorerst.« Sie lächelte Sarah an.

Sarah nahm ihr ein Glas ab. »Auf die Sesshaftigkeit.«

Katja lachte. Allein bei diesem Klang wäre Sarah beinahe dahingeschmolzen. Dazu sah Katja auch noch hinreißend aus, wenn sie so gelöst und entspannt lachte. Dieses Lachen war so unwiderstehlich, so ansteckend und einzigartig.

»Vergiss es«, protestierte Katja energisch. »Sesshaftigkeit ist nichts für mich. Darauf stoße ich nicht an.«

Wahrscheinlich war das tatsächlich so. Selbst wenn Katja vorerst hierbliebe, auf Dauer konnte sie es wohl nicht an einem Ort ertragen. Ein Umzug war nur verschoben. Aber wer weiß? Vielleicht brachte Sarah Katja am Ende doch dazu, sich in Bremen so wohlzufühlen, dass sie nicht mehr wegwollte. »In Ordnung. Dann stoßen wir auf die kommende gemeinsame Zeit an.« Sarah prostete Katja zu.

»Also, auf uns!« Nachdem Katja einen großen Schluck genommen hatte, stellte sie ihr Glas auf dem Tisch ab und kniete sich neben Sarah auf die Couch. »Soll ich dir erzählen, was ich jetzt gern mit dir machen würde?«, hauchte sie mit erotischer Stimme. Mit ihrer Zungenspitze berührte sie Sarahs Ohr.

Eine Gänsehaut krabbelte Sarahs Rücken hinunter. »Katja! Du kannst doch nicht jetzt schon wieder an so etwas denken.«

Zärtlich biss Katja in ihr Ohrläppchen. »Natürlich kann ich das. Wieso denn nicht?«, flüsterte sie. »Ich muss die ganze Zeit daran denken, wie ich meine Hände unter dein T-Shirt gleiten lasse und mit meinen Fingerspitzen deinen Bauch hinauf kreise, bis zu deinen wunderschönen Brüsten.«

Unwillkürlich ging Sarahs Atem schneller. Ihre Wangen glühten.

»Meine Finger streicheln über die Spitze deines BHs. Ich kann deine harten Brustwarzen spüren«, fuhr Katja fort.

Sarah schloss ihre Augen.

»Dann ziehe ich dir das Shirt aus. Du hast nur noch deinen BH an, mit dem du so unwiderstehlich aussiehst. Ich schiebe die Träger deine Schultern hinunter. Meine Hand fährt ganz langsam unter den Stoff des BHs, sodass ich deine nackten Brüste berühren kann.«

Sarah atmete zitternd aus.

»Gefällt dir das?«, raunte Katja.

Sarah nickte.

»Mit meinem Daumen reibe ich über deine Brustwarze, die sich mir immer deutlicher entgegenreckt. Du kannst dir gar nicht vorstellen, wie sehr mich das erregt.« Katjas Finger strichen über Sarahs Arm. »Vielleicht sollte ich dir den BH doch besser ausziehen. Dann kann ich deine Brüste besser küssen. Meine Zunge fährt über deine Brustwarzen. Ich nehme sie zwischen meine Lippen und sauge daran.«

Sarah wünschte sich immer sehnlicher, dass Katja ihre Beschreibungen in die Tat umsetzen würde, aber Katja dachte anscheinend noch nicht daran.

»Ich knöpfe deine Jeans auf und streife sie von deinen Hüften. Mit meinen Fingern zeichne ich die Konturen deines Slips nach. Ich sehe einen feuchten Fleck auf dem Stoff.« Katjas Lippen waren ganz nah an Sarahs Ohr. Ihr Atem kitzelte Sarahs Haut.

»Du drängst mir dein Becken entgegen, willst, dass ich dich endlich erlöse.«

Tatsächlich hob Sarah unbemerkt ihr Becken an. »Bitte«, war alles, was sie herausbrachte.

»Du musst dich noch etwas gedulden. Ich muss mich erst noch einmal deinen Brüsten widmen. Sie sind einfach zu schön. Ich bedecke sie überall mit meinen Küssen, während ich sie gleichzeitig mit meinen Händen sanft massiere. Ich weiß, dass dich das ganz heiß macht.«

Sarahs Atem ging stoßweise. Lange hielt sie das nicht mehr aus.

»Nun schiebe ich endlich deinen Slip deine Beine hinunter. Meine Fingerspitzen wandern die Innenseite deiner Oberschenkel entlang, nähern sich millimeterweise deinem Paradies.«

»Oh ja«, stöhnte Sarah. Sie konnte Katjas Berührungen an ihren Oberschenkeln genau fühlen, auch wenn Katjas Hände in Wirklichkeit nur ihren Arm streichelten.

»Ich spüre deine Feuchtigkeit an meinen Fingern. Vorsichtig gleite ich in dich hinein. Deine Wärme umschließt mich.«

Sarah konnte sich nicht länger zurückhalten. »Ich will dich. Schlaf endlich mit mir.«

»Das mache ich doch gerade.« Katja hob eine Augenbraue. »Oder reicht . . .«

Sarah küsste sie leidenschaftlich und schwang sich auf Katjas

Schoß. Stürmisch zog sie dabei sich und Katja die Shirts und BHs aus. Es konnte ihr nicht schnell genug gehen. Sie hatte viel zu lange warten müssen.

Ihre Brüste berührten sich, pressten sich eng aneinander. Ein heißer Schauer lief Sarahs Rücken hinunter.

Katja ließ sich auf den Rücken fallen. »Dreh dich um«, forderte sie Sarah mit heiserer Stimme auf.

Sarah zögerte keine Sekunde und kam der Aufforderung nach. Sie drehte sich so, dass sie mit ihrer Zunge Katja verwöhnen konnte, während ihr eigener Schoß vor Katjas Gesicht war.

Vorsichtig teilte sie mit ihrer Zunge Katjas Schamlippen. Ihr Liebesduft stieg ihr in die Nase. Sie schmeckte die Feuchtigkeit. Sie küsste Katja zärtlich.

Katja machte unterdessen genau das gleiche. Sie umspielte mit ihrer Zunge Sarahs Lustzentrum, was Sarah laut aufstöhnen ließ.

Sarah umschloss mit ihrem Mund Katjas Perle und saugte daran, während Katja in sie hineinglitt.

Ihr Atem ging schneller und unregelmäßig. Sie fanden einen gemeinsamen Rhythmus, drangen ineinander ein, ließen ihre Zungen tanzen. Ihre Becken bewegten sich im Einklang. Gleichzeitig kamen sie zum Höhepunkt, explodierten. Es dauerte eine Ewigkeit, bis auch der letzte Funke erloschen war.

Noch ganz außer Atem legte sich Sarah neben Katja. »Ich habe dich so vermisst. Das war unglaublich.« Zärtlich küsste sie Katja.

Katja lächelte. »Du hast mir auch gefehlt.«

Sie kuschelten sich schweigend aneinander. Katja streichelte liebevoll durch Sarahs Haare.

Was für ein Tag! Hätte irgendjemand Sarah am Morgen gesagt, was sie heute alles erleben würde, hätte sie ihn für verrückt erklärt. Erst hatte sie Katja endlich wiedergesehen. Und dann hatte sie feststellen müssen, dass Katja dabei war, auszuziehen. Sie hätte die Stadt einfach verlassen. »Was hättest du eigentlich gemacht, wenn ich heute nicht vorbeigekommen wäre?

Hättest du dich bei mir verabschiedet?«, durchbrach Sarah die Stille. Diese Frage ließ sie nicht los. Hätte Katja sich jemals bei ihr gemeldet?

Für einen kurzen Moment hielt Katja die Luft an. »Ehrlich gesagt, ich weiß es nicht.« Sie verschränkte ihre Finger ineinander. »Normalerweise verabschiede ich mich nicht«, gestand sie mit gesenktem Blick. »Aber du bist mir nicht aus dem Kopf gegangen. Ich wollte noch einmal deine Stimme hören, dich noch einmal in meine Arme schließen, auch wenn ich wusste, dass es mir das Weggehen vielleicht unmöglich gemacht hätte.« Sie räusperte sich. »So wie es jetzt gekommen ist.« Ihre Mundwinkel verzogen sich zu einem Lächeln. »Ich glaube, ich hätte dich nicht einfach hier zurücklassen können. Ich fühle mich in deiner Nähe sehr wohl.«

Sarahs Pulsschlag beschleunigte sich. Diese Worte bedeuteten ihr sehr viel. Es war das Schönste, was Katja hatte zu ihr sagen können. Sie war für Katja nicht nur irgendeine Affäre, sie war mehr. Katja fühlte etwas für sie.

Ihre Lippen trafen aufeinander und verschmolzen zu einem sanften Kuss. Katjas Finger streichelten Sarahs Rücken.

»Darf ich mir etwas wünschen?«, fragte Katja leise, fast ein wenig schüchtern.

Überrascht sah Sarah sie an. Was wollte sie sich denn wünschen? »Natürlich.«

Katja legte ihren Kopf an Sarahs Schulter. Ihre Hand ruhte auf Sarahs Hand. »Dann wünsche ich mir, dass wir mehr Zeit miteinander verbringen können in nächster Zeit. Ich möchte, dass wir morgens nebeneinander aufwachen können.«

In Sarahs Bauch schlugen die Schmetterlinge Purzelbäume. Sie strahlte über das ganze Gesicht. »Nichts lieber als das!« Wie hätte sie Katja diesen Wunsch ausschlagen können? Es war doch genau das, was sie sich ebenfalls sehnlichst wünschte.

Ihre Daumen spielten miteinander.

»Das ist schön.« Katja schloss ihre Augen. Sie hauchte einen Kuss auf Sarahs Hals. »Du musst mir nur ein wenig Zeit geben.

Selbst wenn ich mir das wünsche, heißt es leider nicht, dass es alles auch tatsächlich klappt. Mein Kopf und mein Herz gehen manchmal getrennte Wege. Bitte hab etwas Geduld mit mir.«

Das kannte Sarah nur zu gut. Auch ihr Herz schlug gelegentlich eine andere Richtung ein, als es ihr Verstand vorgab. »Mach dir darüber keine Gedanken«, sagte sie lächelnd.

»Mir wird langsam etwas kalt. Wollen wir uns lieber ins Bett legen?«

Sarah nickte. »Ich kann aber auch gehen, wenn du erst mal etwas Ruhe brauchst.«

Katja zögerte einen Moment. »Vielleicht wäre das besser.« Betreten starrte sie auf den Fußboden. »Das war doch alles etwas viel heute.« Ihr Fuß wippte auf und ab. »Sei bitte nicht böse, aber ich muss erst mal meine Gedanken ordnen.«

Sarah begann sich anzuziehen. »Auch für mich war das heute viel. Etwas Ruhe schadet mir sicher auch nicht«, erklärte sie. Sie durfte nicht zu viel von Katja erwarten, auch wenn es zu schön gewesen wäre, hierzubleiben. Sie waren zwei Schritte vorangekommen, ehe Katja doch wieder einen zurück gemacht hatte. Aber dennoch, sie hatten die richtige Richtung gewählt. »Melde dich einfach, wenn du Lust und Zeit hast. Ich werde auf dich warten.« Sie bedeckte Katjas Mund mit einem zärtlichen Kuss, den Katja ebenso behutsam erwiderte.

Sarah hatte sich bereits dreimal komplett umgezogen. Sie fand einfach nicht das richtige Outfit. Katja hatte sie für den Abend zum Essen eingeladen, hatte aber nicht verraten, wohin sie Sarah ausführen wollte. Das machte die Wahl nicht gerade leichter.

Mit dem Fuß stieß Sarah ihre Sporttasche in die Ecke, um einen besseren Blick in den Spiegel zu haben. Sie war gerade dabei gewesen, die Tasche zu packen, als Katja angerufen hatte. Daraufhin hatte Sarah spontan beschlossen, heute das Training zu schwänzen. Das tat sie normalerweise nie. *Besondere Situationen erfordern eben manchmal außergewöhnliche Entscheidungen*, dachte Sarah. Das sagte Kim auch immer zu ihr.

Fröhlich pfeifend drehte sich Sarah vor dem Spiegel. Sie befand die figurbetonende schwarze Hose und ihre grüne Bluse für angemessen. Es brachte ihre Vorzüge zur Geltung, war schick, aber nicht zu übertrieben. Damit war sie für alle Eventualitäten gerüstet.

Jetzt musste sie sich nur noch um ihre Haare kümmern. Es war vielleicht etwas albern, aber immer, wenn sie Katja traf, hatte sie das Gefühl, dass ihre Haare perfekt sitzen müssten. Sie schmierte sich etwas Gel in die Finger und zupfte ihre Strähnen zurecht. Mittlerweile hatte sie sich so sehr an ihre Kurzhaarfrisur gewöhnt, dass sie gar nicht mehr verstehen konnte, warum sie die Haare immer lang getragen hatte. Diese Frisur stand ihr viel besser.

Nun blieb noch die Frage, welche Schuhe sie anziehen sollte. Eigentlich trug sie ausnahmslos Turnschuhe, aber Sarah war sich nicht sicher, ob sie damit in einem vornehmen Restaurant richtig angezogen war. In der hintersten Ecke ihres Schuhschranks fand Sarah noch ein paar schwarze Slipper. Die hatte sie sicherlich eine Ewigkeit nicht mehr getragen. Sie wischte die Staubschicht ab. Nach einer kurzen Behandlung mit Schuhcreme sahen sie schließlich akzeptabel aus.

Zum Schluss sprühte sich Sarah einen Hauch ihres Lieblingsparfüms auf die Bluse.

Genau in diesem Moment klingelte es. Ausnahmsweise war Katja überpünktlich.

Sarah öffnete ihr die Tür und wartete aufgeregt, dass Katja oben ankam. Das Erste, was sie erblickte, war ein Strauß gelber und orangefarbener Blumen.

»Hallo. Die sind für dich.« Katja hielt ihr den Strauß entgegen.

Freudestrahlend nahm Sarah ihn ihr ab. Niemals hätte sie damit gerechnet, dass Katja ihr Blumen mitbringen würde. »Die sind aber schön. Vielen Dank.« Sarahs Wangen erröteten. »Was sind das für Blumen?«

Katja zwinkerte ihr zu. »Das sind Gerbera. Ich dachte, das ist origineller als immer rote Rosen.«

Wie recht sie damit hatte! Sarah küsste ihre Geliebte. »Ich stell sie eben ins Wasser, dann können wir direkt los«, erklärte sie, bevor sie ins Wohnzimmer verschwand, um eine Vase aus dem Schrank zu holen.

Kurze Zeit später standen sie vor Sarahs Auto. Katja war zu Fuß gekommen, weil sie kein eigenes Auto besaß. Sarah hatte angeboten zu fahren, und da sie beide die Vorstellung, mit Bus und Bahn zu fahren, nicht sonderlich gut fanden, hatten sie sich dafür entschieden.

»Darf ich bitten?« Sarah hielt Katja galant die Wagentür auf.

Grinsend nahm Katja Platz. »Vielen lieben Dank.«

Sarah setzte sich hinters Steuer. »So, die Dame, wohin darf ich Sie ausführen?«

»Das verrate ich noch nicht. Ich verrate dir nur, wie du fahren musst.« Katja gab ihr die ersten Anweisungen. Dabei legte sie ihre Hand auf Sarahs Oberschenkel.

Sarah musste sich zusammenreißen, um sich auf den Verkehr zu konzentrieren. Aber sosehr sie sich auch bemühte, Katjas Hand war ihr stets bewusst.

»Jetzt links«, gab Katja das Kommando.

Wie schaffte sie es nur, solchen belanglosen Worten einen derart erotischen Unterton zu verpassen?

Sarah bog in eine kleine Seitenstraße ein. Ein Schild wies den Parkplatz zu einem Restaurant. Auch wenn Sarah in Bremen geboren war, hier war sie mit Sicherheit noch nie gewesen. »Wie hast du denn das gefunden?«

Katja winkte ab. »Das spielt keine Rolle. Aber ich versichere dir, es ist unglaublich gut.«

Nachdem Sarah das Auto geparkt hatte, sprang Katja aus dem

Wagen, um dieses Mal Sarah die Tür aufzuhalten. »Es ist ein Italiener. Du magst doch gern italienisch, hast du gesagt, oder?«

Es war richtig niedlich, wie unsicher Katja plötzlich wirkte. »Ja, sogar sehr gern.« Sie lächelte Katja aufmunternd zu.

»Da bin ich aber froh.« Ganz selbstverständlich ergriff Katja Sarahs Hand und hielt sie fest. Am Himmel funkelten Sterne und verrieten, dass es eine kalte Nacht werden würde. Sie schlenderten über den Parkplatz, bis sie am Eingang angekommen waren.

Drinnen wurden sie sofort von einem Kellner in Empfang genommen. Katja erklärte, dass sie einen Tisch bestellt hatten, und wenig später saßen sie sich in einer Nische gegenüber.

Auf dem Tisch leuchtete eine Kerze. Das Licht spiegelte sich in Katjas Augen wider und fesselte Sarahs Blick. Jedes Mal, wenn sie Katja sah, war sie noch schöner. Sie studierte Katjas zarte Gesichtszüge, die Stupsnase, die sie so gern küsste. Schon allein bei dem Gedanken daran, wie ihre Finger die Wangenknochen entlangfuhren, wurde es Sarah heiß.

»Wollen wir uns so eine gemischte Antipasti-Platte zur Vorspeise teilen?«, riss Katja Sarah aus ihren Gedanken.

»Gern«, erwiderte Sarah. Sie war noch gar nicht dazu gekommen, die Karte zu lesen.

»Als Hauptgang würde ich dir die Tagliatelle mit Lachs und Zucchini in Tomatensoße empfehlen oder Saltimbocca alla Romana. Das ist auch ganz große Klasse. Zum Nachtisch ist Tiramisu eigentlich Pflicht«, erklärte Katja bestimmt.

»Ich kann mir gar nicht vorstellen, dass sie hier ein besseres Tiramisu haben, als das, was wir gemacht haben.« Sarah schmunzelte.

Katja hob ihre Augenbraue. »Da hast du natürlich recht. Aber ich würde dem hier trotzdem eine Chance geben«, lachte sie.

Sarah folgte Katjas Ratschlag und entschied sich sowohl für Saltimbocca als auch für eine Portion Tiramisu. Dazu bestellte Katja Rotwein und eine Apfelschorle für Sarah.

»Ein Schlückchen Rotwein kannst du doch mit mir trinken«,

meinte Katja, als der Kellner ihr das Glas servierte.

»Kommt gar nicht infrage. Ich trinke nie etwas, wenn ich Auto fahre. Außerdem hat mich Kim in letzter Zeit schon viel zu oft dazu verführt, mit meinen Prinzipien zu brechen«, stellte Sarah klar. Sie hob ihre Apfelschorle demonstrativ hoch. »Und das schmeckt auch ausgezeichnet. Also, auf einen schönen Abend.«

»Wie du willst.« Katja schüttelte den Kopf. Sie nahm einen Schluck Wein. »Kennst du Kim eigentlich schon lange?«

»Oh ja. Wir sind zusammen in der Grundschule gewesen und seitdem unzertrennlich.«

»Steht sie denn auch auf Frauen?«

Sarah verschluckte sich fast. »Kim? Um Gottes willen. Sie ist so was von hetero, das kannst du dir gar nicht vorstellen.«

Katja zuckte mit den Schultern. »Ach so, ich dachte, weil ich euch zusammen im Schlachthof gesehen habe.«

»Da war sie nur meine moralische Unterstützung«, klärte Sarah Katja auf. »Hast du auch eine beste Freundin?«

Katja zog scharf die Luft ein. »Nein.« Ihre Finger strichen das Tischtuch glatt. »Das hat sich nie so ergeben.«

Es war genau die Antwort, mit der Sarah gerechnet hatte. Hätte es eine Freundin gegeben, hätte Katja sicherlich schon mal ihren Namen erwähnt. »Gibt es denn niemanden, mit dem du deine Probleme besprichst?«

Katja lachte. »Welche Probleme?«

Sarah wusste nicht, ob Katja das ernst meinte oder nur auswich. Vielleicht gab es tatsächlich keine Vertrauensperson in Katjas Leben, auch wenn Sarah sich das nur schwer vorstellen konnte. Auf ihrer Stirn bildete sich eine Falte.

»Mach dir keine Sorgen. Wenn ich mal ernsthafte Probleme habe, gibt es schon Menschen, an die ich mich wenden kann«, fügte Katja hinzu, als hätte sie Sarahs Gedenken erraten. »Aber lass uns nicht von Problemen reden. Es gibt doch so viel Schöneres.«

Der Kellner, der ihre Antipasti brachte, sorgte für eine kleine

Gesprächspause.

Die beiden Frauen probierten die Vielzahl der Vorspeisen. Es schmeckte Sarah ausgezeichnet. Sie war sehr wählerisch, was ihr Essen anging, aber diese Wahl hatte sich gelohnt.

»Wie bist du eigentlich auf die Idee gekommen, Friseurin zu werden?«, nahm Sarah die Unterhaltung wieder auf.

Katja kaute auf einem Stück getrockneter Tomate, während sie angestrengt überlegte. »Tja, das war irgendwie immer mein Traumberuf. Das hört sich vielleicht komisch an, aber schon als kleines Kind wollte ich immer anderen die Haare schneiden und sie frisieren. Ich wollte etwas Kreatives machen. Und dann habe ich nach dem Abi sofort eine Lehrstelle in Hamburg gefunden.«

»Wieso hat es dich denn dann ausgerechnet nach Hamburg verschlagen?« Sarah hatte es bisher nur selten erlebt, dass Katja so offen von sich erzählte. Diese Chance wollte sie nutzen.

»Ich hatte die Nase voll von Aurich. Das war so ein Kaff. Ich wollte in eine große Stadt, etwas erleben, auf eigenen Beinen stehen.« Katja drehte den Stiel ihres Glases in ihrer Hand und betrachtete den Rotwein, der kleine Wellen schlug. »In Aurich habe ich mich irgendwie eingeengt gefühlt.« Sie zuckte mit den Schultern.

Der Kellner servierte das köstlich duftende Hauptgericht.

»Warst du noch nie woanders? Immer in der gleichen Stadt zu leben, das könnte ich nicht.« Katja wickelte Tagliatelle auf ihre Gabel.

»Nein. Mir gefällt es hier. Das ist nicht langweilig.« Sarah suchte Katjas Augen. »Und man kann auch hier immer wieder neue, bezaubernde Leute kennenlernen.«

Ein Lächeln huschte über Katjas Gesicht. »Ist das so?« Sie zwinkerte Sarah zu.

Sie plauderten noch ein wenig weiter. Das Tiramisu zum Nachtisch war tatsächlich so gut, wie Katja es versprochen hatte.

»Magst du noch einen Espresso?« Katja sah Sarah tief in die Augen.

Dieser Blick ließ ihr ganz warm ums Herz werden. Sie fühlte ein Schwirren in ihrem Bauch.

»Was ist jetzt?«, hakte Katja noch einmal nach, nachdem Sarah keine Antwort gegeben hatte. Ihre Finger wanderten auf dem Tischtuch in Sarahs Richtung. Ganz sachte berührten die Fingerspitzen Sarahs Haut.

Sarah räusperte sich. »So spät trinke ich eigentlich keinen Kaffee mehr.«

»Da hast du auch wieder recht. Außerdem sollten wir vielleicht lieber zu mir fahren, bevor es am Ende zu spät wird. Schließlich hatte ich nicht vor, den Abend schon enden zu lassen.« Kokett hob Katja eine Augenbraue. Eine zarte Röte stieg Sarah ins Gesicht. Sie hatte sich noch immer nicht an Katjas direkte Art gewöhnt. Dabei sprach sie nur das aus, was sie selbst auch gedacht hatte. Sie wollte Katja verführen, am liebsten auf der Stelle. Aber sie hätte es sich niemals getraut, das in Worte zu fassen.

»Ich sehe dir an der Nasenspitze an, dass du ganz ähnliche Pläne hast wie ich.« Katjas Lippen verzogen sich zu einem breiten Grinsen.

Ertappt senkte Sarah den Blick. »Vielleicht.«

Katja winkte den Kellner herbei, und ehe sich's Sarah versehen konnte, hatte Katja bezahlt und half ihr in die Jacke.

»Willst du nicht endlich kommen?«, vernahm Sarah Katjas Stimme, als sie das Badezimmer verließ. Sie hatte sich nur kurz frisch gemacht.

Sarah sah sich suchend im Wohnzimmer um, konnte Katja aber nirgends entdecken. »Wo bist du denn?«

»Im Schlafzimmer«, lautete die prompte Antwort. In Katjas Stimme schwang ein erotischer Unterton mit, der Sarahs Haut elektrisierte.

Offensichtlich hatte Katja es noch eiliger gehabt, ins Bett zu kommen, als Sarah es erwartet hatte. Sie näherte sich dem Schlafzimmer. Kaum hatte sie die Tür erreicht, fiel ihr Blick auf

Katja, die splitterfasernackt mitten auf dem Bett lag. Gebannt blieb Sarah stehen und beobachtete Katja.

Katjas Finger fuhren langsam ihr Brustbein hinunter, die Konturen ihrer eigenen Brüste entlang, von unten nach oben. Zärtlich streichelten sie über die nackte Haut und entlockten Katja ein Stöhnen.

Sarah spürte, wie ihr heißer wurde. Noch nie hatte sie einer Frau zugesehen, wie sie sich selbst berührte. Auf der einen Seite war es ihr unangenehm, Katja zu beobachten, auf der anderen Seite jedoch musste sie zugeben, dass es ihr gefiel.

Katja Handflächen rieben über ihre Brustwarzen, die längst hart emporstanden. Sie stöhnte erneut. Von diesem Anblick erregt, richteten sich auch Sarahs Brustwarzen auf, und sie spürte ein Kribbeln zwischen ihren Beinen.

Nun zwirbelte Katja ihre Knospen zwischen Daumen und Zeigefinger. Ihr Stöhnen wurde lauter. Sarah spürte, wie dieses Schauspiel feuchte Spuren bei ihr hinterließ. Lange konnte sie nicht widerstehen, sie wollte eingreifen. Sie näherte sich dem Bett.

Katjas Finger streichelten die Innenseite ihrer Oberschenkel hinauf. Sie spreizte ihre Beine und gewährte Sarah einen tiefen Einblick. Mit ihren Fingerspitzen teilte sie ihre Schamlippen. »Willst du mir helfen?«, raunte sie. Ihre Augen waren direkt auf Sarah gerichtet.

Ohne zu zögern, zog sich Sarah schnell aus und folgte dieser unwiderstehlichen Einladung. Ihre Lippen trafen zu einem stürmischen Kuss aufeinander.

In einer langen Nacht erkundeten sie sich gegenseitig mit ihren Händen und ihren Zungen, bis sie sich schließlich, von ihrem ausgiebigen Liebesspiel erschöpft, in die Kissen sanken.

Sarah legte ihren Kopf an Katjas Schulter. Ohne darüber geredet zu haben, wusste Sarah in diesem Moment, dass sie diese Nacht bei Katja verbringen würde.

Katja umkreiste zärtlich Sarahs Bauchnabel. Sarahs Herz klopfte schneller. Es fühlte sich alles so perfekt an, genau richtig. Sie musste es Katja jetzt sagen. Sie musste ihr jetzt sagen, was sie fühlte. Lange war sie sich nicht sicher gewesen, ob es wirklich Liebe war, was sie für Katja empfand. Doch in diesem Augenblick gab es daran keinen Zweifel mehr. Sie rutschte ein wenig höher, sodass ihre Lippen Katjas Ohr berührten.

»Ich liebe dich«, flüsterte sie.

Ruckartig richtete sich Katja auf und hielt die Luft an. Sie nahm ihre Hand von Sarahs Bauch. In diesem Moment war Sarah klar, dass sie Katja mit ihrem Liebesgeständnis überfordert hatte. Warum war sie nur immer so ungeduldig? Sie hatte Katja doch versprochen, zu warten, sie nicht zu überfordern. Und nun tat sie genau das Gegenteil.

Katja atmete hörbar laut aus. Mit ihren Fingern rieb sie über ihre Stirn.

Nun setzte sich auch Sarah auf. »Entschuldige«, nuschelte sie. Sie war zu weit gegangen. Was hatte sie denn erwartet? Dass Katja ihr voller Freude um den Hals fallen und »Ich dich auch« erwidern würde? Sie hätte es besser wissen müssen.

Katjas Zähne kauten auf ihrer Unterlippe. »Es tut mir leid.« Sie ergriff Sarahs Hand und hielt sie ganz fest. »Versteh das bitte nicht falsch. Ich mag dich sehr gern. Aber für mehr brauche ich noch Zeit.« Katjas Daumen strich über ihre Knöchel.

Sarah nickte. »Ich verstehe das. Ich hatte gerade einfach nur das Gefühl, dir das sagen zu müssen. Ich . . .«

Katja verschloss ihren Mund mit einem liebevollen Kuss. »Psst. Ist schon gut.«

Warme Wellen durchzogen Sarahs Körper, und sie spürte in ihnen die drei Worte, die Katjas Mund noch nicht auszusprechen bereit war. In diesem Kuss lagen so viel Vertrauen und so viel Zärtlichkeit, dass Sarah sich sicher war, dass Katja ebenfalls tiefe Gefühle für sie empfand, auch wenn sie es ihr nicht sagen konnte.

Katjas Hände wanderten höher und fanden zielsicher Sarahs Brüste, umschlossen sie.

»Du kannst doch nicht jetzt schon wieder an Sex denken. Ich

bin noch völlig erledigt von gerade«, protestierte Sarah ohne großen Nachdruck.

Katja begann Sarahs Brüste zu massieren. Sarah schloss ihre Augen. Ein leises Stöhnen entwich ihrem Mund und verriet, dass sie in Wirklichkeit nichts dagegen hatte, dass Katja noch nicht genug von ihr hatte.

Während Katjas Zunge Sarahs Brustwarzen umspielte, legte sie ihre Hände um ihren Po. Sarahs Körper bebte. Sie wollte mehr von Katja. Ihr Becken schob sich Katja fordernd entgegen.

»Das ging aber ganz schön schnell«, bemerkte Katja mit einem verführerischen Augenaufschlag. Sie rutschte an Sarah hinunter, bis sie mit ihrem Gesicht zwischen ihren Beinen lag. Ihre Lippen suchten den Weg zu Sarahs geschwollener Perle, ließ ihre Zunge darüber gleiten, reizte sie. Sarah war so feucht und weit, dass sie keine Probleme hatte, mit mehreren Fingern in sie einzudringen.

Es dauerte nur wenige Augenblicke, bis Sarah erneut kam. Sie hatte es längst aufgegeben, die Höhepunkte zu zählen. »Wie schaffst du das nur immer?«, fragte sie nach Atem ringend.

Als Antwort erntete sie lediglich ein breites Grinsen.

»Du bist unmöglich.« Sarah verdrehte kopfschüttelnd die Augen.

»Hast du Lust, morgen Abend mit mir zu einem Konzert zu kommen?«, wechselte Katja das Thema.

»Klar. Wer spielt denn?« Erst in diesem Moment wurde Sarah bewusst, dass sie gar keine Ahnung hatte, ob Katja eine Lieblingsband hatte oder welche Musik sie überhaupt hörte.

»Die Philharmoniker.«

Sarah blickte Katja überrascht an. War das eine Band, von der sie noch nie etwas gehört hatte? Oder war es tatsächlich das, was sie glaubte? Sie hatte mit vielem gerechnet, aber damit beim besten Willen nicht.

»Es ist ein klassisches Konzert«, erklärte Katja, als von Sarah keine Antwort kam. »Ich höre mir das zwischendurch sehr gern an. Dabei kann ich mich herrlich entspannen. Es gibt kaum schönere Musik für mich.« Katja lächelte Sarah an.

»Bisher war ich noch nie bei den Philharmonikern. Ich komme gern mit.« *Selbst wenn du mich zu einem Heavy-Metal-Konzert eingeladen hättest, hätte ich nicht Nein gesagt!* Sarah war überglücklich, dass Katja sich so schnell erneut mit ihr verabreden wollte.

»Das ist schön. Ich freue mich, dass du mich begleitest.« Katja gähnte und zog die Decke ein wenig höher. »Aber vielleicht sollten wir jetzt besser schlafen.«

»Gute Nacht.« Sarah küsste Katjas Wange.

Nervös trat Sarah von einem Fuß auf den anderen. Von Katja war noch immer keine Spur zu sehen. Sie wartete bereits eine Viertelstunde. Sarah wärmte ihre Hände in ihrer Manteltasche. Mittlerweile war es fast dunkel geworden, und ein eisiger Wind blies ihr um die Ohren. Den ganzen Tag über hatten sich Regen und Sonne abgewechselt. Es war typisches Aprilwetter, dabei war gerade der Mai angebrochen. Fehlte nur noch, dass es anfing zu schneien.

Wann kam Katja endlich? Hatte sie etwas missverstanden und sich in der Uhrzeit geirrt? Sarah blickte auf ihre Armbanduhr und musste feststellen, dass es noch nicht ganz sieben Uhr war. Für sieben Uhr waren sie verabredet.

»Na, warst du mal wieder überpünktlich?« Katja kam lachend auf sie zu und küsste sie.

Sofort nahm Sarah einen leichten Hauch von Lakritz wahr. »Nur ein paar Minuten«, log sie.

»Das ist wirklich ein unglaubliches Gebäude«, bestaunte Katja den Treppengiebel des Konzerthauses. Anerkennend pfiff sie durch die Zähne. »Ich bin schon gespannt, wie es von innen aussieht. Bist du schon mal hier gewesen?«

Sarah war schon oft an »Die Glocke«, dem berühmten Bremer Konzerthaus, vorbeigekommen, aber von innen hatte sie es noch nie gesehen. Eigentlich war das für eine gebürtige Bremerin beinahe eine Schande. »Na ja«, druckste sie herum. Katja konnte sicher nicht verstehen, wie sie sich bisher von aller klassischen Musik fernhalten hatte können. »Ehrlich gesagt, war ich noch nicht drinnen.«

»Dann lass es uns zusammen entdecken«, beschloss Katja und ergriff Sarahs Hand.

Katjas Hände fühlten sich ganz warm an.

Gemeinsam traten sie durch die Eingangstür in das Foyer. Auf hellen Marmorfliesen gelangten sie weiter auf einen Parkettboden.

»Das ist ja riesig«, stellte Katja fest, während sie sich genau umsah.

Sarah nickte. Auch von außen wirkte das Gebäude nicht gerade klein, aber so groß hatte sie es sich auch nicht vorgestellt.

»Vielleicht sollten wir die Garderobe suchen«, erklärte Katja. Sie knöpfte ihren schwarzen Mantel auf.

Erst jetzt betrachtete Sarah ihre Geliebte genauer. Katja hatte sich auffallend schick gemacht. Unter ihrem schwarzen Mantel trug sie eine elegante schwarze Hose und dazu eine weiße Bluse, die jedoch einen Blick auf ihr wundervolles Dekolleté zuließ. An ihrem Hals funkelte eine silberne Kette mit einem blauen Stein.

»Du siehst umwerfend aus.« Zärtlich strich Sarah über Katjas Schulter.

Katjas Mundwinkel verzogen sich zu einem Lächeln. »Danke.« Sie legte den Kopf ein wenig schief. »Ich hatte etwas Angst, dass es dir zu übertrieben ist.«

»Auf keinen Fall«, entgegnete Sarah. Doch bei dem Gedanken daran, dass sie selbst nur eine Jeans trug, röteten sich ihre Wangen. Sie hätte auch darauf kommen können, dass man sich für die Philharmoniker etwas eleganter kleidete. Sie fühlte sich unwohl in ihrer Haut.

»Alles in Ordnung bei dir?« Katjas Augen waren direkt auf sie gerichtet.

»Ich ...«, stotterte Sarah. Sie rieb ihre Hände an ihrer Jeans ab.

»Ich verstehe. Aber keine Sorge. Guck dich nur hier um. Manche sind im Abendkleid, und manche sehen aus, als kämen sie geradewegs vom Flohmarkt.« Sie stellte sich auf Zehenspitzen und hauchte einen kleinen Kuss auf Sarahs Wange. »Und keine ist auch nur annähernd so schön wie du.«

Verlegen senkte Sarah ihren Blick gen Boden. »Du bist süß«, flüsterte sie.

Katja hatte mittlerweile eine große Treppe entdeckt. Genau genommen liefen dort vier Treppen zusammen. »Das muss die Kreuztreppe sein. Ich habe davon gelesen.«

Erneut wunderte sich Sarah über Katja. Sie hatte tatsächlich einige überraschende Seiten an sich. »Stimmt. Jetzt, wo du es sagst, fällt mir auch wieder ein, dass ich das mal gehört habe.«

Sie nahmen die Treppe, die hinunterführte, und landeten direkt bei der Garderobe. Nachdem sie ihre Mäntel abgegeben hatten, gingen sie zurück ins Foyer.

»Möchtest du noch etwas trinken? Ein Glas Wein vielleicht?«, fragte Katja. Noch ohne eine Antwort abzuwarten, stellte sie sich an der Bar an.

Sarah blickte ihr verträumt hinterher. Manchmal war es ihr ein Rätsel, welche Wege das Schicksal ging. Vor noch gar nicht allzu langer Zeit hatte sie die Beziehung zu Ramona als perfekt empfunden, bis ihr klarwurde, dass sie alles andere als perfekt war und sie nicht auf Dauer mit ihr glücklich werden konnte.

Trotzdem war sie nach der Trennung in ein tiefes Loch gefallen, und hätte Kim sie nicht gezwungen, wieder herauszuklettern, hätte sie Katja vielleicht niemals getroffen. Und dann sah es erst so aus, als wäre auch die Beziehung zu Katja von Anfang an zum Scheitern verurteilt gewesen, aber nun schien doch alles noch gut zu werden.

Gleichwohl war sie sich immer noch nicht sicher, was Katja

wirklich für sie empfand. Katja hatte nicht erwidern können, dass sie Sarah auch liebt. Aber war das nicht auch etwas zu viel verlangt? Sarah seufzte. Sie wusste keine Antwort. Sie hatte keine Ahnung, wie viel Zeit Katja brauchte, um sich sicher zu sein, was sie wollte. Sarah wusste nur, dass sie tiefe Gefühle erkannte, wenn sie in Katjas Augen blickte. Das konnte nicht alles nur Einbildung sein.

»Du grübelst zu viel«, bemerkte Katja, als sie mit zwei Gläsern Weißwein zurückkam. »Dann guckst du immer so böse.« Sie verzog ihr Gesicht zu einer Grimasse, sodass sich ihre Stirn in tiefe Falten legte. »Ungefähr so.«

Nun musste Sarah lachen. »Du übertreibst.«

Katja reichte ihr ein Glas. »Ich hoffe nicht, dass ich es bin, die dir so viele Sorgen bereitet.«

Sarah schüttelte den Kopf. »Keine Angst. Manchmal denke ich einfach zu viel nach. Doch jetzt lass uns lieber diesen Abend genießen.« Sie nahm einen Schluck von ihrem Wein. »Der ist aber sehr lecker.«

Kaum hatten sie ihre Gläser geleert, ertönte der erste Gong. Über eine Treppe gelangten sie in den ersten Stock. Im großen Saal suchten sie ihre Sitznummern. Katja hatte Karten für Plätze in der Mitte gekauft.

»Na, wenn das keine guten Plätze sind«, bemerkte Katja, als sie auf ihren Sitz glitt.

Sarah hatte keine Ahnung, welche Plätze für ein Konzert der Philharmoniker die besten sein könnten. Sehen musste man sie ja nicht unbedingt. Es kam ja dann doch eher aufs Hören an. Jedenfalls stellte sie sich das so vor. Sie ließ sich neben Katja in den Sitz sinken.

Die Lichter im Saal erloschen. Katja legte ihre Hand auf Sarahs Oberschenkel. Die ersten Töne erklangen und lösten bei Sarah augenblicklich eine Gänsehaut aus. Sie schloss ihre Augen und lehnte sich zurück.

Katjas Finger berührten ihren Handrücken, wanderten ganz langsam zu ihren Fingerspitzen, bis sich ihre Finger ineinander verschränkten. Sie hielten sich ganz fest. Katjas Daumen kreiste auf Sarahs Haut.

Sarah genoss die Musik, jeden einzelnen Klang, jeden einzelnen Takt. Es hörte sich wunderschön an. Warum nur hatte sie bisher nie etwas für Klassik übriggehabt?

Katja neigte sich ein wenig in Sarahs Richtung. Ihre Haare kitzelten Sarahs Schulter. »Gefällt es dir?«, flüsterte Katja.

»Es ist toll.« Sarah lächelte selig und meinte damit nicht nur das Konzert, sondern auch Katjas Nähe.

Katjas Lippen berührten sanft Sarahs Wange. »Da bin ich aber froh.«

Nach fast zwei Stunden verstummten die letzten Töne und wurden durch einen anhaltenden Applaus ersetzt. Bald schmerzten Sarahs Hände vom vielen und lauten Klatschen. »Ich bin restlos begeistert«, erklärte sie mit einem verzückten Lächeln. »Danke für diesen schönen Abend. Von allein wäre ich sicherlich nie auf die Idee gekommen, hierherzukommen.«

Das Licht ging wieder an.

»Gern.« Katja strich über Sarahs Nacken. »Ich hoffe doch, dass das nicht unser letzter gemeinsamer Besuch bei den Philharmonikern war.«

»Das hoffe ich auch.«

Nachdem sie ihre Jacken abgeholt hatten, machten sie sich Arm in Arm auf den Weg durchs Foyer vor die Eingangstür. Ein sternenklarer Himmel empfing sie.

»Und was machen wir jetzt mit diesem angebrochenen Abend?«, wollte Sarah wissen. Sie schmiegte sich eng an Katja.

Katjas Finger fuhren durch ihre Haare. Sie räusperte sich. »Möchtest du noch mit zu mir kommen? Du könntest bei mir übernachten. Natürlich nur, wenn du möchtest.«

»Was für eine Frage! Natürlich möchte ich.« Sarah strahlte über das ganze Gesicht. Sie hätte sich kein schöneres Ende für diesen Abend vorstellen können.

»Möchtest du auch noch einen Kaffee?« Katja sah Sarah, die neben ihr auf der Couch saß, fragend an.

»Um diese Uhrzeit? Bist du verrückt?« Sarah schüttelte ungläubig den Kopf.

Katja zuckte mit den Schultern. »Für Kaffee ist es doch nie zu spät. Aber du kannst auch gern etwas anderes haben.«

»Was hast du denn im Angebot?«

Ein triumphierendes Grinsen breitete sich auf Katjas Lippen aus. »Ich habe für dich einen Apfelminztee gekauft.« Zur Bestätigung ihrer eigenen Worte nickte sie. »Im Teeladen.«

Sarah Herz machte einen kleinen Freudensprung. Katja war extra für sie in einem Teeladen gewesen, um ihr Tee zu kaufen. »Den probiere ich sehr gern.«

Katja verschwand in der Küche.

Sarah hörte, wie sie die Kaffeemaschine einschaltete und den Wasserkocher befüllte. Diese Geste von Katja machte sie unsagbar glücklich. Katja wollte, dass es Sarah bei ihr gutging, sie wollte etwas Besonderes für sie machen. Sie rechnete damit, dass Sarah noch öfter bei ihr zu Besuch sein würde. Und sie hatte sich gemerkt, dass Sarah meistens Tee trank.

Katja kam zurück und stellte eine herrlich duftende Tasse vor ihr ab. »Ich hoffe, dass dir der Tee schmeckt. Es gibt ja so viele Sorten. Da war die Auswahl extrem schwierig.«

Bisher hatte Sarah noch keinen Apfelminztee probiert, aber selbst wenn er nicht schmecken würde, wäre es ihr vollkommen egal. Sie war viel zu glücklich darüber, dass Katja diesen Tee für sie besorgt hatte. Sie pustete vorsichtig in ihre Tasse, ehe sie einen Schluck nahm. »Außergewöhnlich, aber sehr gut. Du hast die richtige Wahl getroffen«, sagte Sarah.

Schweigend saßen sie eine Weile nebeneinander. Sarah genoss Katjas Nähe. Sie fühlte sich in Katjas Gegenwart so wohl wie schon lange nicht mehr. Mit jedem Abend kam sie ihr ein Stückchen näher, mit jeder gemeinsamen Unternehmung entdeckte sie etwas Neues an Katja. Trotz aller Unterschiede, die es zwischen ihnen gab, hatte Sarah zu keinem Zeitpunkt das Gefühl, dass sie nicht zueinander passen würden. Ganz im Gegenteil – sie ergänzten sich perfekt. All die kleinen Verrücktheiten hatte Sarah längst liebgewonnen. Katjas Chaos und ihre Unordnung, ihre Leidenschaft für Kaffee und Lakritzkaugummi, ihre Rastlosigkeit, ihre Impulsivität.

»Ich bin ziemlich müde«, unterbrach Katja Sarahs Gedankengänge. Gähnend hielt sie sich eine Hand vor den Mund. »Ich gehe noch schnell ins Bad, und dann würde ich gern schlafen.«

»Schlafen?«

Katja wickelte eine Haarsträhne um ihren Finger. »Wenn du es nicht ganz furchtbar finden würdest, würde ich tatsächlich einfach nur schlafen wollen. Ich hatte einen schrecklich anstrengenden Tag, und auch die letzte Nacht war ja nicht besonders lang.«

»Nein, das ist vollkommen in Ordnung.« Wenn Sarah etwas nicht erwartet hatte, war es, dass Katja zu müde sein konnte, um Sex haben zu wollen. Sie selbst war auch müde, und etwas Schlaf würde ihr sicherlich nicht schaden.

»Ich würde mich auch viel lieber mit dir in den Laken wälzen, aber ich fürchte einfach, ich könnte dabei einschlafen.« Entschuldigend zuckte Katja mit den Schultern. »Aber wir können das alles morgen nachholen.« Sie zwinkerte Sarah zu. »Du kannst zum DVD-Schauen vorbeikommen, wenn du Zeit hast.«

»Ja, ja. Zum Filmschauen.« Sarah grinste. »Ich habe erst Training, aber danach komme ich gern.«

Unschuldig hob Katja die Hände. »Was du immer denkst . . .«

Nun mussten beide lachen.

Mit einem Mal wurde Katja wieder ernst. Sie starrte auf den Boden.

»Ist alles in Ordnung bei dir? Habe ich irgendetwas Falsches gesagt?«

Katja hielt einen Moment den Atem an, ehe sie ihn hörbar laut auspustete. »Nein, hast du nicht.« Sie holte noch einmal tief Luft. »Ich wollte dir noch etwas sagen.« Sie presste ihre Handflächen gegeneinander. »Ich wollte dich fragen, ob du nicht ein paar Sachen bei mir verstauen möchtest. Vielleicht deine Zahnbürste oder so. Also, für den Fall, dass du spontan bei mir übernachten möchtest. Dann musst du nicht immer alles mit dir herumschleppen.«

Ein schöneres Angebot hätte sie Sarah kaum machen können. Sarah spürte ein aufgeregtes Flattern in ihrem Bauch. »Das ist eine wundervolle Idee.« Sie umarmte Katja. »Du kannst dir gar nicht vorstellen, wie viel mir das bedeutet.«

»Du meine Güte. Was machen wir hier nur? Wir sollten schnell wieder umdrehen. Das war keine gute Idee.« Sarah wollte auf der Stelle kehrtmachen.

»So ein Unsinn. Jetzt komm!« Kim riss an Sarahs Hand und versuchte sie durch die Eingangstür zu bewegen.

»Ich kann nicht«, beharrte Sarah weiter. Sie bewegte sich trotz Kims Gezerre an ihrem Arm kein bisschen von der Stelle.

»Deine Idee war großartig, und jetzt kneif nicht im letzten Moment.«

Sarah wurde schlecht. »Vielleicht hätte wir das doch übers Internet machen sollen.«

»Anfassen und Ausprobieren ist viel besser. Das kannst du mir glauben. Ich spreche da aus Erfahrung.«

Jeder Muskel in Sarahs Körper spannte sich an. Sie konnte unmöglich in diesen Sexshop gehen. Sie musste verrückt gewesen sein, als sie heute Morgen diesen wahnwitzigen Einfall gehabt hatte. Auch dass es ein Erotikladen speziell für Frauen war, machte es nicht besser. »Bist du dir wirklich sicher?«

»Natürlich«, erklärte Kim. »Als du mich vorhin angerufen hast, um mich zu fragen, ob ich mitkomme, war ich ziemlich überrascht. Aber positiv. Ich hätte dir das nicht zugetraut, und ich wette, Katja traut dir das auch nicht zu. Du wirst sie damit ebenso überraschen wie mich. Und nach alldem, was du mir über sie erzählt hast, wird sie davon ebenfalls begeistert sein. Also los!«

Langsam ließ Sarahs Widerstand nach. Wahrscheinlich hatte Kim recht. Immerhin war sie vor wenigen Stunden ja selbst noch von dieser Idee überzeugt gewesen.

Eine Glocke kündigte ihren Besuch an. Der Laden wirkte relativ klein und eng.

»Hallo, ihr zwei«, begrüßte eine Verkäuferin sie mit einem freundlichen Lächeln. »Kann ich euch weiterhelfen, oder wollt ihr euch erst einmal in Ruhe umschauen?«

»Wir gucken erst mal«, übernahm Kim die Antwort.

Sarah hatte ihren Blick verlegen zu Boden gesenkt. Ihre Wangen hatten längst die Farbe überreifer Tomaten angenommen. Sie kam sich hier wie auf dem Präsentierteller vor. Wie sollte sie sich da entspannt umsehen?

»Hattest du eigentlich einen konkreten Plan, was du kaufen wolltest?«, fragte Kim viel zu laut.

»Noch nicht so richtig«, flüsterte Sarah möglichst leise zurück.

»Eher einen Vibrator, oder gelüstet dir mehr nach einem Dildo? Oder willst du etwas ganz anderes?«, quetschte Kim sie weiter aus, ohne die Lautstärke zu drosseln.

Sarahs Finger rieben über ihren Nasenrücken. »Ich weiß nicht so genau.«

Kim nahm etwas Blaues aus dem Regal und begutachtete es fachmännisch. »Guck mal. Dieser Dildo hat doch eine schöne Form.« Ihre Finger fuhren über einige Rillen. »Ich denke, mit dem könnte man jede Menge Spaß haben. Möchtest du mal?«

Schon hatte Kim Sarah den Dildo in die Hand gedrückt. Unsicher hielt Sarah ihn fest. Er fühlte sich angenehm an. Irgendwie weich.

»Wenn ihr die Vibratoren ausprobieren möchtet, ist das kein Problem. Sagt einfach Bescheid, dann packe ich sie aus und setze eine Batterie ein«, meldete sich die Verkäuferin noch einmal.

Sarah wurde heiß. Sie hatte das Gefühl, dass sie noch röter wurde.

»Das ist gut. Vielleicht könnten wir uns den hier mal genauer anschauen.« Kim zeigte auf einen grünen Vibrator.

»Selbstverständlich. Das ist übrigens ein Klassiker. Er heißt *Paul, der Wurm*«, stellte sie den Vibrator genauer vor, während sie ihn aus dem Regal nahm.

»Oh mein Gott, der hat ja ein Gesicht.« Sarahs Augen weiteten sich.

Plötzlich surrte Paul los. Kim umschloss ihn mit ihrer Hand. »Hm. Sehr gut«, urteilte sie. »Probier mal.«

»Nee, lass mal.« Sarah wich ein Stückchen zur Seite aus. Am liebsten wäre sie im Erdboden versunken.

»Sarah, Süße, wie willst du denn Katja damit verführen, wenn es dir jetzt schon so peinlich ist?« Kim bekam das Grinsen gar nicht mehr aus ihrem Gesicht.

Sarah atmete einmal tief durch. Kim hatte recht. Mutig nahm sie Paul entgegen. Er kitzelte sie ein wenig. »Ist nicht schlecht, aber überzeugt mich noch nicht ganz.« Ganz allmählich fühlte sich Sarah etwas selbstsicherer. »Außerdem . . .«, sie legte ihre Stirn in kleine Fältchen, ». . . möchte ich nichts, was mich im Bett ansieht.«

Kim musste lachen. »Kann ich irgendwie auch verstehen.«

Nun ließ sich Sarah ebenfalls vom Lachen anstecken und verlor damit auch etwas ihre Hemmungen. Schließlich war nichts dabei, sich ein paar Toys anzusehen und eventuell eines zu kaufen. Sarah griff nach einem anderen Vibrator, der bereits ausgepackt im Regal stand. Er war mit einer Bedienung versehen, an der man zwei Knöpfe verstellen konnte. »Das sieht aber ganz schön kompliziert aus«, sagte sie, während sie nebenbei an den Knöpfen drehte.

»Mit dem einen kann man die Vibration regeln, und mit dem anderen kann man noch zusätzlich eine Rotation einstellen«, erklärte die Verkäuferin. »Aber das ist nicht jedermanns bzw. *jederfraus* Geschmack.«

Sarah nickte. »Das kann ich verstehen. Wenn ich im Bett erst noch die Bedienungsanleitung auspacken muss, dann ist es mir doch etwas zu kompliziert.«

»Was hältst du denn hiervon?« Die Verkäuferin holte einen weiteren Vibrator hervor. Er war schwarzrot marmoriert. »Das ist *Ocean*. Von der Form her auch eher schlicht und klassisch.«

»Da passt er doch zu dir«, konnte sich Kim eine spitze Bemerkung nicht verkneifen.

Sarah knuffte sie in die Seite. »Und wenn schon. Optisch gefällt er mir schon mal sehr gut.«

Die Verkäuferin legte zwei Batterien ein und überreichte ihn Sarah. Er begann ganz leise zu summen. »Dann hoffe ich mal, dass dich das Vibrieren auch überzeugen kann.«

Sarah legte ihre Finger um den Vibrator. Es fühlte sich auf der einen Seite viel sanfter an als bei den anderen, aber irgendwie auch viel intensiver. »Oh ja. Ich glaube, das gefällt mir«, kommentierte Sarah schließlich nach einigen Sekunden die Fähigkeiten des Vibrators.

»Lass mich auch mal«, forderte Kim.

Sarah reichte den Vibrator an ihre beste Freundin weiter.

Kim strich damit begutachtend über ihre Handfläche. »Stimmt, der fühlt sich tatsächlich richtig toll an.«

»Ja, genau. Deswegen nehme ich den auch. Das ist genau das Richtige.« Sarah gab den Vibrator an die Verkäuferin zurück.

»In Ordnung. Dann lasse ich euch wieder in Ruhe. Schaut euch ruhig noch etwas weiter um.« Die Verkäuferin verschwand hinter der Kasse.

Sarah und Kim streiften die Regale entlang. Es gab hier noch einiges zu entdecken. Es war schon erstaunlich, mit welchen Dingen man sich die Zeit im Bett vertreiben konnte.

Sarah schraubte eine Tube Gleitgel mit Kirschgeschmack auf und roch daran. »Was macht eigentlich dein Liebesleben?«

»Im Moment nicht viel, um ehrlich zu sein. Da gibt's nichts zu berichten.«

»Bist du sicher?«, hakte Sarah nach.

Das hatte sie vor nicht allzu langer Zeit schon einmal von Kim gehört, und damals hatte es in Wirklichkeit einiges zu erzählen gegeben.

Kim lachte. »Dieses Mal bin ich mir ganz sicher. Nach Marco hat sich da nichts mehr ergeben. Aber ich kann mich hier ja mal nach einem kleinen Ersatz umsehen.« Sie zwinkerte Sarah zu. »Das ist jedenfalls deutlich weniger kompliziert.«

»Hast du eigentlich schon Erfahrung damit gemacht?«, wagte Sarah einen erneuten Vorstoß. Sie war von ihrem Mut selbst überrascht. Zwar konnte sie mit Kim offen über alles reden, und tat das auch, doch meistens war es ihre beste Freundin, die sie über intime Details ausfragte. Sarah hatte ihre Neugierde da besser im Griff.

»Womit?« Fragend hatte Kim ihre Augen auf Sarah gerichtet.

»Na, mit solchen Spielzeugen«, murmelte Sarah. Kims Blick schien ihre neu gewonnene Selbstsicherheit gleich wieder zunichte zu machen.

»Klar. Welche Frau hat denn zu Hause keinen eigenen Vibrator? Und so im Liebesspiel kann es doch auch ganz anregend sein, ein paar Toys einzubauen.«

Offensichtlich musste Sarah dann wohl zu einer Minderheit der Frauen gehören. Bis vor wenigen Wochen hatte sie nicht einmal gewusst, dass es einen Unterschied zwischen Dildos und Vibratoren gab, geschweige denn wäre sie auf die Idee gekommen, sich selbst etwas Derartiges zuzulegen.

»Oder hat es dir nicht gefallen, wenn Katja Spielzeuge benutzt hat?«, fuhr Kim fort, als Sarah nichts sagte.

»Ähm . . . doch«, gab Sarah zu. »Deswegen dachte ich ja auch, dass es schön wäre, sie damit zu überraschen.«

»Auf jeden Fall.« Kim klopfte ihr aufmunternd auf die Schulter. »Auch wenn ich vor ein paar Monaten noch alles darauf verwettet hätte, dass du niemals einen Sexshop betreten würdest. Manchmal täusche ich mich eben doch noch in dir. Und darüber bin ich sehr froh. Seit du Katja kennst, bist du viel lockerer geworden. Das gefällt mir.«

Siedend heiß fiel Sarah ein, dass sie nicht unendlich lange Zeit hatte. Ein Blick auf ihre Armbanduhr bestätigte ihre Vermutung. Sie musste vor dem Training noch kurz nach Hause. Langsam kamen sie in die spannende Phase der Saison, da konnte sich Sarah nicht erlauben, zu spät zu kommen oder gar das Training zu verpassen. »Ich glaube, wir sollten mal schnell zahlen. Ich muss los.«

Sie gingen an die Kasse und bezahlten.

»Das war ein sehr schöner Ausflug. Sollten wir bei Gelegenheit mal wiederholen.« Kim umarmte Sarah zur Verabschiedung. »Und viel Spaß damit nachher.«

»Werden wir schon haben. Keine Sorge.«

»Wie war dein Training?« Katja gab Sarah zur Begrüßung einen Kuss auf die Wange.

»Anstrengend, aber gut. Wir sind richtig super in Form im Moment.« Sarahs Arme waren schwer, und ihre Beine fühlten sich noch ziemlich wackelig an, was ausnahmsweise nicht ausschließlich an Katja lag.

Kaum hatte Sarah ihre Sporttasche im Flur abgestellt, umarmte Katja sie. Mit ihren Fingern strich sie eine verschwitzte Haarsträhne aus Sarahs Stirn. »Schön, dass du da bist.«

Ihre Lippen trafen aufeinander und tauschten einen zärtlichen Kuss aus. Allein dieser Kuss sorgte dafür, dass die Schmetterlinge in Sarahs Bauch zum Leben erwachten. In Katjas Armen fühlte sie sich leicht, beinahe schwerelos. Sie hätte Katja noch stundenlang weiter küssen können, doch Katja löste sich von ihr. »Komm doch erst einmal richtig rein.« Sie nahm Sarah ihre Jacke ab und hängte sie an die Garderobe, die im Gegensatz zu Sarahs letzten Besuchen deutlich ordentlicher wirkte. Auch die sonst so durcheinandergewürfelten Schuhe standen in Reih und Glied.

»Hast du hier aufgeräumt?« Sarah grinste.

»Ein bisschen«, gestand Katja und machte eine wegwerfende Handbewegung. »Nicht der Rede wert.«

Sarah folgte Katja ins Wohnzimmer.

»Was wollen wir uns denn für eine DVD anschauen? Ich habe jede Menge zur Auswahl. Welche Filme magst du?« Katjas Augen ruhten auf Sarah.

Sarah überlegte, was sie wohl am besten antworten sollte. Sie wollte nicht, dass Katja sie für eine Langweilerin hielt, wenn sie sich gegen einen Actionfilm entschied. Ebenso wenig wollte sie als zu ernst gelten, wenn ihre Wahl nicht auf eine Komödie fiel. Wieso konnte sie nicht einfach, ohne groß zu zögern, dazu stehen, dass sie gern schnulzige Liebesfilme anschaute, statt darüber zu grübeln, was Katja wohl von ihr denken könnte?

»Ich wette, du stehst auf Romantik«, traf Katja den Nagel auf den Kopf, ohne dass Sarah überhaupt etwas sagen musste. Sie ging zu einem Regal, in dem sich tatsächlich eine Unmenge an Filmen aneinanderreihte. »Mal sehen, was ich da so zu bieten habe.« Katjas Finger fuhren über den Rücken zahlreicher Plastikhüllen. »Wie wär's damit?« Sie zog eine DVD heraus und streckte sie Sarah entgegen.

Es war »Solange du da bist«. Den hatte Sarah noch nicht gesehen. Sie nahm die DVD und studierte den Text auf der Rückseite.

»Der ist etwas rührselig, aber ganz gut«, erklärte Katja. »Außerdem dauert er auch nicht so lange.« Verführerisch hob sie eine Augenbraue.

»Wir können auch auf das Filmgucken verzichten.« Sarah lächelte Katja zu. Eigentlich hatte sie ja ihre ganz eigenen Pläne für den Abend.

Katjas Mundwinkel verzogen sich zu einem Grinsen. »Wie du meinst.«

»Ich verschwinde kurz im Bad. Ich bin sofort wieder da«, meinte Sarah und ließ Katja allein im Wohnzimmer zurück. Schließlich musste sie den Vibrator noch im Schlafzimmer verstecken. Mit feuchten Fingern holte sie ihn aus ihrer Sporttasche. Leise öffnete sie die Tür zum Schlafzimmer. Normalerweise würde Katja sie vom Wohnzimmer aus dabei nicht sehen können. Sarah legte den Vibrator unter das Kopfkissen. So konnte sie ihn ganz leicht hervorholen, wenn es so weit war. Auf dem Rückweg betätigte sie im Bad noch die Klospülung, um Katja keinen Verdacht schöpfen zu lassen. Dann setzte sie sich wieder zu ihrer Geliebten ins Wohnzimmer.

»Hast du eigentlich schon Pläne fürs Wochenende?«, begann Sarah ein Gespräch und hoffte dabei inständig, dass Katja ihre vor Eifer geröteten Wangen nicht bemerkte.

»Um ehrlich zu sein, ja.« Katjas Finger trommelten auf das Sofa.

»Ist ja kein Problem«, sagte Sarah, auch wenn es ihr einen kleinen Stich versetzte. Sie hatte sich ein gemeinsames Wochenende mit Katja so wunderschön ausgemalt.

»Nicht, dass du jetzt was Falsches denkst. Ich . . .« Katja räusperte sich.

»Ist schon gut. Du bist mir keine Erklärung schuldig.« Sarah nahm Katjas Hand und merkte dabei, dass ihre Finger zitterten. Was bedrückte Katja so schwer? Was hatte sie am Wochenende vor?

»Doch, du hast es verdient, dass ich dir die Wahrheit sage.«

So langsam machte sich ein unbehagliches Gefühl in Sarah breit. Traf sich Katja etwa mit einer anderen Frau? Gab es neben ihr doch noch jemanden? Oder was verheimlichte Katja? Alle möglichen Horrorszenarien entwickelten sich vor Sarahs geistigem Auge.

»Ich fahre zu meinem Vater.«

»Oh.« Sarah stutzte. Das war es? »Zu deinem Vater?«

Katja atmete tief durch. »Ganz genau.«

Es war beim besten Willen nicht so schlimm, wie all die anderen Dinge, die Sarah sich gerade noch ausgemalt hatte, überrascht war sie aber trotzdem. »Ich wusste gar nicht, dass du engen Kontakt zu deiner Familie hast. Du hast sie so selten erwähnt«, versuchte Sarah ihre Verwunderung zu erklären.

Katja starrte zu Boden. »Ich erzähle normalerweise niemandem von meiner Familie.« Sie verschränkte ihre Finger ineinander. »Das ist eine lange Geschichte.«

Sarah legte ihre Hand auf Katjas Rücken. »Ich habe Zeit. Aber wenn du nicht erzählen möchtest, musst du das auch nicht.«

»Ich würde gern. Vielleicht verstehst du mich dann etwas besser.« Katjas Schultern zogen sich verkrampft nach oben. »Eigentlich gibt es auch nur noch meinen Vater. Ich habe keine Geschwister, und Großeltern hatte ich leider auch nie. Und meine Mutter . . .« Sie zögerte einen Moment und kaute auf ihrer Unterlippe. »Meine Mutter hat uns verlassen, als ich vier Jahre alt war. Ganz plötzlich. Von einem Tag auf den anderen hat sie mich und meinen Vater allein gelassen.« Katjas Stimme versagte.

Sarah streichelte behutsam über Katjas Kopf. Sie wusste nicht, was sie darauf erwidern sollte.

»Mein Vater hat das nie verwunden. Er hat sich nie wieder neu verliebt. Irgendwie haben wir beide immer darauf gewartet, dass meine Mutter plötzlich wieder vor unserer Tür stehen würde. Doch das passierte natürlich nicht. Sie kam nie wieder. Die ganze Zeit hatten wir ein Foto von ihr bei uns stehen. Wir konnten sie nicht loslassen, auch wenn es jeden Tag aufs Neue wehgetan hat, an den Verlust erinnert zu werden.« Eine kleine Träne kullerte Katjas Wange hinunter. »Mein Vater hat mir dann immer den Rat gegeben, dass ich mich niemals zu sehr an einen anderen Menschen gewöhnen solle, da man ohnehin nie wisse, was komme.« Sie schluckte. »Es war ja auch genau das, was ich empfunden habe. Ich meine, ich war erst vier Jahre alt. Wie kann eine Mutter ihre vier Jahre alte Tochter zurücklassen? Ich wollte, dass mir so etwas nie wieder passiert. Ich habe Angst davor, noch einmal derart enttäuscht zu werden.«

Sarah zog Katja ganz eng an sich. Sie konnte das gut verstehen. Wahrscheinlich wäre es ihr nicht anders ergangen.

»Deswegen kann ich mich so schwer auf andere einlassen«, schluchzte Katja. »Deswegen laufe ich immer vor meinen Gefühlen davon. Ich will nicht, dass sie zu intensiv werden. Niemand soll mich je wieder einfach verlassen können.« Sie wischte über ihre Augen. »Jedenfalls habe ich das gedacht, bis ich dich getroffen habe. Alles, was ich versucht habe, um dich nicht zu nah an mich heranzulassen, hat nicht funktioniert. Du hast mein Herz erobert, ich konnte es nicht wie gewohnt verteidigen. Mir blieb nur die erneute Flucht. Vielleicht hätte das geklappt, wenn du mich nicht in letzter Sekunde zurückgehalten hättest.« Katja legte den Kopf an Sarahs Schulter. »Aber ich bin dir dankbar, dass du mich aufgehalten hast. Ich würde gern mit dir zusammen versuchen, meine Angst zu überwinden, und ich glaube, ich könnte es diesmal schaffen.« Ein angedeutetes Lächeln huschte über Katjas Gesicht.

»Ich weiß gar nicht, was ich sagen soll.« Sarah strich eine Haarsträhne aus Katjas Stirn.

»Du musst nichts sagen.«

Hätte Sarah eher gewusst, was der Grund für Katjas Verhalten gewesen war, sie hätte sich ihr gegenüber ganz anders benommen. Unter diesen Umständen war es kein Wunder, dass Katja sich nicht auf eine enge Beziehung zu ihr einlassen wollte. Das war ihr nicht zu verdenken. »Ich bin froh, dass du mir die Wahrheit gesagt hast. Ich bin ganz sicher, dass wir das zusammen schaffen. Und wir haben Zeit«, versuchte Sarah Katja Mut zuzusprechen. »Hast du denn ein gutes Verhältnis zu deinem Vater?«

Katja nickte. »Ja, ein sehr gutes sogar. Mit ihm kann ich all meine Sorgen und Probleme besprechen. Er ist ein bisschen so etwas wie meine beste Freundin.« Sie stand auf und öffnete die Tür ihres Wohnzimmerschranks, aus dem sie einen Pappkarton zog. Wenig später hatte sie ein Foto in der Hand und kam damit wieder zu Sarah. »Das ist er. Mein Vater, Ulrich Stelzer.« Stolz präsentierte sie Sarah das Porträt.

Der Mann, der Sarah anlächelte, war um die fünfzig, schätzte sie, und war durchaus gutaussehend. Eine Ähnlichkeit mit Katja ließ sich nicht leugnen.

»Vielleicht lernst du ihn ja bald mal kennen.« Katjas Augen ruhten auf Sarah. In ihnen konnte Sarah ein Strahlen erkennen.

Es musste für Katja ein gewaltiger Schritt gewesen sein, ihr von ihrer Familie zu erzählen und sich dann auch noch vorstellen zu können, sie mit ihrem Vater bekanntzumachen. Es bedeutete Sarah sehr viel, dass Katja so ein großes Vertrauen zu ihr hatte. »Das wäre schön.« Sarah legte das Foto auf den Tisch.

»Und jetzt ...«, Katja hob feierlich ihre Stimme, »... sollten wir endlich zum richtigen Abendprogramm übergehen.« Mit einem breiten Grinsen schwang sie sich auf Sarahs Schoß.

»Ist das so?«

»Unbedingt«, entgegnete Katja und begann Sarah zu kitzeln.

Sarah musste laut und herzlich lachen. Sie war fürchterlich kitzelig, und Katja traf genau ihre empfindlichsten Stellen. »Hey!«, versuchte sie unter größter Anstrengung zu protestieren. »Das war nicht der Plan.« Sie rang nach Atem.

Verführerisch hob Katja ihre Augenbraue. »So. So. Was war denn dann der Plan?«

»Komm mit ins Schlafzimmer, dann zeig ich's dir.« Sarah war von ihrem eigenen Vorstoß überrascht. Katja offensichtlich weniger, denn sie sprang auf und war wenige Sekunde später bereits im Schlafzimmer verschwunden.

Jetzt war es also an der Zeit, dass Sarah all ihren Mut zusammennahm, um Katja mit dem Vibrator zu überraschen. Als sie ins Schlafzimmer kam, stand Katja vor dem Bett und war gerade dabei, ihr Hemd aufzuknöpfen.

»Kann ich dir vielleicht helfen?«, fragte Sarah und begann die fehlenden Knöpfe zu öffnen. Sie ließ sich sehr viel Zeit.

Katja schloss die Augen und legte ihren Kopf in den Nacken. Sarah küsste ihren Hals hinunter, während sich ihre Finger weiter an den Knöpfen zu schaffen machten. Endlich war das Hemd geöffnet. Langsam streifte Sarah den Stoff von Katjas Schultern. Ihre Finger berührten dabei für einen kleinen Augenblick Katjas nackte Haut und ließen sie zusammenzucken. Sarahs Lippen glitten ihr Schlüsselbein entlang zum Brustansatz. Ihre Hände streichelten unterdessen über Katjas Rücken.

»Lange kann ich nicht mehr stehen«, erklärte Katja mit heiserer Stimme.

»Dann solltest du dich besser hinlegen.« Sarah deutete auf das Bett.

Bevor sie sich zu Katja legte, zog sie sich aus. Katja folgte ihrem Beispiel und entledigte sich ebenfalls ihrer Hose.

Nun war der richtige Zeitpunkt gekommen. Sarah griff unter das Kissen und zog aufgeregt ihre neue Errungenschaft hervor. Mit geröteten Wangen präsentierte sie Katja den Vibrator. »Ich war heute einkaufen.«

Ein Lächeln zeichnete sich auf Katjas Lippen ab. »Der sieht aber sehr schön aus.«

»Und ich verspreche dir, er sieht nicht nur gut aus. Er kann noch viel mehr.« Sarah schaltete den Vibrator an. Sofort ertönte ein leises Summen.

»Ich bin gespannt«, hauchte Katja erwartungsvoll.

In diesem Moment wurde Sarah bewusst, dass sie gar keine Ahnung hatte, was man mit einem Vibrator eigentlich genau machte, wie man ihn am besten benutzte. »Ähm ...«, stotterte sie, während sie hilflos auf das schwarzrot marmorierte Teil in ihrer Hand starrte.

Katja lachte, als hätte sie ihre Gedanken erraten. »Mach einfach das, wozu du Lust hast. Es wird das Richtige sein.«

Etwas zögerlich setzte Sarah die Spitze auf Katjas Unterarm und fuhr an ihm herauf, die kleine Mulde über ihrem Schlüsselbein entlang, zu ihren Brüsten. Augenblicklich richteten sich Katjas Brustwarzen auf. Sarah umspielte sie mit sanften Vibrationen.

»Oh ja, das ist gut so«, stöhnte Katja und gab Sarah so das nötige Selbstvertrauen, um weiterzumachen.

Sarah verstärkte den Druck ein wenig. Katja zog scharf die Luft ein und bog ihren Oberkörper dabei nach hinten. Nun glitt Sarah zur anderen Brust und verwöhnte sie ebenso ausgiebig, bevor sie über Katjas Bauch strich. Sie zeichnete ganz kleine Kreise, die langsam immer größer wurden. Ein versonnenes Lächeln huschte über Katjas angespanntes Gesicht.

Dann lenkte Sarah die Vibrationen die Innenseite von Katjas Oberschenkel hinauf. Kurz vor ihrem Ziel hielt sie inne. »Soll ich weitermachen?«, flüsterte sie in einem Ton, der eine Mischung aus Leidenschaft und Verunsicherung widerspiegelte. Ihre Augen waren fragend auf Katja gerichtet.

Katja nickte. »Ja.« Ihre Hände suchten Halt an der Bettdecke. »Mach weiter. Bitte.«

Behutsam streichelte Sarah mit dem Vibrator über Katjas Schamlippen, zwischen denen sie die Spuren ihrer Erregung glitzern sehen konnte. Katjas Atem beschleunigte sich hörbar.

Sarah drängte die Schamlippen ein wenig auseinander, um in die Feuchtigkeit einzutauchen. Vorsichtig umfuhr sie Katjas Eingang. Katjas Hüfte schob sich ihr auffordernd entgegen. Mit leichtem Druck reizte sie Katjas Perle.

Katjas Stöhnen wurde lauter. »Hör nicht auf!«

Sarah ließ sich von Katjas Bewegungen tragen, passte sich ganz ihrem Rhythmus an. Der Vibrator tanzte über Katjas Kitzler.

Es dauerte nicht lange, bis sich Katjas Anspannung in einem feurigen Höhepunkt entlud.

Mit entsetztem Blick auf die Uhr musste Sarah feststellen, dass es bereits mitten in der Nacht war. War sie etwa eingeschlafen?

Katja lag neben ihr, eng an sie gekuschelt, und schien selig zu träumen. Sarah lauschte Katjas gleichmäßigem Atmen. Sie rutschte ein wenig aus Katjas Umarmung, um im Mondschein, der durch einen kleinen Spalt im Vorhang ins Zimmer fiel, Katjas Körper zu betrachten. Ihre wunderschönen Brüste hoben und senkten sich mit jedem Atemzug. Die verrutschte Bettdecke gab einen Blick auf ihren wohlgeformten Po frei.

Von diesem Anblick erregt, begann Sarah zärtlich ihre Finger über Katjas warme und weiche Haut streicheln zu lassen. Zunächst über ihren Arm bis zur Schulter. Sie zeichnete die Konturen von Katjas Brüsten nach. Unter diesen Berührungen wurden Katjas Brustwarzen langsam hart.

Katja drehte sich, noch immer schlafend, auf den Rücken. Sarah bedeckte den unwiderstehlichen nackten Körper mit feuchten Küssen. Ihre Zunge glitt Katjas Schlüsselbein entlang. Katja lächelte, die Augen geschlossen, noch immer in einer anderen Welt.

Sarah konnte gar nicht genug bekommen. Sie liebkoste jeden Zentimeter mit ihren Händen und mit ihren Lippen, ließ nichts aus. Katjas Atem wurde unregelmäßiger und flacher. Sarah umschloss mit ihrem Mund Katjas Brustwarzen, sog an ihnen, reizte sie mit ihrer Zunge.

Plötzlich schlug Katja irritiert ihre Augen auf. Doch noch bevor sie etwas sagen konnte, schloss Sarah ihren Mund mit einem leidenschaftlichen Kuss, den Katja sofort erwiderte.

Es war kaum zu übersehen, dass Katja mittlerweile sehr erregt war. Sarahs Mund wanderte an Katjas Körper hinunter. Ganz vorsichtig strich sie mit ihrer Zungenspitze über Katjas Leiste, ehe ihre Zunge tiefer in ihren Schoß glitt. Der süße Duft ihrer Erregung schlug Sarah entgegen.

Vorsichtig leckte sie über Katjas Schamlippen, erforschte jeden Winkel, vermied es jedoch dabei, ihr Lustzentrum zu berühren.

Katja stöhnte. Ihr Becken drängte sich ihr entgegen. Sarah verstand. Ihre Zunge umkreiste ihren Eingang und drang schließlich tief und gleichmäßig in Katja ein, bis es für Katja kein Halten mehr gab.

Zärtlich glitt Sarahs Zunge noch einige Male über ihren Kitzler, dann legte sie sich neben Katja und gab ihr einen Kuss, der noch nach ihrem süßen Nektar schmeckte.

Wenig später waren sie beide wieder eingeschlafen, ohne ein einziges Wort gesprochen zu haben.

Im Trainingsanzug saß Sarah auf der Couch und überlegte, welches Buch sie lesen konnte, bevor es an der Zeit war, schlafen zu gehen. Sie war noch nicht allzu lange zu Hause. Nachdem auch das vorletzte Saisonspiel erfolgreich gewesen war, hatte sie noch etwas mit ihren Mannschaftskolleginnen zusammengesessen und gefeiert.

Sie nahm das erste Buch vom Stapel neben dem Sofa und studierte den Klappentext. Richtig überzeugen konnte es sie allerdings nicht. Also nahm sie das nächste Exemplar in die Hand. Vielleicht versprach es etwas mehr. Das Klingeln des Telefons riss sie aus ihren Überlegungen.

Am anderen Ende meldete sich Katja. »Ich bin wieder von meinem Vater zurück.«

»Hattet ihre eine schöne Zeit?«, fragte Sarah.

»Auf jeden Fall. Es tat richtig gut, mal wieder ausführlich mit ihm zu reden.«

Selbst durch den Hörer konnte Sarah Katjas Strahlen sehen. »Das freut mich«, erwiderte sie.

»Aber ich habe dich vermisst.«

Katjas Worte hallten in Sarahs Kopf nach. Sie hatte sie vermisst! Ihr Herz schlug schneller. Dass Katja das zugab, musste sie einiges an Überwindung gekostet haben. »Du hast mir auch gefehlt.«

»Vielleicht sollte ich dann gleich bei dir vorbeikommen, um unsere Sehnsucht zu stillen.«

Sarah konnte Katjas Grinsen durch das Telefon hören. Eigentlich hatte sie sich schon damit abgefunden gehabt, den Sonntagabend wie den Rest des Wochenendes auch ohne Katja verbringen zu müssen. Umso größer war ihre Freude. »Das ist eine wunderbare Idee.« Auch wenn sie sich nur etwas mehr als zwei Tage nicht gesehen hatten, kam es Sarah vor wie eine Ewigkeit.

»Gut, ich beeile mich«, verabschiedete sich Katja.

Sarah zog sich schnell um. Im Trainingsanzug wollte sie Katja nicht empfangen. Kaum war Sarah fertig, war Katja auch schon da.

Ihre Begrüßung fiel so stürmisch aus, als hätten sie sich Jahre nicht mehr gesehen. Sie küssten sich wild und leidenschaftlich. Sarah musste sich zurückhalten, nicht gleich über Katja herzufallen, sondern sie erst einmal ankommen zu lassen. Bei dieser Erkenntnis musste sie grinsen. Dass sie ihre Leidenschaft einmal kaum unter Kontrolle haben könnte, damit hätte sie vor ein paar Wochen niemals gerechnet.

»Ich habe uns etwas mitgebracht.« Katja hielt eine weiße Plastiktüte in die Luft. »Hat mein Vater mir mitgegeben.«

Sarah konnte nicht erkennen, was sich in der Tüte verbarg. »Was ist das?«

Auf Katjas Gesicht bildete sich ein breites Grinsen. »Mein Vater hat gekocht und es besonders gut gemeint mit mir.« Bedeutungsvoll schwang sie die Tüte hin und her. »Gemüseeintopf«, platzte es lachend aus ihr heraus. »Ich dachte, du stehst bestimmt eher auf so was als ich.« Sie zwinkerte Sarah zu. »Aber ich muss zugeben, ein bisschen Hunger habe ich auch. Und bevor wir unsere kostbare Zeit mit Kochen vertrödeln . . .« Katja hielt ihr die Tüte hin.

Sarah verdrehte die Augen. »Du bist unmöglich. Und ja, du hast recht, ich liebe Gemüsesuppe.« Sie schnitt eine Grimasse. »Dann mach ich uns das mal heiß.« Sie nahm Katja die Tüte ab.

Katja folgte ihr in die Küche und ließ sich auf einen Stuhl fallen, während Sarah einen Topf aus dem Schrank holte und den Eintopf hineingoss.

»Hast du überhaupt Hunger?«, fragte Katja.

»Ich habe jedenfalls noch nichts gegessen. Und wenn ich das Knurren meines Magens richtig deute, hat er Hunger.« Sarah stellte den Herd an. »Nächste Woche werde ich übrigens leider nicht so viel Zeit haben.«

Verdutzt sah Katja zu ihr. »Oh.«

»Am Sonntag steht unser letztes Meisterschaftsspiel an. Wir

spielen gegen den Tabellenzweiten, und wenn wir gewinnen, steigen wir auf. Wenn nicht, dann war alles umsonst. Deswegen hat unsere Trainerin ein paar Extraeinheiten anberaumt.«

»Das ist schade.« An Katjas Blick konnte Sarah erkennen, dass sie es ernst meinte.

Sarah seufzte. Sie fand es ebenfalls schade. Nein, eigentlich fand sie es nicht nur schade, sondern sie war eher traurig, nicht so viel Zeit mit Katja verbringen zu können. Sie genoss jede einzelne Minute ihres Beisammenseins. Doch das Handballspielen war ihr ebenfalls wichtig. Schon seit Jahren kämpften sie um die Meisterschaft, und endlich hatten sie es selbst in der Hand. Sie konnten es schaffen. »Es tut mir leid. Ich wäre auch lieber bei dir als in der Turnhalle.« Sie ging zu Katja und setzte sich auf ihren Schoß. »Aber dafür ist danach dann auch Sommerpause.«

Katja nickte. »Es ist ja auch nur eine Woche. Und wir haben noch so viele Wochen vor uns.« Ihr Lächeln wirkte ein wenig gequält.

Sarah strich durch Katjas Haare. »Eben.« Sie nahm Katjas Hand und sah ihr tief in die Augen. In ihrem Magen schwirrte es heftig. »Ich liebe dich.« Ihr Herz klopfte noch lauter als das letzte Mal, als sie diese drei Worte ausgesprochen hatte.

Katja schloss die Augen und wich so Sarahs Blick aus. Sie holte tief Luft. Ihre Lippen öffneten sich einen kleinen Spalt, aber es kam nichts heraus. Ihre Zunge wollte sich nicht bewegen. Sie senkte ihren Kopf. Sie konnte es nicht sagen. Katja lehnte sich an Sarahs Schulter an. Sie seufzte schwer.

»Ist schon gut.« Sarah küsste Katja auf die Stirn. Auch wenn sie sich so sehr wünschte, aus Katjas Mund zu hören, dass sie sie ebenfalls liebte, wusste sie doch, dass es für Katja nicht einfach war.

Plötzlich nahm Sarah einen leicht verbrannten Geruch wahr. »Verdammt. Das Essen brennt an!« Sie sprang auf und rannte zum Herd. Hektisch rührte sie in dem Topf herum, um noch das Schlimmste zu verhindern. »Ich hoffe, du magst etwas

Röstaroma.« Sie zuckte mit den Schultern. »Heiß ist es jetzt jedenfalls.« Sie verteilte den Eintopf auf zwei Teller.

»Probieren können wir es ja mal«, befand Katja, als Sarah einen Teller vor ihr abstellte. Mutig nahm sie einen Löffel. »Ehrlich gesagt, es schmeckt abscheulich«, musste sie zugeben. Katja schüttelte sich. Es war ungenießbar. Angewidert schob sie den Teller ein Stückchen weg.

»Ich fürchte, du hast recht. Tja, das ist wohl meine Schuld.« Sarah runzelte die Stirn.

»Völlig egal.« Katja lächelte. »Ich finde es jetzt auch nicht so schlimm. Wie gesagt, Gemüseeintopf ist nicht gerade mein Lieblingsgericht.«

Sarah leerte die Teller in den Abfalleimer. »Und jetzt? Soll ich uns etwas anderes kochen? Oder willst du lieber was bestellen?«

Katja tippte mit ihrem Zeigefinger gegen ihr Kinn. »Hm.« Sie legte den Kopf etwas schief. »Ich würde sagen, wir verzichten aufs Essen. So hungrig bin ich nun auch nicht.«

»Ach ja? Jetzt hast du plötzlich doch keinen Hunger mehr?« Sarah verschränkte ihre Arme vor der Brust. »Dann weiß ich etwas Besseres. Leg dich nackt auf mein Bett!« Eine zarte Röte zeichnete sich auf ihren Wangen ab. Sie war von ihrem eigenen Befehlston überrascht. Hatte sie das gerade eben wirklich gesagt? Offensichtlich hatte sie das, denn Katja war bereits dabei, sich ihr T-Shirt über den Kopf zu ziehen. Achtlos warf sie es auf den Küchenboden. Wenige Sekunden später folgte auch ihre Hose.

Sarahs Finger wurden feucht. Was hatte sie sich dabei gedacht?

In schwarzer Spitzenunterwäsche bekleidet, stellte sich Katja vor sie. »Kommst du denn mit?«, fragte sie mit einem verführerischen Augenaufschlag.

»Was denkst du denn?« Mit ihrer Fingerspitze fuhr Sarah über Katjas Lippen. »Und jetzt los.«

Katja folgte ihrer Aufforderung. Unterwegs öffnete sie ihren

BH und ließ ihn zu Boden fallen. Vor dem Bett angekommen, streifte sie sich den Slip ab, bevor sie sich mitten auf der Matratze platzierte. »Gut so?«

»Ja. Sehr gut so.« Sarah lächelte ihr zu. »Bleib schön so liegen«, forderte sie Katja auf und ging zu ihrer Kommode. Fragend sah Katja ihr hinterher, bewegte sich aber nicht von der Stelle.

Sarah kramte ein Paar Handschellen aus der Schublade und hielt sie triumphierend in die Luft. »Die wollte ich immer schon mal ausprobieren.« Sie kam sich ein wenig albern dabei vor. Doch sie konnte sich noch sehr gut daran erinnern, wie Katja sie vor einiger Zeit an ihr Bett gefesselt hatte und welche unbekannte Lust das in ihr geweckt hatte. Außerdem fand sie den Gedanken, dass Katja sich ihr vollkommen ausliefern würde, durchaus reizvoll und anregend. »Was hältst du davon?«

Katjas Lippen umspielte ein Lächeln. »Das ist eine hervorragende Idee.«

Mit einem Klicken befestigte Sarah Katjas Handgelenke mit den Handschellen an ihrem Bett. Allein das Geräusch ließ ihr eine Gänsehaut den Rücken hinunterjagen.

Katjas harte Brustwarzen verrieten, dass es auch ihr gefiel.

»Vielleicht sollte ich mich auch besser ausziehen. Was meinst du?« Sarah stellte sich so vors Bett, dass Katja sie ganz genau beobachten konnte. Ihre Finger schoben zögernd ihr T-Shirt ein wenig hoch und gaben so ihren nackten Bauch frei, während ihre Augen auf Katja ruhten.

»Solltest du wohl besser«, erwiderte Katja mit heiserer Stimme.

Sarah drehte sich um und präsentierte Katja so ihren Rücken. Nun zog sie ihr Oberteil ganz aus. Sie fühlte Katjas Blicke in ihrem Nacken. In ihrem Bauch kribbelte es aufgeregt. Sie hatte so etwas noch nie getan. Sie war sich nicht sicher, ob sie alles richtig machte, ob es Katja gefiel. Langsam knöpfte Sarah ihre Jeans auf und ließ sie von ihren Hüften gleiten. Sie half ein wenig nach und streckte Katja dabei ihren Po entgegen.

»Du kannst mich doch nicht so quälen«, protestierte Katja.

Grinsend drehte sich Sarah wieder in ihre Richtung. »Oh doch. Das kann ich.« Sie schob die Träger ihres BHs ein kleines bisschen von ihren Schultern. »Möchtest du mehr sehen?«

Katja nickte.

»Ich kann dich nicht hören.«

»Ja, will ich«, hauchte Katja.

Sarah öffnete den Verschluss ihres BHs, hielt ihn aber zunächst so fest, dass der Stoff ihre Brüste weiterhin verhüllte. Sie kniete sich über Katja. Dann ließ sie den BH los und ließ die störende Verhüllung endgültig fallen. »Besser so?«

Ohne eine Antwort abzuwarten, beugte sich Sarah zu Katja und begann sie zu küssen. Zärtlich strich sie mit ihrer Zunge über Katjas Lippen, fuhr die geschwungenen Konturen nach.

Katja öffnete ihre Lippen einen kleinen Spalt und suchte mit ihrer Zunge Sarahs. Sie trafen aufeinander, verschmolzen zu einem aufregenden Spiel voller Leidenschaft.

Ihr Kuss wurde immer stürmischer.

Sarahs Finger wanderten über Katjas Körper. Sie streichelte die weiche Haut ihres Dekolletés entlang. Dann widmete sie ihre ganze Aufmerksamkeit Katjas Brüsten. Sie umschloss sie mit ihren Händen, massierte sie, liebkoste sie. Ihr Daumen kreiste über ihre Brustwarzen. Katja stöhnte laut.

Sarahs Lippen suchten Katjas Hals. Küssend glitt sie ihn hinab. Sie atmete Katjas Geruch ein. Katjas Haut duftete so wundervoll, so einzigartig. Sie war sich sicher, diesen Geruch auch unter Hunderten erkennen zu können.

Sie küsste Katjas Brustwarzen, sog an ihnen, merkte, wie sie in ihrem Mund immer weiter anschwollen. Katja bebte unter Sarahs Berührungen.

Sarahs Oberschenkel fuhr zwischen Katjas Beine. Sie presste ihren Schenkel gegen Katjas Mitte, spürte ihre Feuchtigkeit. Katjas Becken bewegte sich, sie versuchte sich an Sarah zu reiben. Schepperndes Metall erinnerte Katja daran, dass ihre Handgelenke fixiert waren.

»Nicht zu stürmisch, meine Liebste«, sagte Sarah grinsend.

»Bitte. Ich will mehr«, stöhnte Katja mit rauer Stimme.

Sarah rutschte tiefer. Sie bedeckte Katjas Bauch mit unzähligen Küssen, bevor sie ihre Zunge über ihren Venushügel fahren ließ.

Katja zog hörbar die Luft ein. »Mach weiter«, forderte sie.

Sarahs Zunge stieß immer weiter vor, strich mit sanftem Druck über Katjas Lustzentrum. Trotz der Fesseln wand sich Katja leidenschaftlich unter jedem Zungenschlag. Sarahs Finger tasteten sich zu Katjas Eingang, umspielten ihn, ehe sie nachgab und in Katja eindrang. Zunächst war sie vorsichtig und zurückhalten, doch mit jedem Stöhnen von Katja stieß sie fester zu. Unterdessen verwöhnten ihre Lippen und ihre Zunge weiterhin Katjas Perle.

Katjas Bewegungen wurden unkontrollierter. Sie drängte Sarah ihren Schoß entgegen. Mit einem Mal spannten sich Katjas Muskeln um Sarahs Finger an. Ihr Körper begann zu zucken. »Ja«, stöhnte Katja laut.

Sarah ließ ihr noch keine Ruhe. Ihre Zunge flog über ihr Lustzentrum, reizte es immer weiter und bescherte Katja einen niemals enden wollenden Höhepunkt.

Irgendwann befand Sarah, dass es nun genug war. Mit einem verschmitzten Lächeln öffnete sie die Handschellen. Zärtlich küsste sie die Spuren an Katjas Handgelenken.

»Das war ganz schön heiß«, seufzte Katja, während sie mühsam versuchte ihren Atem zu kontrollieren. Nur ganz langsam beruhigte sie sich wieder.

Dem konnte Sarah zustimmen. Es war wirklich heiß gewesen. Genau wie alles andere auch, was sie vorher mit Katja erlebt hatte. Sie schmiegte sich eng an sie. »Mit dir ist es einfach unbeschreiblich.« Sarah schloss ihre Augen.

Schweigend lagen sie eine Weile nebeneinander, genossen ihre Nähe. Sarah spürte Katjas warme Hand auf ihrem Bauch.

In den letzten Wochen hatte sich so vieles in Sarahs Leben verändert. Begonnen hatte alles ganz harmlos mit einer neuen

Frisur. Und nun lag sie hier neben ihrer Traumfrau, die sie in ihr unbekannte Welten geführt hat, die sie dazu gebracht hatte, aus sich herauszugehen, etwas zu wagen, den sicheren Weg zu verlassen und auch mal einen kleinen Umweg einzuschlagen, auch mit der Gefahr, aus einer Kurve zu fliegen.

Ein leichtes Kitzeln holte Sarah aus ihren Gedanken zurück. Mit ihrem Zeigefinger malte Katja ein kleines Herz auf Sarahs Bauch.

Ein glückliches Lächeln erhellte Sarahs Gesicht. Auch wenn Katja es nicht aussprach, so wusste sie in diesem Moment doch, was Katja für sie empfand. Eines Tages würde sie es ihr schon sagen.

Als Sarah die Umkleidekabine verließ, verspürte sie ein mulmiges Gefühl in ihrer Magengegend. Bereits im Gang zur Turnhalle hörte sie laute Jubelrufe aus dem Zuschauerraum. Sonst konnte man die wenigen Besucher eines Spiels in ihrer Liga an einer Hand abzählen, aber es schien so, als wären heute mehr gekommen, um den neuen Meister zu feiern. Denn eine der beiden Mannschaften, die sich heute auf dem Spielfeld gegenüberstanden, würde als Tabellenerster und Aufsteiger den Platz verlassen.

Sarah öffnete die Tür zur Halle. Auf den ersten Blick erkannte sie, dass sie mit ihrer Vermutung richtig lag. Auf der Tribüne reihten sich zahlreiche Zuschauer aneinander.

»Da bist du ja endlich«, begrüßte Jenny Sarah. »Wir haben schon angefangen, uns einzuspielen.«

Auch die gegnerische Mannschaft war bereits vollzählig. In ihren blauen Trikots sprinteten sie gerade von einem Hallenende zum anderen.

Sarah wischte ihre feuchten Finger an ihrem Trikot ab. Nach

der Ansprache ihrer Trainerin war sie noch aufgeregter. Sie hatte ihnen noch einmal ganz bewusst gemacht, um wie viel es heute ging. Seit Jahren versuchten sie, den Aufstieg zu schaffen. Schon oft waren sie ganz nah dran gewesen, aber auf den letzten Metern hatten sie es dann doch verpasst. Doch so kurz davor wie in dieser Saison waren sie noch nie gewesen.

Sarah stellte ihre Tasche neben die der anderen. Sie spürte eine Hand auf ihrer Schulter.

»Ich weiß, was in dir steckt. Beweise es uns heute.« Frau Rothe sah sie eindringlich an. »Und vor allem: Trau dich, wenn du vor dem Tor stehst. Du kannst das.«

Auch wenn die Worte ihrer Trainerin Sarah eigentlich aufmuntern sollten, so steigerten sie doch eher ihre Nervosität. Sie seufzte tief. Dann ging sie zu ihren Teamkolleginnen, um sich gemeinsam mit ihnen aufzuwärmen.

»Es geht los.« Carla klatschte laut in die Hände, als die Schiedsrichterin die Halle betrat und die beiden Mannschaften zusammenpfiff.

Sarah atmete einmal tief durch und nahm ihre Position ein. Plötzlich fiel ihr Blick auf die Tribüne. Zwischen den Zuschauern suchte sich gerade Katja einen Platz. Kaum hatte sie Sarah entdeckt, winkte sie ihr zu.

Sarahs Herz schlug noch schneller, als es das ohnehin bereits tat. Katja war gekommen. Zwar hatte Sarah ihr gegenüber erwähnt, dass heute ein entscheidendes und wichtiges Spiel stattfand, aber sie hatte gar nicht erst versucht, Katja davon zu überzeugen, zuzuschauen. Sarah hatte gedacht, dass Katja vielleicht kein Interesse an Handball hatte. Und nun stand sie plötzlich hier, von ganz allein. Ein Strahlen breitete sich auf ihrem Gesicht aus.

Der Anpfiff ertönte, und Sarah blieb keine Zeit, weiter darüber nachzudenken.

Die hartumkämpfte erste Hälfte endete mit einem Unentschieden. Beide Seiten hatten ihr Bestes gegeben und sich nichts geschenkt.

Sarah und ihre Mannschaftskameradinnen erholten sich in der Kabine von der Anstrengung. Ihre Gegnerinnen waren keinesfalls zu unterschätzen und verlangten ihnen alles ab.

»Macht ganz genau so weiter. Dann kriegen wir sie. Die halten das Tempo nicht mehr lange durch. Ihr schafft das!«, feuerte Frau Rothe sie an.

Sarah nahm einen großen Schluck Wasser. Sie war sich nicht sicher, ob sie das Tempo noch lange durchhalten konnte. Sie wischte sich den Schweiß von der Stirn.

»Sarah?« Die Trainerin setzte sich neben sie. »Du hast bis jetzt ausgezeichnet gespielt.«

»Danke.« Sarah hatte selbst gemerkt, dass sie zwischendurch über sich hinausgewachsen war. Das lag bestimmt auch an den Zuschauern, die die Mannschaft unentwegt anfeuerten. Sie musste lächeln. Ganz besonders lag es eigentlich an einer Zuschauerin. Für Katja wollte sich Sarah in ihrer besten Form zeigte. Es war so schön, dass sie gekommen war.

»So, los jetzt«, gab Frau Rothe das Kommando, wieder in die Halle zurückzukehren.

Kaum war Sarah durch die Tür getreten, sah sie Katja, wie sie ihr einen Handkuss zuwarf. Noch immer konnte Sarah es nicht glauben, dass sie gekommen war, um ihr zuzuschauen, um ihr bei diesem wichtigen Spiel beizustehen.

Wenig später stand Sarah wieder auf dem Spielfeld. Es ging weiter.

Es blieb ein spannender Schlagabtausch. Tore wechselten sich auf beiden Seiten ab. Beide Mannschaften kämpften um jeden Ball. Sarah überzeugte weiterhin, warf den Ball drei Mal ins Netz.

Wenige Sekunden vor Schluss lag Sarahs Mannschaft mit einem Tor in Führung. Die Zuschauer schrien, feuerten beide Teams lautstark an.

Die Gegnerinnen kamen noch einmal gefährlich nach vorn. Sie passten den Ball hin und her. Sarah versuchte dazwischenzukommen, war jedoch machtlos.

Wenn sie jetzt trafen, war alles vorbei. Ein Unentschieden reichte Sarahs Team nicht zur Meisterschaft.

Die gegnerische Torjägerin holte aus, sprang ab und warf.

Der Ball flog passgenau aufs Tor zu.

Das konnte doch nicht wahr sein. Sarah starrte dem Ball fassungslos hinterher.

Aber in letzter Sekunde lenkte Torfrau Carla den Ball mit ihren Fingerspitzen am Pfosten vorbei ins Aus.

In diesem Moment pfiff die Schiedsrichterin ab.

Sie hatten es geschafft. Sie hatten es tatsächlich geschafft. Sie waren aufgestiegen!

Freudestrahlend fielen sie sich in die Arme. Ausgelassen hüpften sie über das Spielfeld.

Wer hätte das gedacht? Endlich war es vollbracht.

»Hallo, meine Superheldin«, empfing Katja Sarah, als sie frisch geduscht und umgezogen aus der Umkleidekabine kam. Sie umarmte Sarah und drückte ihr einen Kuss auf die Wange. »Herzlichen Glückwunsch.«

»Es tut mir leid, dass du so lange warten musstest.« Sarah hatte versucht, sich zu beeilen, aber in der Kabine hatten sie erst einmal die eine oder andere Sektflasche geköpft.

»Unsinn. Ich habe gern auf dich gewartet. Und immerhin hattet ihr noch ein bisschen was zu feiern.« Katja strich ihr eine feuchte Haarsträhne aus der Stirn.

»Stimmt.« Sarahs Augen strahlten noch immer. »Wir sind damit auch noch nicht fertig. Wir wollten noch in unsere Stammkneipe und weiterfeiern. Kommst du mit?«

»Ich weiß nicht. Das ist doch eure Mannschaftsfeier. Da gehör ich nicht hin«, meinte Katja.

»Gäste sind ausdrücklich eingeladen. Und schließlich bist du meine Freundin«, nahm Sarah Katja ihre Bedenken. »Ich würde mich sehr freuen.« Sarah wollte diesen Freudentag gemeinsam mit Katja feiern.

Katja lächelte. »Wenn du möchtest, komme ich gern mit.«

Sarah wollte Katja gerade küssen, als Carla mit einem lauten Jubelschrei aus der Umkleide stürzte. In ihrer Hand hielt sie noch eine Sektflasche. »Wir sind Meister!«, rief sie gutgelaunt.

Sarah legte ihren Arm um Carla. »Und daran hast du einen gewaltigen Anteil gehabt. Wärst du nicht gewesen . . .«

Verlegen senkte Carla den Blick. »Das war Reflex.«

»Oh, jetzt erkenne ich dich. Du bist die Torfrau, die in der letzten Sekunde den Sieg gerettet hat«, sagte Katja.

Carla grinste. »Ganz genau.« Sie streckte Katja eine Hand entgegen. »Ich bin Carla. Und wer bist du?«

»Katja.« Sie schenkte Carla ein bezauberndes Lächeln, das Sarah gleich wieder eine Armada von Ameisen über ihren Körper marschieren ließ. »Ich bin die Freundin von Sarah.«

»Schön, dich kennenzulernen.« Carla zwinkerte Sarah zu. »Dann bis gleich.« Schon war sie wieder in der Kabine verschwunden.

Sarah warf ihre Tasche über ihre Schulter. »Wollen wir los?«

Hand in Hand schlenderten sie zu Sarahs Auto.

»Ich wusste gar nicht, dass Handball so spannend sein kann«, erklärte Katja nach einer Weile.

»Na ja. Das heute war sicherlich auch eher eine Ausnahme.«

»Vielleicht sollte ich dich öfter begleiten.« Katja blieb stehen und sah Sarah tief in die Augen. »Was meinst du?«

Sarah traute ihren Ohren kaum. Ihre Lippen formten ein Lächeln. »Du interessierst dich doch gar nicht für Handball.«

»Bisher habe ich mich nicht sehr dafür interessiert. Aber das kann sich ja ändern.« Katja stellte sich auf Zehenspitzen und gab Sarah einen kleinen Kuss. »Außerdem genieße ich jeden gemeinsamen Augenblick mit dir.«

Sarah lächelte. »Du bist süß.«

Mit ihren Fingerspitzen streichelte Katja Sarahs Arm hinunter. Sie ergriff ihre Hand. »Ich muss dir etwas sagen.«

Ihre Blicke trafen sich. Für einen Moment schien die Welt um sie herum stillzustehen.

»Ich liebe dich«, flüsterte Katja mit zitternder Stimme.

Sarah hatte das Gefühl, den Boden unter den Füßen zu verlieren. Katja hatte es ihr gesagt. Das, worauf sie so lange gewartet hatte. »Ich liebe dich auch.«

Zärtlich zog Sarah Katjas Gesicht zu sich heran. Ihre Lippen trafen zu einem liebevollen Kuss aufeinander. Ihre Körper schmiegten sich aneinander, verschmolzen, wollten sich niemals wieder trennen.

Nun war Sarah sich sicher: Es war Liebe.

ENDE

Weitere Titel der édition el!es

Toni Lucas: Zeit der Versuchung

Liebesroman

Der Australienexpertin Sarah Jansen werden zwar die Fördergelder für ihr neuestes Projekt nicht bewilligt, doch sie erhält unerwartet die Chance, sich gemeinsam mit der attraktiven, aber seltsam distanzierten Fotografin Florentine auf eine Reise quer durch den australischen Kontinent zu begeben. Beide kommen sich näher und scheinen durchaus füreinander geschaffen, wenn da nicht noch Carmen, Sarahs langjährige Partnerin, und Marisol, Florentines tote Geliebte, wären. Es beginnt eine Zeit der Versuchung, in der sich jede der Frauen darüber klarwerden muss, was wirklich für sie wichtig ist.

Annette Schniter: Mach mal halblang, Babe

Erotischer Liebesroman

Celines Vorgesetzte ist ungemein attraktiv, aber offensichtlich hetero. Dennoch spielen Celines Hormone bei jeder Begegnung verrückt. Gleichzeitig ist da noch eine Chatbekanntschaft, die Celine auf eine andere Art in ihren Bann zieht. Als die Zeit gekommen ist, endlich die virtuelle Welt zu verlassen, wissen beide, daß nun ganz neue Schwierigkeiten auf sie zukommen werden. Mit den tatsächlich eintretenden Problemen hat jedoch keine gerechnet . . .

Julia Arden: Mein Geheimnis bist du

Liebesroman

Mareike Holländer schnappt Andrea einen wichtigen Posten vor der Nase weg – ausreichend Grund, auf die neue Kollegin wütend zu sein. Dennoch schleichen sich zärtliche Gefühle in das kühle Verhältnis. Aber Mareike ist liiert. Während Andrea noch versucht herauszufinden, wie ernst diese Liaison ist, taucht Laura auf, Mareikes große Liebe. In der Vergangenheit hatte Laura zwar Mareike mehr als einmal sitzengelassen, dennoch ist Mareike ihr immer wieder aufs neue verfallen . . . also bleibt Andrea nichts weiter übrig, als ihre Gefühle vor Mareike zu verbergen . . .

Victoria Pearl: Aller Anfang geht daneben

Erotischer Liebesroman

Als Simone sich in die umwerfend attraktive Autorin Bettina verliebt, ahnt sie nicht, was noch auf sie zukommen wird. Sie und Bettina verleben eine wundervolle, berauschende Zeit, die jedoch durch das plötzliche Auftauchen von Bettinas Exfreundin Linda jäh gestört wird. Linda lässt sich bei Bettina häuslich nieder. Braucht sie nach einer schweren Zeit wirklich nur etwas freundschaftliche Unterstützung von ihrer Exfreundin, oder verfolgt sie andere Ziele?

Corina Ehnert: Eine WG zum Verlieben (Band 2: »Katrin«)

Liebesroman

Die Polizistin Katrin Brant ist nach einer gescheiterten Beziehung mit Paula wieder Single und fest integriert in den Freundeskreis rund um die WG aus der Pfeiffstraße. Sie ist glücklich mit ihrem Leben und hält sich für eine gestandene Frau. Als Alex (mit der sie im ersten Band eine Affäre hatte) mit ihrer Freundin Nico in eine gemeinsame Wohnung zieht, sucht die WG eine neue Mitbewohnerin. Eine der Bewerberinnen ist die Journalistin Hanna Reuters, von der Katrin sofort fasziniert ist. Aber schnell stellt sich heraus, daß es nicht so einfach ist, diese Faszination zu leben . . .

Maren Frank: Liebe in Schottland

Liebesroman

Wie ein Blitz trifft es die junge Archäologiestudentin Nathalie, als sie auf einer Party die schöne Eileen kennenlernt. Zwar ist die Begegnung kurz, doch geht die attraktive Frau mit den smaragdgrünen Augen Nathalie nicht mehr aus dem Kopf. Und nicht nur die Liebe bereitet Nathalie Sorgen. Nachdem sie ihren Job verloren hat, braucht sie schleunigst einen neuen. Tatsächlich ergibt sich schon bald etwas, doch Nathalie ahnt nicht, was dabei alles auf sie zukommt . . .

Toni Lucas: Paar für ein Jahr

Die Pierrots tanzen weiter

Leas Glück scheint perfekt. Lilia hat sich tatsächlich für sie entschieden und ist bei ihr eingezogen. Doch wie kann sie mit einer Frau zusammenleben, die gerade erst dabei ist, sich selbst zu finden und die so ganz eigene Vorstellungen von einer Beziehung hat?
Ihr bleibt nur ein Jahr, um das herauszufinden . . .

Erotische Adventsgeschichten

Mit Geschichten von Catherine Fox, Maren Frank, Heike Fremmer, Ruth Gogoll, Julia Schöning u.a.

Erzählungen um alte Freundinnen, die sich wiedersehen, und neue Freundinnen, die sich finden, um die Suche nach der Liebe unterm Weihnachtsbaum, die trotz aller Schwierigkeiten immer gut endet, und um die Hoffnung, daß eines der Geschenke die Frau sein möge, nach der man sich schon so lange sehnt . . .

Julia Schöning: Verirrte Herzen

Erotischer Liebesroman

Anne, ihre vierjährige Tochter Lilly und Caro sind eine glückliche Familie. Doch als Lilly in den Kindergarten kommt und Anne beschließt, wieder halbtags zu arbeiten, bekommt die Beziehung Risse. Die erfolgreiche Anwältin Caro schafft es nicht, Anne im Haushalt zu unterstützen. Als Anne dann auch noch die geheimnisvolle Nora kennenlernt, die mit ihrer faszinierenden Ausstrahlung Verwirrung stiftet, scheint das Glück der kleinen Familie ernsthaft bedroht.
Können Caro und Anne ihre Gefühle füreinander bewahren und wieder zueinanderfinden?

Tina Grasses: Das Geheimnis der Nebelinsel

Lesbischer Fantasy-Roman

Die Sensei Iliska begegnet der Schwertkämpferin Shiree. Die beiden kommen sich näher, doch dann verschwindet Iliskas Freundin Beth unter dramatischen Umständen. Zur gleichen Zeit folgt Karimah einer geheimnisvollen Vision und findet in Beth ihre große Liebe. Doch ihr Glück wird überschattet von einer uralten Gefahr. Die vier Kriegerinnen nehmen den Kampf auf, doch wird es für Karimah und Beth eine gemeinsame Zukunft geben?

Shari J. Berman: Herz ist Trumpf

Erotischer Liebesroman

Die junge Journalistin Rachel lernt auf einem Lesbenpokerabend die verführerische, etwas ältere Eden kennen – ein erotisches Abenteuer beginnt, das schnell zu Liebe wird. Obwohl zunächst alles perfekt scheint, bleibt die Vertreibung aus dem Paradies nicht aus und stellt die Beziehung auf eine harte Zerreißprobe. Sind die Bande zwischen Rachel und Eden stark genug, die dramatischen Ereignisse zu überstehen?

Brenda L. Miller: Mein Herz bewacht dich

Liebesroman

Grace, pubertierender Teenager, wird für sechs Monate in ein Boot Camp geschickt. Dort lernt sie zu gehorchen, wird aber auch von der strengen Ausbilderin Carey ermuntert, ihre Nase in Bücher zu stecken und zu lernen. Denn Grace ist nicht unbegabt. Nach einiger Zeit jedoch wird das Verhältnis zwischen Grace und Carey immer freundschaftlicher – und liebevoller . . .

Julia Arden: Liebe unerwünscht

Liebesroman

Jennifer Feiler ist knallharte Geschäftsfrau und bekannt für ihre Affären. Auch der Flirt mit der attraktiven Ärztin Caroline stellt keine Ausnahme dar, doch Caroline weist Jennifer ab. Caroline fühlt sich zwar mehr zu Jennifer hingezogen, als ihr lieb ist, aber Jennifer ist nicht die Frau, der man sein Herz schenken sollte – für tiefere Gefühle hat sie keine Verwendung: Liebe ist ihr unerwünscht.

Victoria Pearl: Das zwischen uns

Erotischer Liebesroman

Jasmin hat es sich recht gemütlich im Junggesellinnendasein eingerichtet, als eine atemberaubende Schönheit ihre Buchhandlung betritt. Sie verlieren sich aus den Augen, sie sehen sich wieder – und es beginnt etwas, das Jasmin »Beziehung« nennt. Ihre Geliebte hält sich jedoch einiges offen. Ständig lernen sie neue Frauen kennen, von denen Jasmin nie weiß, wie nahe sie und ihre Geliebte sich kommen. Geduldig erträgt sie die Spielchen, doch kann eine solche Beziehung wirklich ewig dauern?

Corina Ehnert: Eine WG zum Verlieben (Band 1: »Alex«)

Liebesroman

Eine Lesben-WG, in der es drunter und drüber geht: Alex kann sich nicht zwischen Katrin und Nico entscheiden, obwohl Nico eigentlich Paulas Blind Date ist; Casanova Franzi wandelt plötzlich auf monogamen Pfaden, und Thea kriegt irgendwie nie eine Frau ab. Verwicklungen und Verzwicklungen bleiben spannend bis zum Schluß – an dem sich die Fäden entwirren. . . . oder?

Catherine Fox: Achterbahn der Gefühle

Liebesroman

Jessica will heiraten und hält sich für glücklich, als sie von ihren Freundinnen eine Junggesellinnenreise geschenkt bekommt. Auf einem Reiterhof soll sie ihrem Hobby frönen und die letzten Tage Freiheit genießen. Doch mit der Entspannung ist es bald vorbei, denn sie trifft Kim, die ihren Gefühlshaushalt gehörig durcheinanderbringt. Sie gerät in einen Strudel leidenschaftlicher Gefühle, erfährt eine Zärtlichkeit, die sie nicht kannte. Sie verliebt sich in Kim, aber was wird bleiben, wenn sie wieder zu Hause im alten Trott versinkt?

Ruth Gogoll: Zwei Welten

Erotischer Liebesroman

Wer sich etwas wünscht, sollte vorsichtig sein bei der Formulierung. Nico jedenfalls war es nicht und landet inmitten einer schrecklich netten Familie im Herzen der Heterosexualität: Häuschen in der Vorstadt, Ehegatte geht morgens brav zur Arbeit, die Kinder quengeln, die Nachbarinnen tratschen ... Da taucht in dieser Heterohölle ein ganz normales (lesbisches) Paar auf, und Nico verliebt sich. Wie kann sie aber in ihre eigene Welt zurückkehren und gleichzeitig diese Liebe aus der anderen Welt bewahren?

Anthologie »Lesbisches Jugendbuch«

Kurzgeschichten

In dieser Anthologie werden die Geschichten der Gewinnerinnen aus unserem Schreibwettbewerb »Lesbisches Jugendbuch« veröffentlicht. Geschichten von Jugendlichen für Jugendliche – ausgewählt vom Literaturteam des Jugendzentrums *anyway* in Köln.

Hanna Berghoff: Du bist die Welt für mich

Liebesroman

Ein Bauernhof inmitten Deutschlands: Die Fehde zwischen den Schwestern Veronika und Franziska Perner vertieft sich, als die neue Tierärztin Dr. Jutta Adler mit frischen Ideen und Behandlungsmethoden gehörig Staub aufwirbelt. Aus Liebe (zu den Tieren und zur Tierärztin) beginnt Veronika in München Veterinärmedizin zu studieren, doch Franziska läßt nichts unversucht, um dem Liebesglück ein jähes Ende zu bereiten. Als dann noch die Zukunft des Hofes auf dem Spiel steht, muß Veronika eine schwere Entscheidung fällen ...

Toni Lucas: Vom Tanz der Pierrots

Liebesroman

Nach einem nicht ganz freiwilligen One-night-stand wird Lea aus ihrer bequemen, langjährigen Beziehung herauskatapultiert. Sie zieht in eine Kleinstadt, die trostloser nicht sein kann. Nur ihre verheiratete Kollegin Lilia bringt Farbe in den Alltag, und nach einiger Zeit mangelt es auch an Erotik nicht. Allerdings scheinen die beiden zunächst doch nicht füreinander geschaffen – oder müssen sie erst einmal auseinandergehen, um schließlich zueinander zu finden?

Heike Fremmer: Hotel Prinzess

Liebesroman

Sofie managt ein Hotel in Hamburg, das an einen Amerikaner verkauft werden soll. Die von ihm entsendete Frau fürs Grobe ist Erica, die sich inkognito im Hotel aufhält. Sofie und Erica kommen sich näher, doch Erica verschweigt den wahren Grund ihres Aufenthaltes. Kein gutes Fundament für eine Beziehung, doch Erica hat Angst, Sofie zu verlieren, wenn die Wahrheit ans Licht kommt . . .

Julia Arden: . . . und wenn du auch die Wahrheit sprichst

Liebesroman

Michaela Dietz läßt sich engagieren, um die Tochter eines Hotelbesitzers zu überreden, das Familienunternehmen weiterzuführen. Sehr zur Freude des schlechten Gewissens blüht Tanja Kanter in Michaelas Nähe auf und – natürlich, verliebt sich in sie. Doch was passiert, wenn Tanja Michaelas wahre Gründe für die unerwartete Zuneigung erfährt? Und was sagt Michaelas langjährige Freundin Vanessa eigentlich dazu?

Ruth Gogoll: L wie Liebe

Liebesroman

Bunt und unterhaltsam: Großstadtlesben und ihre (Liebes-)Abenteuer. Da ist das ungleiche Paar Marlene und Anita, das gehörig Nachhilfe in Sachen Romantik benötigt; Carolin und Ina schweben (noch) im siebten Himmel; Chris und Sabrina stecken in einer verstaubten Beziehung fest, und schließlich können sich Rick, Thea und Melly noch nicht so recht entscheiden. Verwicklungen folgen, und schon sehr bald ist nichts mehr so, wie es anfänglich war . . .

Victoria Pearl: Endlich gefunden

Liebesroman

Krankenschwester Hanna hat sich gerade aus der unheilvollen Beziehung zu Birte gelöst, als ihr eine Fremde für einen kurzen Moment den Kopf verdreht. Zurück im Arbeitsalltag nimmt Hanna erst nach langer Zeit wieder via Internet Kontakt zu anderen Frauen auf. Die Überraschung folgt auf dem Fuß, doch ist die Traumfrau tatsächlich endlich gefunden?

Julia Arden: Vertrau mir

Roman

Anna Ravensburg lebt ruhig und zurückgezogen auf ihrem Tierhof. Mit der Idylle ist es vorbei, als Kommissarin Maike Roloff auftaucht: Zwei Pharma-Manager sind entführt worden, und Annas Vergangenheit als radikale Tierschützerin könnte bei der Aufklärung helfen. Zunächst widerstrebt es Anna, die Polizei zu unterstützen, doch bald muß Anna sich eingestehen, daß sie sich zu Maike hingezogen fühlt. Maike hingegen scheint sich nur für eines zu interessieren: Die Lösung ihres Falles.

Alexandra Liebert: Der Schlüssel zum Glück

Liebesgeschichten

Geschichten rund um das Verlieben: Ob gewollt oder ungewollt, überraschend oder nicht – Alexandra Liebert versteht es, ihre Heldinnen in kleinen, unbeschwerten Geschichten auf spannende Art zusammenzubringen. Da sucht Cathy nur nach einem Job und findet die Liebe, Lisa sucht erholsame Ferien in San Francisco – und findet die Liebe, Carmen und Maria haben sich mit dem Auto verfahren, suchen den richtigen Weg und finden: die Liebe.
Sie wollen jetzt wissen, wer noch alles die Liebe findet? Und welche Hürden dabei zu überwinden sind? Wir haben da einen kleinen Tip für Sie: Kaufen Sie doch einfach dieses Buch ...

Alexandra Liebert: Träume aus der Ferne

Liebesgeschichten

Geschichten rund um das Verlieben: »Viele Wege führen nach Rom, aber keiner führt an den Geschichten von Alexandra Liebert vorbei – wenn frau romantische Liebesgeschichten schätzt. In ihrer ganz eigenen, feinfühligen Art beschreibt die Autorin das Suchen und schließlich auch das Finden der Liebe, die verschiedene Gesichter haben kann und darum auch auf unterschiedlichen Wegen erkämpft, erwartet oder erkannt werden will.« (Victoria Pearl)

Anna Peters: Herzköniginnen

Liebesroman

Susanne gibt eine Zeitungsanzeige auf und lernt die um einiges ältere Anna kennen. Sie beginnen eine rege Brieffreundschaft, verlieben sich, treffen sich schließlich – und werden in einer leidenschaftlichen, intensiven Beziehung glücklich.
Die Geschichte wird allein in den Briefen erzählt, die sich beide schreiben.

Ruth Gogoll: Verbotene Leidenschaft

Erotischer Liebesroman

Sich in die eigene Chefin zu verlieben, wenn diese augenscheinlich hetero ist, gehört in jedem Fall zu den Dingen, die eine Lesbe nicht tun sollte. Doch eine erwachte Leidenschaft läßt sich nicht einfach abschalten, und so gilt es, die Chefin zu bekehren – auch, wenn das mit reichlich Widrigkeiten einhergeht.

Ruth Gogoll: Wie ein Stern, der vom Himmel fällt

Erotischer Liebesroman

Weihnachtliches Plätzchenbacken gehört eigentlich in glückliche Familien. Wenn jedoch die unfreundliche Nachbarin nur für sich allein backt, dann ist das verdächtig. Und wenn diese Nachbarin zwar spröde, aber ungemein attraktiv ist und mit ihren schönen Augen lockt, dann erwacht der lesbische Jagdtrieb: Wenn schon Plätzchenbacken, dann bitte nur zu zweit . . .

Ruth Gogoll: Eine Insel für zwei

Erotischer Liebesroman

Neunzehn Jahre alt und auf der Suche nach der großen Liebe: Das ist Andy, als sie Danielle kennenlernt, Besitzerin einer Werbeagentur. Danielle hält Liebe für eine Illusion. Sie lädt Andy zu einer Reise durch die Ägäis ein, doch fordert dafür einen hohen Preis.
Andy läßt sich darauf ein, weil sie Danielle liebt und hofft, daß Danielle auch lernen wird zu lieben. Fast scheint es, als hätte Andys Liebe eine Chance, doch da geschieht etwas Unvorhergesehenes . . .

Tala Storm: Der lange Weg

Liebesfantasy in drei Teilen

Cay-La erwacht eines Morgens ohne Erinnerung. Sie schließt sich zunächst der schönen Kallisto an, doch als die eine Kriegerin töten will, wechselt Cay-La die Seiten. Zusammen mit der Kriegerin und ihrer Gefährtin versucht sie ihre Vergangenheit zu erfahren, die Erinnerung an sich selbst wiederzufinden. Eine nicht ungefährliche Reise ins Reich der Amazonen beginnt, denn der Zorn Kallistos begleitet sie ...

Ruth Gogoll: Ostereier

Erotischer Liebesroman

Eine Geschichte um Ostereier? Nein, eine Liebesgeschichte. Die Begegnung in einem Supermarkt kurz vor Ostern – ist sie Zufall oder Schicksal? Befördert der Einkauf von Obst und Gemüse die Liebe – oder hindert er sie an ihrer Erfüllung? Und was ist mit der geheimnisvollen Bemerkung, mit der alles begann?
Das alles sind Fragen, denen sich die beiden Protagonistinnen stellen müssen.
Werden sie eine Lösung finden?

Victoria Pearl: Sag's mit Rosen

Erotischer Liebesroman

Blümchen heißt das alte Wohnmobil, mit dem Jessie herumfährt und geradeheraus Frauen anbaggert. Leonie ist von dieser Masche nicht begeistert, doch sie kann sich Jessies Charme nicht entziehen. Eine gemeinsame Reise in dem engen Gefährt bleibt nicht ohne Folgen, aber Leonie befürchtet die baldige Trennung; wie wird Jessie sich entscheiden?

Julia Arden: Unter Verdacht

Liebesroman

Als Professorin eher distanziert, geraten Sylvias Gefühle immer mehr außer Kontrolle, während die Zusammenarbeit mit der Architektin Karen enger wird. Das Tüpfelchen auf dem i: Karen ist lesbisch. Sollte Sylvia tatsächlich etwas für Karen empfinden? Doch die Idylle wird jäh zerstört, als Karen wegen Kreditbetrugs verhaftet wird. Mit Sylvias Hilfe aus dem Gefängnis entlassen, machen sich beide auf die Suche nach dem wahren Täter und kommen sich dabei immer näher.

Sarah Dreher: Solitaire und Brahms

Liebesroman

»Wenn eine Frau, die Frauen liebt, keine Frau ist, wer dann?«
Beruflich erfolgreich, allgemein beliebt und frisch verlobt, wehrt sich Shelby dennoch gegen das traditionelle Rollenverhalten einer gehorsamen Ehefrau, in das ihre Umwelt sie drängen will. Als sie merkt, wieviel ihre neue Nachbarin Fran ihr bedeutet, beginnt sie die Puzzleteile in ihrem Leben endlich neu zu ordnen.
Sarah Dreher zeichnet in ihrem persönlichsten Roman ein einfühlsames, humorvolles und zugleich schmerzhaft realistisches Bild der sechziger Jahre, aus der Zeit vor Stonewall und Gay Pride, als eine »richtige Frau« sich nicht gegen gesellschaftliche Erwartungen auflehnen, geschweige denn in eine andere Frau verlieben durfte.

Victoria Pearl: Sonnenaufgang in deinen Armen

Erotischer Liebesroman

Luisa lernt in der Firma, in der sie arbeitet, Ingeborg kennen und fühlt sich sofort zu ihr hingezogen. Sie verläßt den Mann, mit dem sie seit sechs Jahren zusammenlebt, und versucht sich Ingeborg vorsichtig zu nähern. Ingeborg jedoch lehnt dies stets schroff ab. Als das Chorsingen sie beide ins Schweizerische Bergell verschlägt – gemeinsames Hotelzimmer mit Doppelbett – schlägt Luisas Stunde: Kann sie Ingeborgs Zuneigung gewinnen?

Julia Arden: Das Lächeln in deinen Augen

Roman

Beate sieht in Cornelia Mertens, ihrer neuen Chefin, zunächst nur das, was alle sehen: die kühle, distanzierte Geschäftsfrau. Liebe ist etwas für Träumer – aus dieser ihrer Meinung macht Cornelia kein Geheimnis.
Nach und nach lernt Beate aber eine ganz andere Seite an Cornelia kennen. Cornelia überrascht sie mit unerwarteter Fürsorge, Verständnis und einer seltsamen Mischung aus Heiterkeit und Ernst. Also doch harte Schale, weicher Kern? fragt sich Beate. Ist das äußere Erscheinungsbild nur Fassade für all die, die sich nicht die Mühe machen dahinterzuschauen? Oder sind Sanftmut und Charme nur Trick, Teil eines Planes? Nämlich dem, sie zu verführen? Letzteres wäre fatal für Beate, denn so oder so – sie hat sich in Cornelia verliebt.

Gerri Hill: Der Mond scheint nur für dich

Liebesroman

Die Malerin Kara malt bevorzugt morgens oder abends: Wenn es nicht mehr hell ist und der Mond scheint. Sie liebt den Mond, ihren stummen Begleiter durch die Jahre. Doch als sie Ginny kennenlernt, ändert sich alles – und der strahlende Mond wird Zeuge einer wachsenden Liebe . . .

Ruth Gogoll: Tizianrot

Erotischer Liebesroman

Tanita schwärmt unsterblich für ihre Mathematiklehrerin Diana. Nach Tanitas Abitur verlieren sie sich aus den Augen. Zufällig treffen sie sich Monate später wieder, und die Überraschung ist perfekt, als sich herausstellt, daß auch Diana Interesse an Tanita hat. Schnell kommen sie sich näher, die Erfüllung aller Träume scheint nah, doch da tauchen unerwartete Schwierigkeiten auf.

Behrens – Spors – Doll:
Mia
Liebe mit Umwegen
In heißem Wüstensand

Liebesgeschichten

MIA

Wie sag' ich's meiner Lehrerin? Mia ist verliebt, aber sie traut sich nicht. Ist die Angebetete nun lesbisch oder nicht? Könnte sie die Gefühle erwidern? Janina Behrens gelingt es, diese Schülerin/Lehrerin-Geschichte auf humorvolle Weise darzustellen.

LIEBE MIT UMWEGEN

Was passiert, wenn die vermeintlich Richtige doch die Falsche ist? Wenn die Falsche am Ende die Richtige ist? Irrungen und Wirrungen der Liebe werden von Julia Spors schließlich entwirrt.

IN HEIßEM WÜSTENSAND

Eine Agypten-Reise von den Eltern geschenkt – kann das gutgehen? Widerwillig tritt Connie die Reise an, die mit einigen Schwierigkeiten und Hindernissen beginnt. Doch unter afrikanischer Sonne sieht vieles dann ganz anders aus, und aus geliebten Menschen können plötzlich geliebte Menschen werden . . .

Kingsley Stevens: Liebe mich

Erotischer Liebesroman

Amy Flanagan und Morgan Holdsworth treffen sich, als Amy versucht einen Großauftrag von Morgan, Eigentümerin eines Kosmetikkonzerns, für die Werbeagentur zu erhalten, für die Amy arbeitet. Obwohl Amy Geschäft und Privates auseinanderhalten will, verliebt sie sich in Morgan. Sie beginnen eine Affäre, doch Morgan scheint wenig Interesse an einer Vertiefung ihrer Beziehung zu haben, während Amy sich wünscht, Morgan näherkommen zu können.

Trix Niederhauser: Halt mich fest

Liebesroman

Wie sag ich's meinen Eltern? Früher oder später kommt jede Lesbe an diesen Punkt, auch Chris, die rockende Gitarristin mit Hang zu Unfällen. Tina tritt in ihr Leben, und alles ist anders: Das Coming-out, die verschollen geglaubte Großmutter, die Ex mit dem dritten Auge und vieles mehr machen der Heldin das Leben schwer. Tapfer erträgt sie die putzende Mutter, den pubertierenden Neffen und den schweigenden Vater. Nur daß Tina rothaarige Frauen küßt, macht ihr zu schaffen ...

Kay Rivers: Küsse voller Zärtlichkeit

Roman

Michelle Carver hat als Managerin von Disney World in Florida einen anstrengenden Job. Für ein Privatleben hat sie kaum Zeit, deshalb beschränkt sie sich auf gelegentliche Affären. Liebe kommt in ihrem Wortschatz nicht vor.

Cindy Claybourne ist Studentin und hat einen Ferienjob in Disney World. Sie merkt, daß sie sich zu Michelle hingezogen fühlt, daß sie hinter ihre harte Schale schauen möchte. Aber Michelle läßt das nicht so einfach zu. Doch Cindy gibt nicht auf und kämpft für ihre Liebe zu Michelle. Wird Michelle endlich einsehen, daß Cindy die richtige für sie ist?

Kingsley Stevens: Sündige Episoden (Band 1)

Erotische Geschichten

Der *Reigen* von Arthur Schnitzler wurde schon oft adaptiert, und nun liefert die Autorin Kingsley Stevens eine lesbische Variante: Ineinander verwobene Geschichten, leidenschaftlich und lustvoll, in denen es nur um »das Eine« geht. Die **Sündigen Episoden** sind das wohl frivolste el!es-Buch, das es je gab.

Julia Arden: Laß mich in dein Herz

Liebesroman

Vor vier Jahren verlor Andrea ihre Lebensgefährtin Maren durch einen Autounfall. Seitdem lebt sie ausschließlich für ihren Beruf als Richterin, bis Gina in ihr Leben tritt und ihre Gefühle durcheinanderbringt. Aber sie will keine Beziehung eingehen, ihr Herz hängt nach wie vor an Maren. Also versucht sie Gina zu vergessen, doch dann kommt es zu einem unverhofften Wiedersehen – und Andrea braucht Ginas Hilfe, weil der Beruf sie in Gefahr bringt . . .

Melissa Good: Sturm im Paradies

Liebesroman

Melissa Good, Drehbuchautorin verschiedener Episoden der beliebten TV-Serie »Xena – Die Kriegerprinzessin«, bei el!es!
Firmen aufkaufen und ohne Rücksicht auf Verluste sanieren – Dar Roberts, Vizepräsidentin einer großen Gesellschaft, liebt ihren Job und erledigt ihn gründlich. Bei einem kleinen Unternehmen trifft sie jedoch auf unerwarteten Widerstand: Kerry Stuart, die junge Leiterin der Supportabteilung, kämpft engagiert für die Erhaltung der Arbeitsplätze. Gleichzeitig fühlt Kerry sich angezogen von dieser großen, starken, dunkelhaarigen Frau, in der mehr zu schlummern scheint als kalter Geschäftssinn. Zaghaft kommen sich die beiden näher . . .

Shari J. Berman: Hawaiianische Träume

Liebesroman

Die attraktive Freddie hofft, bei einem Urlaub auf Hawaii ihren Ex-Mann endlich zu vergessen. Unter dem Sternenhimmel der Südsee läßt sie ihr altes Leben hinter sich. Hals über Kopf stürzt sie sich in eine heftige Liebesbeziehung mit der Fotografin Stephanie. Doch nach dem ersten Liebestaumel drohen Zweifel und Konflikte: Freddie hat Probleme mit ihrem Coming-out und weiß nicht, ob sie ihre lesbische Liebe leben kann und will. Und trotz allem Verständnis für die Geliebte stößt auch Stephanie irgendwann an die Grenzen ihrer Geduld . . .

Augenblicke der Liebe

Erotische Geschichten

Bereits seit dem Jahre 2001 besteht auf der Internetseite der édition el!es die Möglichkeit, jeden Monat eine neue »Erotische Geschichte des Monats« zu lesen. Diese Geschichten werden in der Reihe »Augenblicke der Liebe« in loser Folge veröffentlicht.

Diana Lee: Die Geliebte der Wölfin

Die lesbische Robin Hood

Die schöne Lady Gwendolyn wird auf dem nächtlichen Heimweg überfallen. Rettung naht in Gestalt der attraktiven Ritterin Sir Blaidd, die in geheimer Mission eine Verschwörung gegen die Königin aufdecken soll. Gwendolyn verliert ihr Herz an die tapfere Heldin, gemeinsam versuchen sie nun mit ihren Freunden den Verschwörern zuvorzukommen. Doch die Feinde sind mächtig, mittels dunkler Rituale versuchen sie, ihre Kräfte zum entscheidenden Schlag zu bündeln. Auch Gwendolyn gerät in Gefahr. Kann Sir Blaidd sie mit ihrem Mut und ihrem geschickten Schwert aus der tödlichen Falle befreien?

Ruth Gogoll: Ich liebe dich

Erotischer Liebesroman

Ira ist eigentlich viel zu schön, um Bankmanagerin zu sein, und Elisabeth will nur eine Hypothek von ihr: Da schlägt die Liebe zu wie ein Blitz. Zuerst einmal erscheint Elisabeths Liebe aussichtslos, doch dann ergibt sich eine unverhoffte Begegnung, und bald sind die beiden ein Paar. Doch das Schicksal hält noch etliche Schläge für sie bereit. Piet, Iras ehemalige Lebensgefährtin, taucht plötzlich wieder auf. Und Ira erhält unerwartet eine berufliche Chance, die sie nicht ablehnen will. Die räumliche Entfernung schürt die ohnehin vorhandene Eifersucht noch.

Victoria Pearl: Zärtliche Hände

Erotischer Liebesroman

Eine große, schweigsame Frau mit graublauen Augen – eine Taxifahrerin, die sie in einer fremden Stadt zum Hotel fährt – beeindruckt Olivia tief. In heißen Träumen wünscht sie sich in ihre Arme, aber es scheint aussichtslos, sie wiederzusehen, denn Olivia kennt nicht einmal ihren Namen. Dafür tauchen andere Frauen in Olivias Leben auf, die sie nicht trösten können. Wird die geheimnisvolle Fremde einmal aus ihren Träumen auferstehen und in Fleisch und Blut zu ihr kommen? Das Rätsel scheint unlösbar, doch eine Frau gibt nicht auf – auch, wenn sich immer neue Schwierigkeiten ergeben ...

Ruth Gogoll: Taxi nach Paris

Der lesbische Erotikbestseller

Sie begegnet ihrer Traumfrau, aber viel zu schnell landen beide im Bett – während sie sich verliebt hat, geht die andere nur ihrem Gewerbe nach. Jedoch sie ist sich sicher, das Herz der Angebeteten erobern zu können. Wird die Liebe stärker sein als die Zerreißproben und die beiden Frauen in der Stadt des Lichts zusammenführen?

Victoria Pearl: 4 Herzen 12 Beine

Erotischer Liebesroman

Im Darkroom für Lesben kommt es zu heißem Sex zwischen Doris und Lucy – dann verlieren sie sich wieder aus den Augen. Zufällig entdecken jedoch die beiden Hundeliebhaberinnen die Chatrooms, wo sie sich begegnen, ohne sich zu erkennen. Nach einigen Abstechern und One-night-stands mit anderen Frauen finden Doris und Lucy doch noch zueinander, nein, die beiden Hunde sind es, die ihre Frauchen zusammenführen. Allerdings müssen die Zweibeinerinnen noch einige Abenteuer durchstehen, ehe sie das Happy End erreicht ...

Victoria Pearl: Die Liebe hat dein Gesicht

Erotischer Liebesroman

Renate hat noch nie mit einer Frau geschlafen, und sie hatte es eigentlich auch gar nicht vor, bis ihr Marlene über den Weg läuft. Die Doktorsgattin verführt Renate nach allen Regeln der Kunst und stiftet so ein ziemliches Chaos der Gefühle in der Fahrradmechanikerin. Lange währt diese Affäre allerdings nicht, denn Frau Doktor bleibt ihrem Gatten trotz allem treu. Kein Grund jedoch für Renates erneutes Singledasein – die neue Nachbarin ist sehr attraktiv und deren Mutter erst ... die wahre Liebe wartet derweil in Renates Träumen darauf, endlich verwirklicht zu werden ...

Victoria Pearl: Ungeahnte Nebenwirkungen

Erotischer Liebesroman

Was geschieht, wenn sich die attraktive Zahnärztin auf einmal nicht nur für deine Zähne interessiert? Sie steht eines nachts vor deiner Tür und will hemmungslosen Sex. Doch der Morgen danach fühlt sich an wie ein Zahnarztbesuch, denn die Traumfrau ist nicht mehr da. Es beginnt eine Odyssee der Liebe, Verzweiflung, Eifersucht ... denn immer neue Überraschungen aus der Vergangenheit der Ärztin kommen ans Licht ...

Antje Küchler: Der Abgrund

Lesbisches Abenteuer

Nach dem Verlust ihrer Lebensgefährtin Andrea, einer Schriftstellerin, gibt sich Laura dem Alkohol und Depressionen hin. Nach Monaten der Trauer taucht überraschend die Germanistikstudentin Anja auf, die eigentlich nach Andrea suchte – und sich in Laura verliebt. Es könnte eine harmonische Beziehung werden, doch Laura überredet Anja zu einer Reise nach Rußland, wo das Abenteuer beginnt: Laura wird entführt, und Anja macht sich im kalten und weiten Sibirien auf die Suche nach der geliebten Freundin. Kann sie es schaffen, die Entführte zu retten?

Shari J. Berman: Tanzende Steine

Liebesroman

Sally lernt Ricki als Kind im Sommer 1978 auf einem Campingplatz kennen, während sie Steine über das Wasser tanzen läßt. Die beiden Mädchen mögen sich auf Anhieb. 18 Jahre später sehen sie sich wieder, mittlerweile sind beide mit anderen Frauen liiert. Doch die Liebe, die sie als Kinder noch nicht benennen konnten, erfaßt sie erneut. Ob es nun aber wirklich Liebe ist oder nur Sex, das müssen sie erst einmal herausfinden ...

Ruth Gogoll: Eine romantische Geschichte

Erotischer Liebesroman

Esther ist Anwältin und eine Traumfrau – für alle Frauen, die nur an Sex interessiert sind. Wenn frau sich in sie verliebt, ist es jedoch die Hölle ... wie es Alex leidvoll erfahren muß. Sie verfällt Esther mit Haut und Haar und kann sich nicht mehr von der schönen Juristin lösen. Wird Yvonne mit ihrer Liebe Alex von dieser Besessenheit heilen können?

Brenda Miller: Bitte verzeih mir

Liebesroman

Veronica, Chefin des familieneigenen Konzerns, überfährt mit ihrem Porsche die Aushilfskassiererin Rose, die sich mit Gelegenheitsjobs über Wasser hält. Veronica läßt Rose mit bester medizinischer Versorgung gesundpflegen, und aus anfänglicher Freundschaft entsteht sehr bald Liebe ... doch Veronica hat Rose bisher noch nicht gestanden, daß sie damals den Porsche fuhr ...